MICHAEL GREENBERG

Betteln, Borgen, Stehlen

Aus dem Leben eines Schriftstellers in New York

Aus dem Amerikanischen von
Hans-Christian Oeser

| Hoffmann und Campe |

Die Originalausgabe erschien 2009 unter dem Titel
»Beg, Borrow, Steal. A Writer's Life« im Verlag Other Press, New York.

In ihrer ursprünglichen Form sind die Geschichten dieses Buches zwischen Juni 2003 und April 2009 in der »Freelance«-Kolumne des Autors im *Times Literary Supplement* erschienen.

1. Auflage 2010

www.hoca.de
Satz: Dörlemann Satz, Lemförde
Gesetzt aus der Minion Pro
Druck und Bindung: Friedrich Pustet, Regensburg
Printed in Germany
ISBN 978-3-455-40264-3

HOFFMANN UND CAMPE

Ein Unternehmen der
GANSKE VERLAGSGRUPPE

Für Pat Cremins
und für meinen Freund und Lektor James Campbell

Inhalt

Bruderliebe . . . *9*
Die Kettle of Fish Tavern . . . *15*
Liebe im Süden . . . *20*
Milch und Honig . . . *25*
Das Schicksal eines Schneiders . . . *30*
Erinnerung und Erwartung . . . *35*
Taschenspielertrick . . . *40*
Nachtschicht . . . *44*
»Oh! Oh! Jetzt geht's los!« . . . *49*
493 Dollar in Ein- und Fünf-Dollar-Scheinen . . . *54*
Arbeitszimmer . . . *58*
Notizen eines Anti-Reisenden . . . *64*
Eine andere Art zu verhungern . . . *69*
Tycoon . . . *74*
Ein täuschend junger Mann . . . *79*
Zebra . . . *84*
Lohnschreiber . . . *89*
Meine glänzende Laufbahn . . . *94*
Jean-Paul . . . *98*
Der Dolmetscher . . . *102*
Die Patrone . . . *107*
Militärputsch . . . *112*
Die Schule der Sieben Glocken . . . *116*

Wenn du Dankbarkeit erwartest,
bist du verloren . . . *120*
Eisenspitzen . . . *125*
»Negros Burial Ground« . . . *130*
Hart Island . . . *135*
Eule . . . *140*
Dackel . . . *145*
Töte, was du verzehrst . . . *150*
Kalter Entzug . . . *154*
Herzstillstand . . . *159*
Ein Zeichen von Jehova . . . *164*
Die Bedeutung von Pronomen . . . *169*
Ideale Liebe . . . *174*
Ein Zeitalter endet, ein anderes beginnt . . . *179*
»Alles, was ich an Romanen hasse« . . . *184*
Der Trost des Dunklen . . . *189*
Das letzte Wort . . . *194*
Die Autorenbörse . . . *199*
Aufnahmekabine . . . *204*
Betteln, Borgen, Stehlen . . . *209*
Ein Mittel gegen Angst . . . *213*
Die Uhr meines Großvaters . . . *217*

Zitatnachweise . . . *223*

Bruderliebe

Mein alter Herr war wie Kronos, der Vater des Zeus: Er konnte die Vorstellung, dass eines seiner Kinder ihn überflügeln könnte, nicht ertragen. Pulsierender Mittelpunkt seines Lebens war sein Schrottplatz; die Welt jenseits davon schien ihn misstrauisch und ängstlich zu stimmen. Beschämt darüber, dass er keine Schulbildung genossen hatte, fasste er meine Belesenheit als persönlichen Affront auf. »Was, glaubst du, ist mehr wert«, fragte er mich einmal, »eine Ware oder irgendeine gottverdammte Idee?«

In unserer Familie waren meine gewaltsamen Auseinandersetzungen mit ihm berüchtigt. Die letzte trug sich zu, als ich fünfzehn war. Ich folgte ihm durch die Wohnung und provozierte ihn mit einer Zeile aus meinem neuesten Gedicht: »Was, glaubst du, ist mehr wert, Fleisch oder Stahl?« Da riss ihm die Geduld, er holte wild mit dem Arm aus. Ich duckte mich mühelos zur Seite und hörte das Knirschen von Knochen, als seine Faust gegen die Wand schlug. Ich floh aus der Wohnung, und als ich drei Tage später zurückkam, hatte er die Hand in Gips. »Schneid hast du, aber keinen Verstand«, sagte er. »Eins macht das andere zunichte. Was für eine Verschwendung.«

Eine Woche später zog ich von zu Hause aus und nahm, um mich über Wasser zu halten, einen Nachtjob in einer Buchhandlung an.

Trotzdem bot mir mein Vater, als ich Anfang zwanzig war, einen neugeborenen Sohn zu Hause hatte und Taxi fuhr, die Chance, in den Familienbetrieb einzusteigen. »An allen wichtigen Feiertagen hast du frei«, sagte er. »Arbeitsschluss ist jeden

Tag um fünf. Und um ein Auskommen zu haben, brauchst du kein Genie zu sein.«

Er wirkte gekränkt, als ich sein Angebot ausschlug. »Mit den Notizbüchern, die du da vollkritzelst, wirst du nicht mal 'ne Fahrkarte für die gottverdammte U-Bahn kriegen«, meinte er.

Er hatte recht, und in den mageren Jahren, die folgten, stellte ich mir manchmal vor, wie er mich voller Befriedigung musterte. Ich bekam, was ich verdiente. Die Vorstellung, den Lebensunterhalt mit Schreiben zu bestreiten, erschien ihm lächerlich, es sei denn, man war so berühmt wie Arthur Miller oder dachte sich Gags für einen der von ihm verehrten Fernsehstars aus. Meine literarischen Ambitionen waren selbstzerstörerisch und anmaßend.

Der Metallhandel der Familie dagegen war nicht anmaßend. Roheisen, Altmetall und kaltgewalzter Stahl waren die Gottheiten unseres Haushalts. Sie standen für einen Wert, der sich bis auf die letzte Stelle hinter dem Komma berechnen ließ, handfest und ungeschönt. Um es in der Welt meines Vaters zu etwas zu bringen, musste man zäh sein, wie er selbst. Er hatte keine Kollegen, nur Feinde. Jeder einzelne Dollar, so lehrte er uns, musste Männern abgerungen werden, die uns, ohne mit der Wimper zu zucken, verhungern lassen würden.

Meine Brüder Robert und Ben hatten sein Angebot, ins Geschäft einzusteigen, angenommen und, als er vor neun Jahren starb, sein Erbe angetreten. Es war mehr als ein bloßer Lebensunterhalt, es war die Quelle unserer Identität als Familie, Beweis für unser Fortkommen in New York. Mit dem Schrotthandel hatte unser aus der Ukraine eingewanderter Großvater in den zwanziger Jahren begonnen. Davor waren es Schmiedearbeiten, die das Familiengewerbe begründeten. Robert und Ben genossen einen besonderen Status, weil sie dieser Tradition (und im weiteren Sinne unseren jüdischen Vorfahren) die Treue hielten.

Daher bin ich vollkommen perplex, als ich erfahre, dass meine Brüder beschlossen haben, das Geschäft aufzugeben und in Rente zu gehen, obwohl sie noch in den besten Jahren sind. Die Neuigkeit versetzt mich in die unhaltbare Lage, den Untergang von etwas betrauern zu müssen, das ich zutiefst abgelehnt hatte.

Mit der U-Bahn-Linie 6 fahre ich zur South Bronx, um mir den Schrottplatz ein letztes Mal anzusehen. Als ich ankomme, steht das Lagerhaus aus Schlackenbetonblöcken schon fast leer. »Du siehst einen Kadaver vor dir«, sagt Ben, als habe er meine Gedanken erraten. Das Gebäude sei bereits verkauft, erzählt er mir. In einem Monat werden die neuen Eigentümer einziehen, eine Firma, die Sprinkleranlagen herstellt und früher in TriBeCa in Manhattan angesiedelt war. Robert untersucht die verbliebenen Stahlabfälle und gibt sich Mühe, geschäftig zu tun. Der Stand der Dinge scheint die beiden in Verlegenheit zu bringen, und in meiner Anwesenheit, die keinen anderen Grund zu haben scheint als den, ihr Leben auf den Prüfstein zu legen, fühlen sie sich unwohl. »Was wollt ihr jetzt machen?«, frage ich. »Kochen lernen«, antwortet Ben sarkastisch. »Bergsteigen«, sagt Robert. Eine Ratte huscht an der Wand des Lagerhauses entlang. Ich fühle mich an Freuds Bemerkung erinnert, dass Ratten im Traum gewöhnlich die Geschwister des Träumenden symbolisieren.

Als ich mit ihnen in ihrem beengten, staubigen Büro sitze, spüre ich die Gegenwart unseres Vaters. Sein eigenes, größeres Büro befand sich im Raum nebenan. Bis auf ein Trainingsfahrrad, das meine Brüder nur selten benutzen, sieht es noch fast genauso aus wie damals. Früher einmal hatte Robert den Ehrgeiz, Künstler zu werden, und an der Wand gegenüber dem alten Schreibtisch unseres Vaters hängt ein Gemälde des mit Walzstahlrollen vollgepackten Lagerhauses, das er angefertigt hat. Ein Bild des Wohlstands. »Ich habe das Gefühl, Dad im Stich zu lassen«, sagt Robert leise. »Er hätte nie geduldet, dass es so weit kommt.«

Unser Vater hat ihn stark geprägt. Ein paar Wochen nach seinem Tod begann Robert, seinen Kleinfingerring zu tragen, einen blauen Saphir in quadratischer Goldfassung. Er ging dazu über, seine Zigarren zu rauchen, seinen schnaufenden alten Mercedes zu fahren, genau wie unser Vater das Kinn vorzurecken und andere Leute beim geringsten Anlass anzufauchen. Obwohl es sich in Roberts Fall um eine harmlose und, wie es schien, unbewusste Ehrbezeigung handelte, musste ich an Patricia Highsmiths Romanfigur Tom Ripley in *Der talentierte Mr Ripley* denken, der das Gehabe seines Opfers Dickie Greenleaf annimmt.

Ein paar Monate später ließ er, als erwachte er aus einer Trance, den Mercedes stehen, legte den Kleinfingerring weg und wurde wieder er selbst – einsam und scheu. Da wurde mir klar, dass dies Roberts Art des Trauerns gewesen war: Er hatte unseren Vater in sich selbst am Leben erhalten.

Ben hatte kaum Bedenken, das Geschäft abzuwickeln. Die Liquidation war sogar seine Idee gewesen. »Wenn ich Schuldgefühle habe«, sagt er, »dann erinnere ich mich daran, was ich mit unserem alten Herrn durchgemacht habe. Und dann denke ich, zur Hölle damit, ich hab die Nase voll. Ich kann den Schrottplatz nicht länger ertragen.« Als ältester Sohn hatte Ben sich genötigt gesehen, in das Geschäft einzutreten. Die Erwartungen an ihn waren höher gewesen als an die anderen. Wäre der Druck nicht so stark gewesen, dann wäre er vielleicht, so glaubt er, einem anderen Beruf nachgegangen und hätte ein erfüllteres Leben geführt. Wegen dieser mangelnden Entschiedenheit habe unser Vater ihn bestraft. »Manchmal kam er rein, klatschte mit seinem Gehstock auf meinen Schreibtisch und wollte einen Streit vom Zaun brechen. ›Du willst also raus hier?‹, hat er dann gefragt. Alles, was ich gemacht habe, war verkehrt.« Mit ihrem aufgestauten Hass hatten sie einander dreißig Jahre lang gequält.

Zum Mittagessen gehen wir in einen Schnellimbiss und kehren dann ins Büro zurück. Der Nachmittag zieht sich hin. Das Telefon steht still. Der Lastwagen wartet auf einen Käufer. Die Schneidemaschine, die dazu benutzt worden war, die Stahlrollen in Bleche zu schneiden, so wie Sperrholz, wird in Kürze nach Mexiko geschafft werden, wo Metallverarbeitung Konjunktur hat. Meine Brüder machen sich Sorgen, ob sie ihr Geld bekommen. Das Geschäft war schon immer klein gewesen, nur selten mehr als sechs Beschäftigte. Zwei von ihnen sind noch da, lungern herum, ohne etwas zu tun zu haben, und warten ungeduldig darauf, nach Hause gehen zu können. Sie haben andere Erinnerungen an unseren Vater als wir. »Wir haben ihn ›Taube‹ genannt«, sagt der eine, »denn jedes Mal, wenn die Schneidemaschine verstummt ist, hat er den Kopf aus dem Bürofenster gesteckt, um nachzusehen, was los ist.« Eines Morgens war er, begierig, sich an die Arbeit zu machen, aus seinem Auto gesprungen, während der Gang noch eingelegt war. »Das Auto ist gegen einen Hydranten geprallt, aber Ihr Vater hat nichts bemerkt. Oder sich nicht darum geschert. Es war nicht leicht, für ihn zu arbeiten, aber der Mann hatte Tatkraft.« Diese Tatkraft hatte das Geschäft in Schwung gehalten. Ihrer Überzeugung nach haben meine Brüder einen stillschweigenden Vertrag gebrochen. »Die waren einfach nicht rührig genug. Was Ihr alter Herr ganz allein geschafft hat, haben die nicht mal gemeinsam auf die Beine gestellt.«

Ich gehe nach draußen, um Luft zu schnappen. Das letzte Mal, als ich hier war, in den achtziger Jahren, waren hier kokainsüchtige Huren in der Hundekälte barfuß auf den Strich gegangen. Heute ist die Atmosphäre im Viertel etwas weniger dramatisch, obwohl es noch immer unübersehbare Anzeichen von Elend gibt. Eingekeilt zwischen zwei riesigen Müllverbrennungsanlagen, senken zerlumpte Männer Reusen in den East River. Einer von ihnen fängt eine Blaukrabbe. Sein Nachbar schaut missgünstig zu. Unter dem Viadukt der Schnellstraße quellen die Behausungen der Obdachlosen hervor, die aus abgewrackten Autoteilen bestehen.

Kurz vor seinem Tod erinnerte sich mein Vater an den Tag, als ich sein Angebot, ins Geschäft einzusteigen, ausgeschlagen hatte. »Das war schon in Ordnung«, sagte er. »Du hättest es sowieso nicht lange ausgehalten. Deine Brüder kriegen das besser hin.«

Die Kettle of Fish Tavern

Als ich fünfzehn war, zogen meine Eltern von einem Stadtviertel am Rande New Yorks nach Manhattan. Ich schaffte es, in eine Highschool in Greenwich Village aufgenommen zu werden, in der die meisten meiner Klassenkameraden »Rote-Windeln-Babys« waren, Kinder von Linken, die auf der schwarzen Liste standen. Meine Freundin Robin war eines von ihnen, in meinen Augen eine aristokratische Bohèmienne. Eins dreiundachtzig groß und auf geheimnisvolle, geschmeidige Art schweigsam, zog sie die Aufmerksamkeit älterer Männer auf sich, die eine ständige Bedrohung für mich waren. Sie war in der Bleecker Street aufgewachsen, und gewöhnlich traf man sie in den Cafés des Village und in der Kettle of Fish Tavern in der MacDougal Street an, wo der Folksänger Dave Van Ronk zwischen seinen Auftritten unten im Gaslight trank.

In Robins Familie war ich fast genauso verliebt wie in sie selbst. Ihre Angehörigen waren physisch imposant, idealistisch und rebellisch, aber mit einem Hauch von Vornehmheit – das genaue Gegenmittel zu meiner eigenen, wie ich fand, vulgären und provinziellen Sippe.

Ihr Vater, Robert DeCormier, war Musiker mit einer profunden Kenntnis des klassischen Kanons traditioneller amerikanischer Folkmusik: Rebellenballaden, Spirituals, Arbeitslieder, Hymnen. Nach einer Verwundung in Frankreich während des Zweiten Weltkriegs konnte er dank des Wiedereingliederungsgesetzes für Kriegsveteranen an der Juilliard School Gesang und Dirigieren studieren. Sein Interesse an Folkmusik war politisch motiviert. Sie war das Wort von unten, populistisch, ohne Pop zu sein, die Stimme der Arbeiter.

Nachdem Harry Belafonte mit seinem karibischen Album *Calypso* 1956 einen Hit gelandet hatte, wurde Bob sein Arrangeur. Er transkribierte Songs der Kollektion Alan Lomax in der Library of Congress, Feldarbeiterlieder wie *Swing Dat Hammer.* »Die hab ich für Sänger arrangiert. Zwölf Stimmen. The Belafonte Singers wurden wir genannt. Verblüffend, dass man mit ethnischer Grassroots-Musik Millionen von Platten verkaufen konnte.« Als ich Bob kennenlernte, tourte er gerade sechs Monate im Jahr mit seiner eigenen Gruppe in einem gemieteten Bus. Alte Hafenarbeiterlieder schrieb er zu Chorkompositionen um, die sich mit geradezu liturgischer Würde darboten, komplex und präzise.

Robins Familie hieß mich in ihrem Schoß willkommen, obwohl ich den Verdacht hege, dass Bob mich eher als dürftiges Ehematerial für seine Tochter ansah. Jedenfalls kam ich mir unbedeutend vor, wenn ich mich mit den virtuosen Musikern verglich, die in ihrer Wohnung ein und aus gingen. Wie Athleten strahlten einige dieser Musiker eine Aura aus, als verharre zwischen ihren Auftritten ein fundamentaler Aspekt ihres Wesens in einer Art Schwebezustand. Genau so wollte ich die Schriftstellerei angehen: Auf geht's, und wenn's drauf ankommt, bereit sein, alles zu geben.

Damals hörte ich mir Folkmusik an, wie ich Willa Cather oder Mark Twain las: in der Vorstellung, Informationen über das »authentische« Amerika zu erhalten, jenes Amerika, dem ich angehören wollte, von dem ich als New Yorker Jude aber nicht wirklich glaubte, dass ich dazugehörte. Folkmusik, das waren die Underground-Nachrichten aus dem Kernland der Nation, zumindest bildete ich mir das ein. *»I been blastin', I been firin', / I been pourin' red-hot iron.«* Das war auf eine Art und Weise elementar und »muskulös«, wie die Saloonsänger, die meine Eltern sich anhörten, es nicht waren. Wenn Tony Bennett *»Baby, Ain't I Good to You«* säuselte, dann hörte ich aus seiner Stimme den Smoking heraus, auch wenn ich begriff, dass er ausgeliehen sein mochte und am nächsten Morgen würde zurückgegeben werden müssen.

Nach einiger Zeit wurde mir klar, dass meine Auffassung von einer Dichotomie zwischen New York und jenem »authentischen« Amerika überholt war. Gegen Ende der sechziger Jahre war die Folkmusik in die Hände von Sammlern und Bewahrern gefallen, meist Großstadtmusiker, die sie nur aus zweiter Hand kennengelernt hatten. Ramblin' Jack Elliott, der Schützling Woody Guthries, war in Wirklichkeit Elliott Charles Adnopoz, Sohn eines prominenten New Yorker Chirurgen. »Ich bin auf einer 18000 Hektar großen Ranch mitten in Brooklyn geboren«, bekannte er einmal, denn er wusste, dass die Leute ihn für einen Cowboy hielten. Moe Asch, Begründer der Plattenfirma Folkways, war ein Sohn des auf Jiddisch schreibenden Romanciers Sholem Asch. Dave Van Ronk stammte aus Brooklyn. »Das war der einzige Musiker, bei dem ich darauf brannte, von seinem besonderen Stil zu lernen«, schreibt Bob Dylan in seinen Memoiren *Chronicles*. »Er machte aus jedem Song ein surrealistisches Melodrama, ein Theaterstück, das bis zur letzten Minute spannend blieb. Dave ging den Dingen auf den Grund. Es war, als besitze er einen endlosen Giftvorrat, von dem ich etwas abhaben wollte … ganz ohne ging es nicht.«

Van Ronks Lieblingsschüler war Danny Kalb, dessen Gitarrenstil schnell und flüssig war, Folk Blues von einer dem Jazz verwandten Unberechenbarkeit. Im Jahr 1967 stand ich vor dem Cafe Au Go Go Schlange, um Danny mit seiner Band The Blues Project spielen zu hören. Ein paar Jahre später fand ich heraus, dass er Robins Freund gewesen war, bevor Robin und ich uns kennengelernt hatten. Wahrscheinlich hatte sie sich an dem betreffenden Abend hinter der Bühne aufgehalten. Als Danny und ich uns anfreundeten, war seine Karriere bereits auf dem absteigenden Ast. Eines Abends spielte er in unserer

Wohnung eine Blues-Ballade für Robin und mich. Sie hieß *Mean Old Southern Railroad. »Caught her standin' in the rain with her feet soakin' wet / Beggin' each and every man she met.«* Als Danny achtzehn war, hatte er dieses Lied in der Riverside Church in der Upper West Side für eine Liveübertragung im Radio gesungen. Dylan, der von Dannys Gitarrenstil in Bann geschlagen war, begleitete ihn auf der Mundharmonika.

Jetzt rufe ich Danny an, um zu hören, wie es ihm geht. Es ist das erste Mal seit Jahren, dass wir miteinander reden. »Alles hat sich verändert, Michael«, sagt er. »Heute bin ich ein anderer Mensch. Ich bin von der extremen Linken zur extremen Rechten gewechselt. Es ist eine neue Welt.«

Er erzählt mir, dass er an seinen Memoiren mit dem Titel *My Life, the Sixties, Muddy Waters, and God* schreibt. Ich stelle mir vor, wie er in seinem winzigen Apartment in Brooklyn sitzt, auf die Tastatur seines Computers einhämmert und sich bemüht, dem Nervenzusammenbruch, der ihn dazu gezwungen hat, sich aus der Musikszene zurückzuziehen, einen Sinn abzugewinnen.

»Schulde ich dir Geld?«, fragt er.

Verschwommen erinnere ich mich an ausstehende Schulden in Höhe von ein paar hundert Dollar.

»Tut mir leid, wenn ich dich schlecht behandelt habe«, sagt er und legt unvermittelt auf.

Als könnte ich das Gespräch damit zum Abschluss bringen, rufe ich gleich danach Robin an. Zusammen mit ihrem neuen Mann betreibt sie eine Bäckerei in Vermont und ist nach der Arbeit des Tages müde. »Wer kann sich an so was schon noch erinnern, Michael«, sagt sie gutmütig. »Und wen interessiert das?«

Später erreiche ich ihren Vater Bob, der nur zu froh ist, meine Neugier zu befriedigen. Seine Stimme versetzt mich zurück in meine Jugend, als ich eine Art Gott in ihm sah. Er war einer der ersten Erwachsenen, die mich dazu ermutigten, Schriftsteller zu werden. Inzwischen ist er dreiundachtzig und dirigiert eine neue Gruppe von Sängern. »Wir haben gerade ein Album mit jiddischen Liedern aufgenommen, es heißt *When the Rabbi Danced.*«

Liebe im Süden

Mein älterer Sohn Aaron wird heute neunundzwanzig Jahre alt, und bei einem Drink zur Feier des Tages necke ich ihn wegen seiner damaligen Abneigung, geboren zu werden: Erst nach sechsundzwanzigstündigen Wehen kam er endlich mit einer Verspätung von zwei Wochen herausgepurzelt. Er wog mehr als 4500 Gramm und sah aus wie eine Kreuzung aus Sonny Liston und Nikita Chruschtschow. »Ein Fall rationalen Widerstands«, bemerkt Aaron, der die Geschichte bereits kennt.

Ich war einundzwanzig, als er zur Welt kam, und die Ereignisse, die dazu führten, dass ich in diesem Alter schon Vater wurde, scheinen einem halbvergessenen Traum zu entstammen. Als aufstrebender Schriftsteller, so überlegte ich, würde ich gut daran tun, andere Orte als New York kennenzulernen, und so fuhr ich von dem Geld, das ich mir durch meine Arbeit in einem Postamt in Manhattan zusammengespart hatte, mit meiner Highschool-Freundin Robin nach Südamerika. Sie hatte eigentlich mit dem Studium beginnen wollen und zunächst gezögert mitzukommen. Ihrem Temperament nach war Robin introvertiert und hatte nur wenig Verlangen nach ungeschminkt exotischen Erfahrungen, wie ich sie suchte. Da ich jedoch nicht allein reisen wollte, überredete ich sie, mich zu begleiten.

Das war in den frühen siebziger Jahren, der Blütezeit der lateinamerikanischen Literatur. Eine Aura von Verheißung und politischem Chaos umgab den Kontinent, und Teil seiner Attraktivität war, dass diese beiden Momente Hand in Hand zu gehen schienen. Meiner Vorstellung nach waren Nord- und Südamerika unentwirrbar miteinander verflochten, jedes von beiden die Ergänzung und Kehrseite des anderen, Alpha und

Omega der Neuen Welt. Aufgrund seiner metaphysischen Erzählungen war Borges mit Hawthorne und Poe verwandt, García Márquez der Nachfolger Faulkners.

In der Hoffnung, mir diese Strömung erschließen zu können, entschied ich, dass wir uns in Buenos Aires niederlassen sollten. Man hatte mir erzählt, eine Möglichkeit, mit Borges bekannt zu werden, sei der Vorwand, den Blinden, wenn er aus der Nationalbibliothek komme, wo er arbeitete, über die Straße zu geleiten. Dies erwies sich als guter Rat. Kaum hatte ich mich vorgestellt, erriet er auch schon, dass ich aus New York kam, und dann, mit der zuversichtlichen Intuition seiner Blindheit, dass ich Jude war – eine »Stammeszugehörigkeit«, deren »Blutlinie« er, wie er mir versicherte, nachweislich zu einem Viertel mit mir teile.

Borges war vierundsiebzig Jahre alt, aber sein weiches, blasses Gesicht, sein leicht kastilisches Lispeln und seine ungeschützten, nach oben weggleitenden Augen verliehen ihm etwas Kindliches. Als er die sich verschlimmernde politische Situation in Argentinien beklagte, benutzte er dieselben Worte, die er einst gebraucht hatte, um sein Erblinden zu beschreiben: »Es ist, als beobachte man einen langsamen Sonnenuntergang.«

Argentinien war oft in den Weltnachrichten, und es fiel mir nicht schwer, Arbeit als Korrespondent für verschiedene Publikationen daheim zu finden. Ein Jahr nach unserer Ankunft stand das Land am Rande des Bürgerkriegs. Die Wirren elektrisierten mich, auch wenn ich hätte beunruhigt sein sollen. Robin interessierte sich nicht für Politik, sie studierte argentinische Musik und wirkte in einem experimentellen Theaterstück mit, für das sie wegen ihrer langen und dünnen, in erstaunlichem Maße an Klimt erinnernden Figur engagiert worden war. Spätnachts lagen wir in unserer Wohnung wach und lauschten den Gewehrschüssen und den Detonationen selbstgebastelter Bomben.

Eines Abends besuchte Robin eine Freundin, die im Krankenhaus von einer geringfügigen Erkrankung genas. Als sie aus dem Krankenhaus kam, geriet sie auf der Plaza del Congreso in eine Demonstation. Auf der Flucht vor dem Tränengas wurde sie festgenommen.

Am nächsten Morgen war ihr Bild in der Zeitung: eines von etlichen Mitgliedern einer »revolutionären Zelle«. »Beschlagnahmte Waffen« wurden ausgestellt. Der Rädelsführer, so die offizielle Version, war von der Polizei getötet worden, als er versuchte, sich mit Sprengstoff einen Weg aus dem Bezirksgefängnis zu bahnen, und damit eine Revolte auslöste. Ein Foto zeigte seinen Leichnam auf grauen Innenhofsteinen. Robin und die anderen »Guerilleros« sollten an einen geheim gehaltenen Ort geschafft werden.

Drei Tage lang zog ich von einer Polizeiwache zur nächsten, bis ich sie schließlich in einer winzigen Zelle am Stadtrand fand. Als ich den Konsul der Vereinigten Staaten um Hilfe ersuchte, beschied er mir, dass ich mit siebentausend Dollar in bar ihre sofortige Freilassung erreichen könne. »Das ist der Preis des Polizeichefs, nicht meiner«, fügte er hinzu. Es gelang mir, etwa neunhundert Dollar zusammenzukratzen, gerade genug, um mir die Unterstützung des Hauptmanns der örtlichen Feuerwehr zu sichern, der dafür sorgte, dass Robin nur wegen ungebührlichen Benehmens angeklagt wurde.

Wie ich erfuhr, war die sogenannte Gefängnisrevolte von der Polizei inszeniert worden, um den Mord an einem jungen Mann während eines Verhörs zu vertuschen, dessen wohlhabende Eltern über weitreichende politische Beziehungen verfügten. Als die Polizei das Feuer eröffnete, waren Dutzende von Kugeln durch das Gitter von Robins Zelle geflogen. Sie war nur deshalb nicht getroffen worden, weil eine Mitgefangene sie zu Boden gerissen hatte.

An dem Morgen, als Robin entlassen wurde, holte ich sie am

Gefängnis ab. Wartende Familien beglückwünschten uns und blickten uns verzweifelt nach, als wir zusammen die Betonrampe hinabgingen. Noch am selben Abend nahmen wir einen Dampfer über den Río de la Plata nach Montevideo. Schweigend fuhren wir durch die Landschaft Uruguays, hielten uns aneinander fest und starrten hinaus auf die Ebenen.

Eine Woche lang verkrochen wir uns in einer Stadt namens Fray Bentos und verließen kaum das winzige Gasthaus, in dem wir wohnten. Wir waren zwanzig Jahre alt. Unsere Zukunft als Paar war gefährdet. Über Kinder hatten wir nie gesprochen, doch wir liebten uns in einer Art lustloser Trance, als wollten wir uns selbst behaupten: gegen den Tod und die willkürlichen Schrecken der Welt.

Erst später brachte ich Fray Bentos mit Borges' Erzählung »Das unerbittliche Gedächtnis« in Verbindung, die in dieser Stadt spielt. Ireneo Funes ist ein Junge im Teenageralter, Sohn einer Büglerin und eines unbekannten Vaters. Nachdem er von einem wilden Pferd abgeworfen wird, ist er »hoffnungslos gelähmt«. Als er das Bewusstsein wiedererlangt, wird er von Glanz und Reichtum der Welt so überwältigt, dass er sie »fast unerträglich« findet. Seine Wahrnehmung ist so präzise, dass jeder Augenblick eine Erinnerung daran hervorbringt, die ebenso lebhaft ist wie die ursprüngliche Erfahrung, die sie wachruft. In seinem Gedächtnis gibt es keine dunklen Flecken: »Er kannte genau die Formen der südlichen Wolken des Sonnenaufgangs vom 30. April 1882 und vermochte sie in der Erinnerung mit der Maserung auf einem Pergamentband zu vergleichen, den er nur ein einziges Mal angeschaut hatte. [...] Er unterschied ständig die ruhigen Vorgänge der Verwesung, der Fäulnis, des Leidens. [...] Zwei oder drei Mal hatte er einen ganzen Tag rekonstruiert.«

Robin und ich waren das genaue Gegenteil: Geistesabwesend und somnolent zeugten wir unseren Sohn wie betäubt, ohne jeden Gedanken an die Zukunft oder die Vergangenheit. Vor Aarons Geburt kehrten wir nach New York zurück und trennten uns einige Jahre später. Bei den seltenen Gelegenheiten, da wir von unserer Woche in Fray Bentos sprechen, können wir uns nur noch an die Rollläden vor den Fenstern des Gasthauses erinnern, an die Terrasse mit ihren zerbrochenen Fliesen und an eine dichte Weinranke über unseren Köpfen, die uns in tröstliches Halbdunkel hüllte.

Milch und Honig

Ein unerwarteter Anruf versetzt mich zurück in die kleine hebräische Tagesschule, die ich vom fünften bis zum dreizehnten Lebensjahr besuchte. »Sind Sie der Michael Greenberg, der auf die Beth-El gegangen ist?«, fragt die Stimme am anderen Ende der Leitung. Als ich bejahe, gibt sich der Anrufer als mein ehemaliger Klassenkamerad Ira zu erkennen. Ich erinnere mich sofort an sein leuchtend rotes Haar und seine Lernbeflissenheit. »Ich hab's geschafft, noch fünf andere aufzustöbern«, sagt er. »Für nächste Woche planen wir ein Klassentreffen.« Er nennt mir den Namen eines Restaurants in der Nähe des Union Square.

Die Tage vor unserer Verabredung sind mit aufblitzenden Erinnerungen an jene insulare Welt gefüllt. Die Schule befand sich in Rockaway, einem schmalen Streifen besiedelten Küstenlands, der von Brooklyn durch eine Zugbrücke getrennt ist. Keiner von uns kam aus einem sonderlich religiösen Elternhaus, und doch saßen wir acht Jahre lang da und quälten uns durch jedes einzelne Wort der fünf Bücher Mose – auf Hebräisch. Dieser Aufgabe waren vier Stunden am Tag gewidmet, während drei Stunden der Unterweisung in Sozialkunde und Englisch galten. Was Mathematik angeht, so schnappte man gerade mal genug auf, um als Ladeninhaber oder kleiner Unternehmer zurechtzukommen, was viele unserer Eltern waren. Naturwissenschaften wurden nicht angeboten, denn es gab niemanden, der sie hätte unterrichten können.

Mehrere unserer Lehrer waren Flüchtlinge aus Europa, und so manches Mal habe ich mich gefragt, ob sie sich ihren Lebensunterhalt auch außerhalb der Schule hätten verdienen können.

Sie neigten zur Reizbarkeit; es war nicht ungewöhnlich, dass einige völlig die Selbstkontrolle verloren. Einer von ihnen explodierte schon bei den geringsten Regelverstößen wie etwa unaufgefordertem Reden. Um sich zu beherrschen, trug er eine Trillerpfeife aus Messing um den Hals, in die er so wütend hineinblies, dass ihm die Augen aus dem Kopf quollen. Ein anderer zog uns regelmäßig an den Ohren durchs Klassenzimmer. Wir waren von diesen Ausbrüchen eher verblüfft als erschreckt; sie schienen einer inneren Qual zu entspringen, die zu verstehen wir nicht die geringste Hoffnung hatten.

War die Gelegenheit jedoch günstig, konnten auch wir grausam sein. Obwohl in der Schule nie darüber gesprochen wurde, war uns doch bekannt, dass der Tora-Lehrer unseres zweiten Schuljahrs in Auschwitz gewesen war; an seinem Arm war noch seine Häftlingsnummer zu sehen. Sensibel für jedes Anzeichen von Schwäche bei Erwachsenen, imitierten wir sein Stottern und schlachteten den Nimbus von Erschöpfung und vorzeitigem Gealtertsein, der ihm anhaftete, weidlich aus. Wir waren in Amerika geboren, unberührt von Völkermord und unkundig der Torturen, die er durchgestanden hatte. Unsere Familien waren bereits vor dem Ersten Weltkrieg aus Europa geflohen. Mein Großvater zum Beispiel hatte alle Verbindungen zu seinem Herkunftsland so gründlich abgebrochen, dass er meinem Vater nicht einmal seinen eigentlichen Namen verriet, seinen »Schtetl-Namen«, wie er ihn nannte. Ich weiß ihn bis heute nicht. Und es dauerte bis zur Fernsehübertragung des Eichmann-Prozesses im Jahr 1961, ehe ich eine Vorstellung davon bekam, was in Europa tatsächlich geschehen war.

Schuldgefühle wegen ihres vergleichsweise komfortablen Lebens waren, wie ich glaube, der Grund dafür, weshalb unsere Eltern uns auf die Beth-El schickten. In den Jahren nach dem Krieg herrschte ein diskreter Druck, unseren Teil dazu beizutragen, um die Fortdauer des »Stammes« zu gewährleisten. In gewisser Weise war die Unbrauchbarkeit unserer Schulbildung ein Beweis für ihren Wert, obwohl mein Vater entsetzt gewesen wäre, wenn ich mir die Tora allzu sehr zu Herzen genommen hätte. Nach dem Schulabgang wurde von mir erwartet, dass ich mich an der Hektik des American Way of Life beteiligen würde wie alle anderen auch. Als ich ein bescheidenes Talent für das Studium der Gesetze des Talmuds an den Tag legte, ermutigten mich meine Lehrer, eine Laufbahn als Rabbiner in Erwägung zu ziehen. Mein Vater war entrüstet und befahl ihnen, mich in Ruhe zu lassen.

Der Tag unseres Klassentreffens im Restaurant ist gekommen. Sieben von uns tauchen auf, die Hälfte unserer Abgangsklasse. Nach dem absehbaren Schock, den man erleidet, wenn das fortgeschrittene Alter die fixierten Kindheitsbilder zerstört, die man voneinander hat, bestellen wir Drinks und gehen daran, unsere Erinnerungen aufzufrischen und uns gegenseitig auf den neuesten Stand zu bringen. Ein Gefühl von Wärme kommt auf; wir möchten nur das Beste voneinander denken. Mir fällt auf, dass keiner von uns wirklich religiös ist. Wir alle sind partielle Juden.

Phyllis, lebhaft, entschieden, hält sich in New York auf, um für ihr kürzlich erschienenes Kochbuch zu werben, das, wie sie sagt, Gerichte enthält, »die von biblischen Zeiten inspiriert sind«, wie zum Beispiel Hühnchen mit Feigen. »Ich bin nach Tel Aviv gezogen und habe den Sohn von Simon Peres geheiratet, genau in der Zeit, als sein Vater als Premierminister kandidierte. Die Ehe hat neun Monate gehalten.« Beim Sprechen lehnt sie sich vor und drückt mir irgendwann die Hand, um mich dafür zu tadeln, dass ich nie versucht habe, mit ihr auszugehen. »Du hättest Chancen gehabt bei mir«, sagt sie.

Martha, bezaubernd, durchtrainiert, erinnert sich ohne Verbitterung an die Spiele auf dem Schulhof, wo »ich tagtäglich dasselbe Ritual der Zurückweisung über mich ergehen lassen musste«. Jetzt ist sie Scheidungsanwältin und hat sich auf Fälle mit hohem Profil spezialisiert. »Wir vertreten die Ehefrau von Donald Trump«, sagt sie und überlässt es den Anwesenden, sich das Melodrama auszumalen und die Millionen, um die es dabei geht.

Mindy leitet eine Schule für behinderte Kinder in den Catskills. »Ich bin zur Landpomeranze geworden«, sagt sie. Ihre Erinnerungen sind detaillierter als die von uns anderen: Sie ruft uns den Hurrikan im Jahr 1960 ins Gedächtnis zurück, als Rockaway überflutet war und wir auf unbrauchbaren Möbelstücken, die wir zu Flößen umfunktioniert hatten, begeistert durch die Straßen trieben. Sie erinnert uns an jene unheilvolle Jungenbande, die ich organisiert hatte und deren Mission es war, die Mädchen mit den Zweigen der Dornbüsche, die durch den Schulhofzaun wuchsen, zu umwickeln. Wenn wir sie in die Falle lockten, rissen wir uns die Finger wund, und wenn sie sich zu befreien suchten, waren sie zerkratzt wie Märtyrerinnen. Als der Direktor mit Schulverweis drohte, falls wir unser Spiel fortsetzten, war ich erleichtert. Das war im selben Jahr, als wir unseren Lehrer aus Auschwitz peinigten.

David, inzwischen Bauunternehmer, wohnt noch immer in dem alten Viertel, ein paar Häuserblocks von der Schule entfernt. Als er mir erzählt, dass diese in den siebziger Jahren geschlossen wurde, bin ich nicht weiter überrascht. Sie hatte sich nur etwa zwanzig Jahre halten können. Sie war nicht fromm genug, um bei den wahrhaft Orthodoxen Anklang zu finden, aber besonders fortschrittlich war sie auch nicht. Als unsere Lehrer starben, schien es niemanden zu geben, der sie ersetzen konnte. Eine ambivalente Schöpfung der kurzen Nachkriegsjahre.

Im Restaurant wird das Licht heruntergedreht, und wir treten hinaus auf den Union Square. Ein subtiles Gefühl von Fürsorglichkeit hat uns überkommen, vielleicht die gleiche

Fürsorglichkeit, die ein Erwachsener für ein Kind empfindet. Phyllis zieht los, um Exemplare ihres Kochbuchs zu suchen, die sie signieren kann. »Mit Autogramm kann man sie nicht zurückbringen«, erklärt sie. Jeffrey singt tongetreu Bruchstücke eines wohlbekannten hebräischen Gebets. Er ist Architekt, aber ich sehe nur die schwindelerregende Brillanz, die er als Junge ausstrahlte, als er ständig von einer Atmosphäre des Chaos umgeben schien. »Die Bedeutung ist mir entfallen«, sagt er über das Gebet. »Ich erinnere mich nur an die Musik. An den Rhythmus dieser esoterischen Worte.«

Das Schicksal eines Schneiders

Diese Woche habe ich meine Mutter in einem Krankenhaus der East Side besucht, wo sie sich von einer Operation erholt. Jedes Mal, wenn ich zu ihrem Zimmer im achten Stock gehe, muss ich an Jakov Schoenloz denken, meinen früheren Nachbarn in der Lower East Side, der 1985 in dasselbe Krankenhaus gebracht worden war, nachdem er in der U-Bahn-Station am East Broadway in der Nähe des Hauses, in dem wir wohnten, einen Herzanfall erlitten hatte. Jakov – oder Jack, wie er sich in New York nannte – war 1922 in Łódź geboren worden, im selben Jahr wie meine Mutter, obwohl ihrer beider Schicksal ansonsten nicht unterschiedlicher hätte sein können. Jack war eine kleine, unscheinbare Gestalt, mit einer Gabel voll graubrauner Haare, einer ausgetrockneten Stimme und einer dicken Schildpattbrille, die er mit Hilfe von Klebe und einer Büroklammer ständig zu reparieren schien. Sein Vater hatte ihm das Schneidern beigebracht, ein Handwerk, das ihm, wie Jack sagte, mehr als einmal das Leben gerettet hatte.

1940 putzte er Toiletten in den Verwaltungsbüros des Bürgermeisters, als ihm ein Nazi-Beamter riet, auf der Stelle aus Polen zu verschwinden. Jack schlug sich bis zur sowjetischen Grenze bei Białystok durch, wo ihn ein russischer Wächter im Austausch für seinen Pullover passieren ließ. Seine Geschicklichkeit mit der Nähnadel verhalf ihm zu einer vergleichsweise auskömmlichen Stellung in einem Ausbeuterbetrieb in Usbekistan, wo er den Krieg überstand, ohne auch nur eine Ahnung davon zu haben, was in Europa vor sich ging.

Als Jack 1946 nach Łódź zurückkehrte, stellte sich heraus, dass er das einzige überlebende Familienmitglied war. Eine

Weile reiste er durch Europa und stürzte sich in das »Gossenleben eines kleinen Schwarzmarkthändlers«, wie er es nannte, und danach, Anfang der sechziger Jahre, ließ er sich in New York nieder.

Als wir uns 1978 kennenlernten, arbeitete er im Untergeschoss von Macy's Warenhaus, wo er Hosen säumte und Taillen ausließ. In unserem riesigen, von der Regierung subventionierten Wohnkomplex in der Cherry Street waren wir die Mieter mit den blassesten Gesichtern. Eines Abends lud ich ihn zum Essen ein, und er kreuzte mit einem gekauften Kirschkuchen auf. Danach schaute er vorbei, wann immer ihm danach war, was nicht oft vorkam. Zwölf Monate im Jahr trug er einen sackartigen Wollpullover, und seine schlechtsitzenden Hemden stammten aus Macy's Änderungsschneiderei, wo sie nie abgeholt worden waren. Er besaß ein seltenes Talent für Einsamkeit und einen so ausgeprägten Menschenhass, dass ich mich fragte, ob dieser nicht vielleicht doch eher angeboren als nur eine Narbe seines in der Kriegszeit erlittenen Missgeschicks war. Er gestand mir, nur einmal mit einer Frau geschlafen zu haben, für die er nicht bezahlt hatte – eine entsetzliche Erfahrung, da die körperliche Liebe ein Versprechen einzuschließen schien, das zu erfüllen ihm die Fähigkeit abging. Es sei ein Zeichen seiner Aufrichtigkeit und seines guten Willens, so glaubte er, dass er keine Zärtlichkeit vortäuschen könne, wo keine vorhanden sei.

Als ich ihn nach seinem Herzanfall im Krankenhaus besuchte, erzählte er mir in eindringlichem Flüsterton: »Ich habe eine Menge Geld auf die hohe Kante gelegt. Das sollen Sie erhalten. Ich will nicht, dass es verkommt.« Er bat mich, ein Vermächtnis aufzusetzen, das er an Ort und Stelle unterschreiben wolle; dabei konnte er sich in seiner heftigen Gemütsbewegung kaum verständlich machen. Ich war der Meinung, dass er sich das Geld nur einbildete, und wie immer bei Todkranken tat es mir leid, ihm meine gute Gesundheit unter die Nase zu reiben. »Wir kümmern uns morgen darum«, sagte ich. »Die Schwestern wollen, dass Sie sich ausruhen.« Am nächsten Tag erfuhr ich, dass Jack in der Nacht gestorben war.

Ich merkte, dass ich die Bedeutung seiner Besuche bei uns unterschätzt hatte. Als ich mir seine außergewöhnliche Genügsamkeit in Erinnerung rief – die weniger durch Geiz motiviert schien als durch ein Ethos der Selbstentbehrung, das ihm zur zweiten Natur geworden war –, war ich überzeugt, dass es das Geld, von dem er gesprochen hatte, tatsächlich gab. Die Vorstellung, dass Jack – der wusste, wie pleite ich war – mir das Geld überlassen wollte, rührte mich. Aber warum hatte er fast bis zur Stunde seines Todes gewartet, um es mir mitzuteilen?

Zwei, drei Wochen lang unternahm ich nichts, dann sah ich eines Tages neben dem Briefkasten einen an Jack adressierten Brief liegen. Absender war die Bank Hapoalim in Israel. Der Hausverwalter hatte das Wort »verstorben« auf den Umschlag gekritzelt und ihn liegenlassen, damit der Postbote ihn wieder mitnähme. Ich stibitzte den Brief und öffnete ihn in meiner Wohnung.

Es war eine routinemäßige Benachrichtigung, derzufolge Jacks Drei-Monats-Einlagenzertifikat in Höhe von 107344 Dollar fällig wurde. Die Bank werde die Laufzeit verlängern, es sei denn, Jack habe andere Instruktionen. Ich machte mir Vorwürfe, weil ich Jack um die Genugtuung gebracht hatte, zu wissen, dass sein letzter Wunsch erfüllt werden würde, und malte mir aus, wie »mein« Geld in einer ewigen Umlaufbahn von angesammeltem Zins und Zinseszins verlorenging.

Einige Monate später suchte mich ein Mann namens Miller auf. Er habe von »Leuten im Haus« gehört, ich sei ein »enger Freund von Jack«. Ob ich etwas dagegen hätte, ihm einige Fragen zu beantworten? Miller wurde von einem Mann Anfang fünfzig namens Chaim begleitet. Dieser hatte einen leichten

Tremor, der auf ein Frühstadium von Parkinson hindeutete. Miller erklärte, Chaim sei der Sohn von Jacks Schwester und das einzige weitere Familienmitglied, das den Holocaust überlebt habe. »Ich repräsentiere ihn. Er spricht kein Englisch«, sagte Miller.

Chaim war aus Israel angereist, um bei der Verlesung von Jacks Testament zugegen zu sein, dessen einziger Begünstigter er war. Ich konnte mich dunkel daran erinnern, dass Jack, nachdem Chaim ihn ausfindig gemacht und zum ersten und letzten Mal kontaktiert hatte, nur mit Unmut von ihm sprach. Er hatte ihn abgewiesen. Er sagte, er habe sich mit der vollständigen Auslöschung seiner Erblinie abgefunden, habe ganz so gelebt, »als gäbe es niemanden«. Unversehens zu erfahren, dass sein Neffe die ganze Zeit über am Leben gewesen sei, drohe das »wenige, was ich mir seit dem Krieg aufgebaut habe«, zunichtezumachen.

Über Chaim sagte Miller: »Sie sollten wissen, dass dieser Mann als Kind die Schule von Auschwitz durchlaufen hat.« Und dann setzte er zu einem gehässigen Angriff auf Jack an: »Haben Sie eine Vorstellung von der Grausamkeit dieses Scheißkerls, den Sie Ihren Freund nennen?« Jacks Testament hatte Chaim zum Tresorfach einer Bank in der Grand Street geführt. Das Fach war leer, bis auf ein künstliches Gebiss, das golden bemalt war.

»Warum nur dieses hässliche Verhalten?«, fragte Miller. »Was hat er sich davon versprochen?«

Ich reichte Chaim das Schreiben der Bank Hapoalim und hatte das sonderbare Gefühl, Jack habe es bewusst so eingefädelt, dass ich diese Rolle spielen würde. Ein übereiltes Vermächtnis auf dem Sterbebett wäre von zweifelhaftem juristischem Wert gewesen. Chaim war der offizielle Erbfolger. »Sie werden keine Mühe haben, das Geld für sich zu reklamieren«, sagte ich.

Miller schien zwischen Befremden, Freude und neuerlichen Empörungsausbrüchen zu schwanken. Er drohte zu veranlassen, dass der Postaufseher Ermittlungen gegen mich einleite, da ich mich unbefugt an fremder Post vergriffen hatte. Dann schüttelte er mir kräftig die Hand und eilte mit Chaim davon.

Erinnerung und Erwartung

Als mein Sohn Aaron aufwuchs, schien er imstande, soziale Rätsel zu lösen, von denen ich aufgrund meiner vergleichsweise beschützten Jugend nicht einmal gewusst hatte, dass es sie gab. In meinem gewachsenen Wohnviertel waren Nichtjuden etwas Exotisches für mich gewesen, der geheimnisvolle »Andere«. Mein erster schwarzer Freund machte sich, als wir in einer Trinkhalle Comichefte lasen, mit meinem Mantel auf und davon und ging mir danach geflissentlich aus dem Weg. Die irischen Banden auf der anderen Seite der Avenue waren eine ständige Quelle der Angst. Aaron dagegen scheint mit jedermann zwanglos reden zu können. Die Sprache der Straße beherrscht er ebenso gut wie die Sprache des Salons und bewegt sich je nach Bedarf mühelos von einer zur anderen.

Im Jahr 1978, als Aaron drei war, zogen wir in ein sechsundzwanzigstöckiges Haus des sozialen Wohnungsbaus in der Cherry Street, an der Grenze zwischen Chinatown und Lower East Side. Die Mieter waren so ausgesucht worden, dass sie die ethnische Zusammensetzung der umliegenden Straßen widerspiegelten: fünfunddreißig Prozent Hispanier, dreißig Prozent Chinesen, dreißig Prozent Schwarze. Abgesehen von uns lebten in dem Haus nur drei weitere Weiße, alles ältere, alleinstehende Juden, Überbleibsel einer früheren Inkarnation des Viertels.

Das Leben dort war eine andere Art, mein Schreiben zu subventionieren. Ich arbeitete in einer Reihe aussichtsloser Jobs, die meine zerbrechliche literarische Identität nicht zu bedrohen vermochten. Mit dem Einzug in das Haus hatte ich allerdings meinen Status als in einem normalen Mietshaus wohnender

Künstler aufgegeben. Wir waren ganz unromantisch arm geworden, eine peinliche Situation, da ich, anders als meine neuen Nachbarn, einen Vater hatte, der ein solider Angehöriger der Mittelschicht war.

Als einziger weißer Junge im Gebäude war Aaron rassistischen Spötteleien ausgesetzt. Auf dem Spielplatz wurde er »Chucky« genannt, nach einem weißen cherubinischen Dämon aus einem Horrorfilm. Ich sah, wie er einen wachsamen Gang und ein Radar für Gewalt entwickelte, was mich beunruhigte und was ich zugleich bewunderte. Wenn er auf dem Zementplatz hinter unserem Haus mit älteren Jungen Basketball spielte, hatte ich oft ein Auge auf ihn. Eines Tages balgte sich einer der Spieler um einen Abpraller, und dabei fiel ihm eine silberne Pistole aus der Jeans, eine funkelnde halbautomatische Waffe. Aaron schien unbeeindruckt. Kurz darauf zogen wir in ein Apartment im fünften Stock eines ruhigen, fahrstuhllosen Wohnblocks auf der anderen Seite der Stadt.

Aaron erhielt ein Stipendium für eine winzige sozialistische Highschool in Greenwich Village, zu deren Schülern Angela Davis, Kathy Boudin und die verwaisten Kinder der hingerichteten Kommunisten Julius und Ethel Rosenberg gezählt hatten. Ich selbst war ebenfalls für kurze Zeit auf diese Schule gegangen, im elften Schuljahr, und hatte dort Aarons Mutter Robin kennengelernt. Mit dem Niedergang der Linken war die Schule zu einer der vielen exklusiven Oasen in Manhattan geworden. Zu Aarons engsten Freunden gehörte der Erbe des Barbiepuppen-Imperiums; ein anderer beschrieb mir seinen Vater als »einen engen Mitarbeiter von Jack Nicholson«.

Nach dem College trat Aaron in das Peace Corps ein und ging nach Eritrea. Zurück in New York, leitete er ein Trainingsprogramm für Pflegekinder der Administration for Children's Services in der Bronx, einer staatlich geförderten Version der

Hölle: »Eingeschlagene Wände, herumlungernde Kinder, bezahltes Pflegepersonal, das mit Crack dealt, alle zugedröhnt bis in die Haarspitzen.« Sein instinktives und pragmatisches Mitgefühl für die Habenichtse schien sich aus einer komplizierten Vertrautheit zu speisen.

Einige Jahre später hielt er sich wieder in Afrika auf, diesmal in Sierra Leone, wo er in Flüchtlingslagern an der Grenze zu Liberia arbeitete. Wir unterhielten uns über Satellitentelefon. Während mir Aaron von Flüchtlingskrawallen, Diamantenminen und Charles Taylors Sturz berichtete, hörte ich im Hintergrund das Geräusch des Regens, der auf das Blechdach prasselte wie dahinjagende Pfoten.

Fasziniert von den Abenteuern, die er erleben durfte, während ich in New York an meinen Schreibtisch gefesselt war, drängte ich ihn dazu, Tagebuch zu führen. Aaron konnte darin keinen Sinn erkennen. Er war nicht daran interessiert, seinem Leben Geschichten abzuringen. In seinen Augen musste man Erfahrungen *machen*, nicht darüber erzählen.

Vergangenen Monat machte er seinen Abschluss in Internationaler Politik, und jetzt sucht er – in der Hoffnung, wieder in Afrika oder Asien landen zu können – eine Anstellung bei der UN oder einer internationalen NGO. Ich besuche ihn in seinem Büro in dem vieltürmigen Zeughaus an der Ecke Fifth Avenue/64th Street im Central Park, wo er vorübergehend Freizeitveranstaltungen für die Stadt organisiert. Sein Fenster geht auf den Seehundteich im Zoo hinaus, dessen Ränder mit Schnee verkrustet sind; die Seehunde tummeln sich in der Kälte und bellen. Wegen der Arbeitssuche ist Aaron sehr angespannt; er hat seine derzeitige Stelle satt, kann keine Herausforderung darin sehen. Allerdings sind seine Aussichten beschränkt, und zwar aufgrund der Tatsache, dass er Amerikaner ist, mit einem Namen, der ihn sofort als Juden identifiziert. Das macht ihn zu einem attraktiven Ziel für Entführungen, ein

Faktor, den Organisationen in Betracht ziehen, wenn sie Leute ins Feld schicken.

Ich habe das Bedürfnis, mich bei ihm für diesen ethnischen Fluch zu entschuldigen, denn für Juden ist Aaron keiner – seine Mutter ist eine *schikße* –, und ich habe ihm nicht einmal die Rudimente der Religion beigebracht, von einem Sinn für zionistische Moral ganz zu schweigen. »Ich habe dir sämtliche Nachteile mitgegeben, aber keinen der Vorteile«, sage ich. Aaron jedoch überrascht mich mit der Erklärung, er betrachte sich als Jude. »New Yorker Jude mit ungewisser Identität. Wurzellos und ungebunden.« Ich bin hocherfreut und zitiere die Definition eines New Yorker Juden durch den Kritiker Harold Rosenberg: jemand, der in ein besonderes Netz von »Erinnerung und Erwartung« verstrickt ist.

Beim Mittagessen erinnert sich Aaron an einen Vorfall aus seiner Zeit in Eritrea. Er unterrichtete Klassen mit fünfundsiebzig oder mehr Schülern. Er hatte sich geschworen, seine Schüler nicht zu schlagen und sie nicht, einen Stein in den hocherhobenen Händen, in der Sonne knien zu lassen, wie es an der Schule gängige Praxis war. »Den anderen Lehrern habe ich gesagt, ich würde ihnen eine bessere Methode zeigen, Disziplin zu wahren, aber sie haben mich nur ausgelacht, und tatsächlich war meine Klasse außer Rand und Band. Eines Tages warf Den-Den, ein Siebzehnjähriger und der Schlimmste aus der Bande, einen Stein nach meiner besten Schülerin, und sie brach ohnmächtig zusammen. Ich war vollkommen außer mir, hab den Jungen nur so verdroschen und ihn danach mit blutendem Gesicht und zerrissener Kleidung ins Direktorzimmer geschleift.«

Aaron verabscheute sich selbst. Doch am nächsten Tag wurde er von seinen Lehrerkollegen wie ein Held begrüßt. Sie überreichten ihm einen Stock, das »Werkzeug«, das er bei seiner Ankunft in der Schule abgelehnt hatte. Die Mutter des Jungen dankte ihm öffentlich dafür, dass er ihren Sohn verprügelt hatte. Von da an waren seine Schüler ehrerbietig und ruhig.

Wie ich ihm so zuhöre, komme ich mir vor wie der Erzähler in Hemingways Story »In einem andern Land«. Mein Sohn ist ein Jagdfalke, ich bin es nicht. »Obschon ich denen, die niemals gejagt haben, wie ein Falke vorkommen mochte.«

Taschenspielertrick

Meine väterlichen Gefühle werden ganz unvermutet von Henry geweckt, dem jungen Mann, der in dem kleinen Café arbeitet, wo ich mir meinen täglichen Schuss Koffein verabreichen lasse. Henry erinnert mich an meinen älteren Sohn Aaron. Sie sind fast gleichaltrig, tragen ihre Wollmützen satirisch schräg und teilen, wie ich glaube, eine angenehm weltoffene Einstellung.

Henrys Eltern trennten sich, als er noch ein Junge war, und er zog, wie mein Sohn in ähnlichen Umständen, zu seinem Vater. »Wir haben in einem Apartment mit einem Schlafzimmer und einem Sofabett im Wohnzimmer gelebt«, sagt er und liefert damit eine genaue Beschreibung meiner Bleibe nach meiner eigenen Scheidung. Sein Vater ist Zauberkünstler, ein Beruf, den ich mir noch unsicherer vorstelle als den des Schriftstellers. »Als ich vier war, hat er statt eines Kaninchens mich aus dem Hut gezogen«, sagt Henry. Der größte Publikumserfolg seines Vaters bestand darin, ein ganzes Kartenspiel in die Luft zu werfen und eine zuvor ausgewählte Karte, bevor sie zu Boden fiel, mit einem Messer zu durchbohren. »Ich würde Ihnen ja verraten, wie er das anstellt«, sagt Henry, »aber das würde den Ehrenkodex aller Zauberer verletzen.«

Henry vertraut mir seine Sorgen an, von denen die meisten mit seinem chronischen Geldmangel zu tun haben. Er möchte das französische Au-pair-Mädchen heiraten, das häufig ins Café kommt, doch die Kosten für ihre Einbürgerung betragen 1850 Dollar, und sie versuchen, genügend Geld zusammenzukratzen, um sich eine Wohnung zu mieten.

Eines Morgens reicht er mir meinen Kaffee und tippt statt

der üblichen zwei Dollar nur 1,25 in die Registrierkasse. Mit einem dreisten, leicht widerwilligen Blick gibt er mir 75 Cent Wechselgeld heraus, die ich automatisch in sein Trinkgeldglas werfe. Bei diesem Austausch, der nur einen Moment dauert, stellt sich ein vages Gefühl der Komplizenschaft zwischen uns ein. Oder doch nicht? Später frage ich mich, ob ich in den Vorfall nicht zu viel hineinlese. Vermutlich war es nur ein Versehen; geistesabwesend hat Henry den Preis für einen kleinen statt für einen großen Kaffee eingetippt.

Am nächsten Morgen jedoch berechnet er mir wieder zu wenig für meinen Kaffee. Diesmal widerstehe ich dem Drang, das Wechselgeld in sein Trinkgeldglas zu werfen, wie er es offenbar erwartet. Ich schließe die Faust um die Münzen und kämpfe mit mir, ob ich ihn zur Rede stellen soll. Mehrere Leute stehen hinter mir Schlange und warten darauf, bedient zu werden. Das Thema in ihrer Gegenwart anzuschneiden wäre eine härtere Strafe, als sein Verstoß es verdient, beschließe ich. Ich verlasse das Café mitsamt dem Wechselgeld, und mir wird bewusst, dass ich derjenige bin, der von dieser Transaktion auf Kosten seines Chefs profitiert hat.

Er sahnt also ein paar Cent ab. Und wenn schon, denke ich. In Anbetracht seines niedrigen Lohns und der Tatsache, dass der Besitzer des Cafés die meiste Zeit des Tages in seiner anderen Filiale verbringt, muss der Drang zu stehlen unwiderstehlich sein. Ich erinnere mich, wie ich als Teenager einmal in einem kleinen Buchladen gearbeitet habe. Eines Tages gefiel ich mir in der Rolle des ausgebeuteten Angestellten und steckte den Erlös eines Buchverkaufs in die eigene Tasche. Der Inhaber des Ladens erinnerte mich an meinen Vater; wie dieser ließ er sich über die kleinsten Details seines Geschäfts aus und tat alles, was nicht mit der engen Welt seiner Angelegenheiten zu tun hatte, als unwichtig ab. In dem betreffenden Jahr hatte *Steal This Book* von Abbie Hoffman auf den Bestsellerlisten gestanden; Henry wiederum kann sich die betrügerischen Unternehmen Enron und AIG zum Vorbild nehmen. Beide haben wir unsere Chefs geneppt, ohne einen Gedanken daran zu verschwenden, was es sie kostet, ihr Geschäft zu erhalten. Buchläden wie den, in dem ich gearbeitet habe, gibt es in Manhattan längst nicht mehr, und ich empfinde meinen kleinen Diebstahl als einen bleibenden persönlichen Makel.

Ein paar Tage meide ich das Café, und als ich mich wieder zeige, strahlt Henry. »Ich habe geheiratet«, verkündet er. Er zeigt mir Bilder von der Hochzeit: die City Hall an einem Wintermorgen voller Schneematsch, Henry mit einem schwarzen T-Shirt und einer roten Krawatte, die er sich komisch um den Hals geknotet hat, seine Braut, die einen Strauß halb erfrorener Nelken umklammert, in Jeans und weißem Pullover. Diesmal tippt er meinen Kaffee ein, ohne den Besitzer übers Ohr zu hauen. Erleichtert stopfe ich zwanzig Dollar in sein Trinkgeldglas: ein Hochzeitsgeschenk.

Als ich später am Nachmittag wiederkomme, steht die Lade der Registrierkasse jedoch offen, und Henry nimmt mein Geld entgegen, ohne die Summe zu registrieren. Offensichtlich hält er es auch bei anderen Kunden so, lässt das Geschäft zur Ader. Wenn er so weitermacht, muss es schließen, und dann bleibt mir nichts anderes übrig, als zu Starbucks zu gehen, wo der unbefugte Umgang eines Angestellten mit Geld die Alarmglocken schrillen lassen würde.

Der CD-Spieler dröhnt, Henrys Frau, das französische Au-pair-Mädchen, und einige von ihren Freunden singen mit. »Heute Abend tritt mein Vater auf, falls Sie sich seine Kunststücke ansehen wollen«, ruft Henry mir über die laute Musik hinweg zu. Er schreibt mir eine Adresse irgendwo draußen in Long Island auf.

Ich komme spät zu dem heruntergewirtschafteten Klub und nicke Henry, der allein auf der anderen Seite des Raumes sitzt, knapp zu. Der erste Künstler, der auftritt, vollführt schwierige Seiltricks, dann liest er die Gedanken einer Frau aus dem Publikum; ich habe den Verdacht, dass es seine Freundin ist.

Als Nächstes führt ein älterer Mann mit einem blonden Toupet einen komplizierten Kartentrick vor, bei dem es um Damen und Buben geht, die er »unsere Damen der Nacht« und »ihre Lümmel« nennt. Als er endlich die Arme ausbreitet, um anzuzeigen, dass der Kartentrick beendet sei, ist das Publikum vollkommen verwirrt. Henry flegelt sich in seinem Sessel und bedeckt das Gesicht mit den Händen.

Endlich betritt sein Vater die Bühne, ein milder, liebenswürdiger Mann Mitte fünfzig. Seine Darbietung ist eleganter als die seiner Vorgänger. Er vollführt einen eindrucksvollen Taschenspielertrick mit drei Tassen und verschiedenfarbigen Bällen. Als Höhepunkt bittet er jemanden aus dem Publikum um ein Bündel Banknoten und lässt das Geld – puff! – verschwinden.

Als Henry aus dem Klub schlüpft, um eine Zigarette zu rauchen, folge ich ihm und stelle mich in der Kälte zu ihm. »Diesem Zeug hab ich mein ganzes Leben lang zugesehen«, sagt er ein wenig traurig.

Mit einem schmerzlichen Gefühl des Wiedererkennens denke ich daran, wie Aaron das Auf und Ab meiner Karriere als Schriftsteller verfolgt. Ich habe mir zurechtgelegt, was ich Henry sagen will, ohne dabei anklagend oder selbstgerecht zu klingen. Stattdessen kommt mir über die Lippen: »Lass die Finger von der Kasse, oder ich sag's deinem Chef.«

Er sieht mich erst überrascht, dann mit einem Anflug von Hass an. »Es hat Sie doch gar nichts gekostet. Ich dachte, Sie wären auf meiner Seite.«

Das hatte ich auch geglaubt. Aber ich hatte mich nur selbst ausgetrickst.

Nachtschicht

Clarence ruft an, um mir die gute Neuigkeit mitzuteilen: Er hat es geschafft, eine Stelle als Triebwagenführer bei der New Yorker U-Bahn zu ergattern, die Erfüllung einer lebenslangen Liebesaffäre mit Zügen. Der seltene Ton von Begeisterung in seiner Stimme freut mich. Ich kenne Clarence, seit er zehn Jahre alt war, ein schüchterner Junge, der Stunden damit verbracht hatte, mit meinem Sohn Aaron über den Legosteinen zu kauern, mit denen beide so gern spielten. Seit damals haben wir hin und wieder Kontakt – wenn er mich darum bat, setzte ich etwa ein Empfehlungsschreiben für eine Gelegenheitsarbeit auf, und er erzählte mir, wie er vorankam. Im Lauf der letzten Jahre habe ich ihn zu einem ernsten und mehr und mehr in sich gekehrten jungen Mann heranwachsen sehen. Er wohnt allein, in demselben Apartment in Harlem, in dem er als Einzelkind aufgewachsen ist. Sein kräftiger Körper, der durch Gewichtheben und ein stattliches Aufgebot an proteinreichen Getränken noch muskulöser geworden ist, verleiht ihm ein leicht explosives Gehabe. Seine letzte Anstellung in der örtlichen Filiale einer Drogeriekette endete, als er den Geschäftsführer der Firma bezichtigte, diese »wie ein Sklavenschiff« zu führen.

Schon immer ist die U-Bahn für Clarence nicht so sehr ein Transportmittel als vielmehr ein Ziel gewesen. Als Teenager blickte er aus dem Fenster des ersten Wagens, um sich die verschiedenen Signale und Weichen einzuprägen, um »das Eisen lesen« zu lernen. Im Riverside Park entdeckte er eines Tages einen Zugang zu den unterirdischen Gleisen für die Personenfernzüge, die in der Penn Station ein und aus fahren. Oft schritt er die Schienen bis zur nördlichen Spitze Manhattans ab. Dann brausten die Lokomotiven an ihm vorbei und gaben ihm, wie er einmal sagte, das Gefühl, »vom Boden abzuheben«. Das Sonnenlicht, das durch die Luftschächte drang, machte die sogenannten »Maulwurfsmenschen« sichtbar, die dort unten lebten, eine krasse Ansammlung von Ausgestoßenen, die Clarence' Eindruck verstärkten, dass die Tunnel unter der Stadt eine nur wenigen Eingeweihten bekannte esoterische Welt waren.

»Ich fahre schon seit fünf Monaten«, sagt er mir jetzt am Telefon, »aber ich wollte dich nicht anrufen, bevor ich mir nicht sicher war, dass die Stelle wirklich mir gehört.« Ich nehme seine Einladung an, tags darauf, am Weihnachtstag, mit ihm zu fahren. »Ich habe Nachtschicht«, erklärt er mir. »Von vier Uhr nachmittags bis Mitternacht.«

Ich treffe mich mit Clarence in Pelham Bay in der Bronx, einem Bahnhof unter freiem Himmel, wo ein schneidender Wind über den hochgelegenen Bahnsteig fegt. Er begrüßt mich in seiner blauen Triebwagenführeruniform und einer roten Weihnachtsmannmütze, die oben mit einem pelzigen schneeweißen Bommel versehen ist. »Fröhliche Weihnachten!«, ruft er. Ich habe ihn noch nie so selbstsicher und entspannt gesehen. Er werde heute einen der neuesten Züge im ganzen System steuern, erzählt er, »den R142, eine Limonadendose auf Rädern«. Er bringt mich in die Führerkabine mit einem gepolsterten Stuhl und dem Computerbildschirm, der Störungen anzeigt und den Wagenführer über alles informiert, »außer wenn der Ärmel eines Passagiers in der Tür hängenbleibt«. Clarence steckt zwei langstielige Schlüssel in die Kontrollkonsole, löst die Bremse, und die Limonadendose gleitet, anfangs noch ein wenig unsicher, auf den vereisten Schienen voran.

Der Blick aus der Fahrerkabine ist aufregend: Unter uns werden rhombenförmige Weichen verschluckt, von den Gleisen wirbelt Stahlstaub auf, im Fenster einer vorüberfliegenden Wohnung ist ein Kreuz aus knorrigen Knochen zu erkennen. Clarence ist konzentriert und schweigt die meiste Zeit, sichtlich bemüht, nicht über die Stationen hinauszuschießen und so sein Gesicht zu verlieren.

Als wir den Harlem River überqueren und das lange Gefälle nach Manhattan ansteuern, beschleunigt er auf fünfundachtzig Stundenkilometer und beginnt, breit zu lächeln. Die Tunnel sind eine andere Welt. An den rohen Felswänden leuchtet die byzantinische Signatur von Zane Smith, einem Graffiti-Künstler, dem es gelingt, in die entlegensten U-Bahn-Schächte vorzudringen, was immer wieder Bewunderung auslöst. Für Clarence sind die Graffiti ein tröstlicher Anblick, Felszeichnungen aus den prähistorischen siebziger Jahren, als unbemannte Züge bis zu hundertzehn Stundenkilometer schnell fuhren, Gleisarbeiter während der Arbeit offen Marihuana rauchten und die Reparaturmannschaften Nägel aus einem Gleisabschnitt rissen, um einen anderen damit auszubessern.

Heute verkehren nur relativ wenige Züge, und die Signale stehen die ganze Strecke bis zur Brooklyn Bridge auf Grün. Dort drehen wir um und fahren wieder stadtaufwärts. Ich verlasse Clarence' Kabine und wandere durch die Wagen. Am Astor Place steigt lärmend eine Frau mit psychedelisch rotem Haar und zwei großen Koffern zu. Sie zieht ihre Plateauschuhe aus, legt die Füße auf die Koffer und schläft schnarchend ein. An der 96th Street fährt sie wie vom Blitz getroffen hoch und steigt eilends aus. Dies ist die inoffizielle Rassengrenze; nördlich von hier ist East Harlem. In der 125th Street füllen sich die mittleren Wagen für den Teil der Reise, der in die Bronx führt. Ein Wachmann außer Dienst gibt eine kurze Imitation von James Brown zum Besten, dann lässt er sich, ganz außer Atem, in die Arme seines Begleiters plumpsen.

Als der Zug wieder auf die Hochgleise hinausfährt, regen wir uns wie Menschen in einem Raum, in dem plötzlich die Rollläden geöffnet werden. Handys beginnen zu piepsen, jedes mit seinem individuellen Klingelzeichen. Ein junger Mann, der neben mir sitzt, schreibt konzentriert etwas in sein Notizbuch. Ich blicke ihm über die Schulter und lese: »Ich bin in die Frau meines besten Freundes verliebt / sie ruft mich an, wenn sie sich streiten, / er ruft mich an, wenn er ein Bett für die Nacht braucht.«

An der Parkchester Avenue leert sich der Wagen, und ich bin allein mit zwei Mariachi-Gitarristen, die auf dem Sitz zwischen sich ihre Trinkgelder aufteilen. Vorsichtig fährt Clarence in die Endstation Pelham Bay ein. Mit einem gewaltigen Seufzer verhauchen die Bremsen ihre Luft.

Es ist acht Uhr abends, Zeit zum Essen. Mit Mühe finden wir einen Feinkostladen, der noch geöffnet hat, dann kehren wir zur Station zurück. Um der Kälte zu entfliehen, schließt Clarence einen Abstellraum auf, der mit Scheuerbesen und mehreren Gallonen Desinfektionsmittel vollgestellt ist. Während wir essen, erzählt er von dem Stromausfall im vergangenen August, mitten im Feierabendverkehr, in der ersten Woche, die er ohne Fahrlehrer unterwegs war. Der Schaffner führte die Passagiere zum nächsten Notausstieg, während Clarence die Anweisung erhielt, in seinem Zug zu bleiben. Es war pechschwarz, höllisch heiß, und bis auf das gelegentliche Klimpern von Wasser, das von den Stützbalken tropfte, war kein Geräusch zu hören. Er war eingeschlafen, als der Strom wieder einsetzte, mit einem Summen wie von einem Bienenschwarm. »Der Luftzug aus der Klimaanlage brachte meine Zähne zum Klappern, so schweißnass war ich. Dann hörte ich, wie sich irgendwo weiter unten auf der Strecke der erste Zug in Bewegung setzte. Es klang wie Donner.«

Als ich abends wieder zu Hause bin, höre ich mir Duke Ellingtons *Take the »A« Train* an, mit seinem harten Swing und dem nachhallenden Glockenakkord wie das Hupsignal einer U-Bahn.

Am nächsten Morgen rufe ich Clarence an, um mich für die Fahrt zu bedanken. »Ich hätte nie geglaubt, dass ich so ein Glück haben würde«, sagt er. »Weihnachten das zu tun, was ich am liebsten tue. Und dabei doppelt zu verdienen.«

»Oh! Oh! Jetzt geht's los!«

Das Rattenproblem in unserer Straße in der Upper West Side ist endlich unter Kontrolle. Im letzten Frühjahr dagegen sind wir von Ratten geradezu erdrückt worden. Spätnachts wimmelten die Rotzedern in ihren Pflanzenkübeln vor unserem Haus nur so von Ratten. Ein Hund wurde in die Nase gebissen, als er an der Mauer vor der Holzhandlung eine Ratte gestellt hatte. Im Juni entdeckte ich ein paar von ihnen, wie sie bei helllichtem Tag an einem offenen Mülleimer hinaufhuschten, einen schwarzen Plastiksack aufrissen und hineinsprangen. Das war ein schlechtes Zeichen; es bedeutete, dass sie sich so rasch vermehrt hatten, dass ihre Nahrungsversorgung gefährdet war und die schwächeren Tiere sich bei Tag ins Freie hinauswagen mussten.

Einige Wochen später stand ich nach Mitternacht an meinem Fenster und beobachtete, wie sie mit den Vorderpfoten Wasser aus dem Rinnstein schöpften. Dutzende von ihnen lungerten herum wie Teenager, kopulierten, streunten umher – völlig entspannt. Jetzt, wo sie von ihrer üblichen Panik befreit waren, trat eine neue Arroganz zutage. Wenn unsere Wege sich kreuzten, empfand ich einen Schauder des Wiedererkennens und des Hasses. Ich musste an Seamus Heaneys Gedicht »Beförderung des Lernens« denken: »Etwas schlabberte schroff nahebei, / Beschmutzte die Stille: Eine Ratte / Schleimte aus dem Wasser, und / Meine Kehle schnürte so schnell sich zusammen, dass / Ich in kaltem Schweiß auf den Weg einbog.« Heaneys Ratte flitzte ein Abwasserrohr hinauf. Meine blieb sitzen, blickte mich starr an und fauchte.

Die gemeine braune Wanderratte ist das städtische Gegenstück zum Wolf der Brüder Grimm. Mit langen gelben Zähnen jagt sie die Straße entlang, zwängt sich geschickt durch winzige Löcher im Pflaster und taucht durch ein zernagtes Dielenbrett wieder auf. Ratten leben in einem Zustand verstärkter Unruhe, der wie eine groteske Variante unserer eigenen erscheint.

Eine ihrer unverzeihlichsten Eigenschaften ist, dass sie uns so sehr an uns selbst erinnern. Ihr sexueller Appetit scheint eher auf Angstgefühlen zu beruhen als auf der Notwendigkeit, sich fortzupflanzen (eine männliche Ratte paart sich zwanzig Mal am Tag). Sie fressen bis zur Besinnungslosigkeit und rennen so lange, bis sie vor Erschöpfung tot umfallen. Ratten sind hochempfindlich für die Stimmung ihrer Artgenossen: Eine einzige erwachsene Ratte, die unter Stress steht, gibt ihre Angst wie über einen elektrischen Draht an ein relativ friedliches Nest weiter. Ihr Lieblingsfraß ist Erdnussbutter, doch im Notfall können sie sich von fast allem ernähren: von Maschinenfett, Ölfarbe, Gummi oder Leim und, im schlimmsten Fall, voneinander. Sie scheinen Vergnügen an vandalischen Akten zu finden und verheeren einen ganzen Lebensmittelladen um einiger Krümel Nahrung willen. Mitunter erliegen sie einem ekstatischen Blutrausch. Joseph Mitchell schreibt über eine Rattenkolonie Anfang der vierziger Jahre auf dem Geflügelmarkt des alten Gansevoort Market: »Sie bissen mehr als dreihundert Hühnchen die Kehle durch und verschlangen weniger als ein Dutzend.«

Voriges Frühjahr gingen meine Nachbarn und ich, wenn wir spätnachts nach Hause kamen, immer mitten auf der Straße, schlugen mit Regenschirmen oder Stöcken ängstlich auf den Boden und stampften mit den Füßen, in der Hoffnung, die Ratten so auseinanderzutreiben. Sie beachteten uns gar nicht. Die Rollen waren vertauscht; zur Abwechslung waren nicht etwa sie auf der Flucht, vielmehr schienen sie *uns* verspotten zu wollen. Wir hatten das Gefühl, mit einem Makel behaftet zu sein. Wir hatten das Gesicht verloren, konnten uns nicht behaupten. Die Barbaren hatten uns überrannt.

Im August kamen die Kammerjäger, legten in den Bauten Gift aus, und die überlebenden Ratten verschwanden wieder unter der Erde. Es gelang mir jedoch nicht, sie aus dem Bewusstsein zu verdrängen. Gibt es jetzt wirklich weniger Ratten auf den U-Bahn-Gleisen als vorher? »Gleiskaninchen« nennen die Streckenarbeiter sie. Wie die meisten New Yorker habe ich immer geglaubt, dass mindestens acht Millionen Ratten in der Stadt leben, eine für jeden menschlichen Einwohner. Erst jetzt, wo ich von einer Studie lese, derzufolge die Rattenpopulation auf nicht mehr als 250 000 geschätzt wird, bin ich beruhigt. Die Wanderratte wiegt selten mehr als ein Pfund, dabei erinnere ich mich an Ratten, die so groß waren wie ein kleiner Hund. Obwohl ihre natürliche Lebenserwartung bei drei bis vier Jahren liegt, überleben die meisten Ratten in New York nicht einmal die Hälfte dieser Zeit.

Dennoch glaube ich aus den Augenwinkeln zu sehen, wie sie vorüberhuschen. Überall sehe ich sie plötzlich in Erscheinung treten, nicht nur lebendige. Am Broadway, über dem Haupteingang der Columbia University, schwebt eine riesige aufblasbare Ratte, ein Protest gegen die Einstellung von Personal, das nicht gewerkschaftlich organisiert ist. Vier Männer mit Stricken sind nötig, um die Ratte festzuhalten, die da fett, triefäugig und von cartoonhafter Bösartigkeit aufragt.

Die Wirkung, die Ratten auf mein Bewusstsein ausüben, ist stark genug, dass ich den Eindruck habe, unter einer leichten Rattenphobie zu leiden. Wenn sie in meinen Träumen vorkommen, bin ich sehr verstört. Freuds Bemerkung, dass Ratten in Träumen oft die Geschwister des Träumenden symbolisieren, verfolgt mich schon seit Jahren. Ich bin in einem Nest mit fünf Brüdern, einem starrköpfigen Vater und einer Mutter, um deren Zuneigung mit paranoider Aggressivität gekämpft wurde, aufgewachsen. Als ich ein kleiner Junge war, kam mir einer meiner älteren Brüder besonders rattengleich vor: nervös und abrupt in seinen Bewegungen, gierig, anklagend, von heimtückischer Schläue. Wenn er den Blick auf mich richtete, hatten seine Augen einen undurchdringlichen, humorlosen Glanz.

Einer von Freuds berühmtesten Patienten verwirrte den Arzt zeitweilig mit seinen »sonderbar unsinnigen Zwangsvorstellungen« von den Ratten. Der Fall des Rattenmannes. Während der Analyse stellte sich heraus, dass Ratten für ihn unter anderem Geld, Gewalt, Analerotik, Babys, Infektionskrankheiten und körperliche Züchtigung bedeuteten. »Bei einem Besuch am Grabe des Vaters hatte er einmal ein großes Tier, das er für eine Ratte hielt, am Grabhügel vorbeihuschen sehen. Er nahm an, sie käme aus dem Grabe des Vaters selbst und hätte soeben ihre Mahlzeit von seinem Leichnam eingenommen.« Der Rattenmann hatte als Kind selbst oft um sich gebissen, wofür er von seinem Vater schwer geprügelt worden war. In der Krankengeschichte des Patienten schreibt Freud: »[...] die Ratte ist aber nicht etwa ohne Strafe bissig, gefräßig und schmutzig, sondern sie wird von den Menschen, wie er oft mit Grausen gesehen hatte, grausam verfolgt und schonungslos erschlagen.« Als er »wirklich sein ganz ›natürlich Ebenbild‹« in der Ratte finden konnte, so behauptet Freud, war das »Rattendelirium« des Patienten beseitigt.

Ich kann mich noch daran erinnern, wie in den späten sechziger Jahren in der Park Avenue nördlich von Midtown Hunderte von Ratten aufkreuzten. Sie zerstörten die Tulpen und rannten dreist auf der Verkehrsinsel in der Mitte der Straße umher. Die *New York Times* deutete an, es könnte sich um »Flüchtlinge aus Harlem« handeln. Vielleicht hatte der Verfasser des Artikels die Eröffnungsszene von Richard Wrights Roman *Native Son* vor Augen gehabt. Als Bigger Thomas eine Ratte in seiner Wohnung sieht, wird er »schlagartig aktiv und gewalttätig«. Die Ratte »sprang an Biggers Hosenbein hoch, schlug ihre Zähne hinein, biss sich fest«. Bigger holt mit einer eisernen Bratpfanne nach dem Biest aus. Seine Schwester rennt in eine Ecke des Zimmers und zieht den Saum ihres Unterrocks »fest über ihre Knie. ›Oh! Oh!‹, wimmerte sie. ›Jetzt geht's los!‹«

493 Dollar in Ein-und Fünf-Dollar-Scheinen

Ich bin in der Lower East Side und muss ein paar Stunden totschlagen. So besuche ich das Tenement Museum in 97 Orchard Street. Fünf überfüllte Durchgangswohnungen sind hier mit einem Realismus rekonstruiert worden, der mich unruhig in die Verwahrlosung zurückversetzt, in der mein Großvater väterlicherseits während seiner ersten Jahre in New York gehaust haben muss. Die Wohnungen werden wie betretbare Kunstwerke zur Schau gestellt, und Pedro, einer der Museumspädagogen, führt ein Dutzend Besucher durch das finstere Treppenhaus des Gebäudes.

Zwischen 1863, dem Jahr ihrer Erbauung, und 1935, als der Besitzer, der zu wenig Geld besaß, um die neuen Feuerschutzbestimmungen einzuhalten, jeden auf die Straße setzte, wohnten insgesamt siebentausend Immigranten aus zwanzig Ländern in dieser einen Mietskaserne. Danach lagerte ein im Erdgeschoss befindlicher Billigladen für Kleidung seine überschüssige Ware in den kalten Räumen der oberen Stockwerke ein. Das Gebäude hatte sich sein Aussehen aus dem 19. Jahrhundert wie in einer Zeitkapsel bewahrt und wurde 1998 in ein Museum umgewandelt.

Pedro führt uns in die nachgestellten Räume von Nathalia Gumpertz, einer aus Deutschland gebürtigen alleinstehenden Mutter von vier Kindern, die während der Panik von 1873 in das Gebäude einzog, als Firmen Bankrott machten, die Börse vorübergehend schließen musste und die Arbeitslosenzahl in die Höhe schnellte. Winzige Zimmerchen ohne Fenster; eine Außentoilette, die sie sich mit den Gästen der Bar im Erdgeschoss teilen musste. »Damals war das Viertel als Kleindeutschland bekannt«, informiert uns Pedro. »Es wies die fünftgrößte Konzentration an Deutschsprachigen in der Welt auf.«

Im Jahr 1890 hatten Osteuropäer Kleindeutschland überrannt, und die Lower East Side war das am dichtesten besiedelte Wohngebiet Amerikas. Zwanzig Jahre später gelangte mein eingewanderter Großvater in diese Straßen, ein »Niemand aus dem Schtetl«, wie er sich selbst bezeichnete. Der Fünfzehnjährige flickte ausrangierte Mülltonnen, die er an Hauswirte in den Slums der Stadt verkaufte. Er zog von Ort zu Ort, schlief, wo er konnte, bis er heiratete und in eine Mietskaserne mit kaltem Wasser in der Grand Street zog, ein paar Wohnblocks von der Orchard Street entfernt. »Der Ururenkel von Mrs Gumpertz kam im World Trade Center ums Leben«, sagt Pedro und zeigt uns das Bild eines dunkeläugigen Mannes mittleren Alters.

Pedro führt uns in das sorgfältig zusammengestellte Apartment von Harris und Jenny Levine, die hier in einem eigenen Kleinbetrieb wohnten. Alles hier ist auf freudlose Weise auf Arbeit abgestellt: Bügeleisen auf einem Kohleofen, Stapel von Kleiderärmeln, die darauf warten, angenäht zu werden. Ein Stahleimer mit einer Decke darin, in dem das Neugeborene schlief. Ein einziges besudeltes Bett, auf dem man allenfalls zusammenbrechen konnte. Abgeblätterte Schichten von Pappkarton, Emaille und Linoleum auf dem Fußboden verleihen der Wohnung das Aussehen einer zertrampelten Collage.

Als ich das Museum verlasse und um die Ecke biege, sehe ich mich einer luxuriösen Eigentumswohnanlage gegenüber, deren verspiegelte blaue Fenster wie Computerbildschirme glänzen. Die Lower East Side ist eine der vier lukrativsten Wohngegenden in den USA. In den letzten beiden Jahren erzielten dort erworbene Immobilien eine Wertsteigerung von 125 Prozent (Preiskalkulation für die Zeit von September 2004 bis September 2006).

Ich gehe an dem windschiefen ehemaligen Mietshaus in der Grand Street vorbei, wo meine Großeltern ihre vier Kinder aufgezogen haben. Inzwischen ist es als Einfamilienhaus herausgeputzt. Ich stelle mir meinen Onkel Ellie in diesen Räumlichkeiten vor. Er war sieben Jahre älter als mein Vater und von jenen harten Zeiten auf eine Weise gezeichnet, wie es mein Vater, selbstsicherer und Amerikaner, nicht war. Statt in das Familiengeschäft mit Altmetall einzusteigen, wurde Ellie Kranführer und glitt in seiner Kabine über den Dachfenstern des einen oder anderen Lagerhauses hin und her wie ein Dämon in einem fliegenden Käfig. Noch kurz vor seinem Tod war er ein Vulkan von einem Mann, fast eins neunzig groß, das übergroße Gesicht von geplatzten Kapillaren und Venen erhellt.

1983 begleitete ich Ellie auf Wunsch meines Vaters in die Notaufnahme des Krankenhauses. »Ich bring's einfach nicht über mich, Michael. Er ist mein einziger Bruder.« Nachdem man Ellie in sein Zimmer eingewiesen hatte, half ich ihm dabei, sich das Krankenhaushemd überzuziehen. »Wo ist Bernie?«, wollte er wissen – er meinte meinen Vater. »Wieso ist er nicht hier?«

Als ich seine Hose aufhängte, fiel ein dickes Bündel Banknoten heraus. Ellie bestand darauf, dass ich das Geld nachzählte. Es waren 493 Dollar in Ein- und Fünf-Dollar-Scheinen. »Behalt es«, sagte er. Ich konnte die verunreinigten Scheine kaum berühren – Ellie war inkontinent gewesen –, doch ohne lange nachzudenken, stopfte ich sie, sosehr sie auch stanken, in meine Hosentaschen.

Ich kehrte in meine Wohnung in der Lower East Side zurück. Sie gehört zu einem Projekt des sozialen Wohnungsbaus mit einem Betonspielplatz, das an die Stelle Dutzender von abgerissenen Mietskasernen getreten ist. Verbesserte Wohnverhältnisse für die Armen. Ich breitete Ellies Geld vor mir aus, und da lag es nun mit all seiner schäbigen, alles verschlingenden

Macht. Ich war darauf angewiesen – eine Verhöhnung meiner Versuche, all das hinter mir zu lassen, was ich als die habgierige Immigrantenmentalität meiner Familie ansah. Einer verdrehten Logik zufolge veranlasste mich jedoch gerade mein Verlangen nach dem Geld dazu, es meinem Vater auszuhändigen. Noch als erwachsener Mann war mein Vater manchmal vom Schrottplatz nach Hause gekommen, und aus dem Mundwinkel, dort, wo mein Großvater ihn geschlagen hatte, war ihm Blut getropft. Sie stritten sich wegen des Geschäfts, das sie aus den Slums erlöst hatte. Lag es an seinem Seltenheitswert, dass das Geld ihnen nur eine neue Form von Elend bescherte?

Nachdem ich die Geldscheine in meinem Badezimmer auf einer Wäscheleine getrocknet hatte, lud ich meinen Vater zu mir ein. »Ellie hat mir etwas für dich gegeben«, sagte ich ihm. Er hatte mich vorher noch nie besucht, und ich versuchte mir auszumalen, wie mein Leben in diesem Gebäude wohl auf ihn wirken würde. Zwei der drei Fahrstühle waren defekt, und er musste fünfzehn Minuten warten, bis er zu meiner Wohnung im neunzehnten Stock hinauffahren konnte. Als er den Gang entlangkam, warf er einen Blick in die Wohnung meiner chinesischen Nachbarn, deren Tür wie immer sperrangelweit offen stand. Zehn oder mehr Restaurantarbeiter lagen Seite an Seite auf roten Decken, die über den gesamten Fußboden ausgebreitet waren.

Ich hielt meine Illusion von moralischer Lauterkeit aufrecht und überreichte ihm Ellies Geld, das ich sorgfältig zusammengefaltet in eine Plastiktüte gesteckt hatte.

Er nahm es und ging. Zumindest glaubte ich das – bis ich es auf dem kleinen Tisch an der Tür fand. Es reichte gerade mal für eine Monatsmiete.

Arbeitszimmer

Ich habe ein Arbeitszimmer im West Village, ein Raum wie eine Schachtel, in dem ich mit Unterbrechungen die letzten fünfundzwanzig Jahre über geschrieben habe. Die Miete ist niedrig, dank einer philanthropischen Stiftung, die das Gebäude in den sechziger Jahren mit dem Ziel erworben hat, Künstlern erschwingliche Studios zur Verfügung zu stellen. Offiziell ist es niemandem erlaubt, in dem Gebäude auch zu wohnen, obwohl einige von uns im Lauf der Jahre in unseren Studios kampiert haben, wenn wir darauf warteten, dass die harten Zeiten vorübergingen.

Davor war das Gebäude das Forschungszentrum der Bell Telephone Company gewesen. Hier war der Transistor erfunden worden. Als aber die Erfinder aus- und die Künstler eingezogen waren, schien sich eine obskure Trägheit auf das Haus herabgesenkt zu haben. Es war, als existiere es in einer ganz eigenen Wirklichkeit, im Widerstreit mit der Stadt, der es kaum anzugehören schien. Während Manhattan toste, schien sich das Leben in unserem Haus nur noch weiter zu verlangsamen.

Obwohl mein Arbeitszimmer auf den Hudson hinausgeht, war der Blick auf den Fluss jahrelang von der Trasse einer Hochstraße verstellt gewesen, die genau bis zur Höhe meines Fensters im zweiten Stock aufragte. Der Verkehr ließ die Wände erzittern, bis eines Tages ein beladener Müllwagen durch ein Schlagloch in der Straßendecke stürzte, man die Hochstraße für zu gefährlich hielt und sie auf immer für den Verkehr sperrte. Die New Yorker begannen sofort, die stillgelegte Straße als Uferpromenade zu nutzen.

Etwa um diese Zeit erteilte ich in meinem Studio Spanischunterricht, und mein bester Student war Stripteasetänzer in einer der Dutzenden von Schwulenbars in unserem Abschnitt der West Street, die jeden Abend zum Leben erwachten. Er vermittelte mir mehrere Freunde, und eine Zeit lang erzielte ich ein annehmbares Einkommen, indem ich die Räder der Konversation zwischen englisch- und spanischsprechenden Cruisers ölte. Spätnachts entdeckte ich unter den Schwärmen von Männern, die sich aus den Bars auf die Straßen ergossen, die tanzten, kopulierten und dabei Bierflaschen in die Höhe hielten, manchmal einige meiner Schüler. Durch die vergitterten Fenster des Männergefängnisses beobachteten die Häftlinge das ausgelassene Treiben in unterschiedlichen Erregungszuständen und sandten einen ständigen Schwall von Verwünschungen und Drohungen hinab.

Kurze Zeit später wurde die Hochstraße abgerissen. Mein Vater beschwerte sich darüber, dass man ihn davon ausgeschlossen hatte, die abgetragenen Stützpfeiler für seinen Schrottplatz zu erwerben; mir jedoch war zumute, als sei ich aus einem Zustand der Halbblindheit befreit worden: Mit einem Mal konnte ich über den Fluss hinweg die petrochemisch strahlenden Sonnenuntergänge New Jerseys sehen.

In den späten achtziger Jahren war das Gefängnis zu Luxusapartments umgebaut, das Nachtleben in der West Street durch Aids dezimiert worden und mit meiner schon immer unleidlichen Vermieterin Dora fast kein Auskommen mehr. Dora war an der Golfküste von Louisiana groß geworden; »ein Durcheinander aus vermischtem Blut«, so nannte sie sich selbst – Cajun, Afrikanerin, Seminole, Angelsächsin. In New York hatte sie ihren Südstaatenakzent gegen die theatralische Diktion der Avantgarde von Greenwich Village in den fünfziger Jahren eingetauscht und kurzfristig als Schauspielerin in Seifenopern Karriere gemacht. Doras Mann hatte das Studio als Maleratelier benutzt, und seit seinem Tod bin ich ihr Untermieter.

Obwohl sie wenig Geld hat und ohne Schwierigkeiten mehr für den Raum bekommen könnte, verlangt sie von mir dieselbe niedrige Miete, die sie selbst bezahlt. Als Gegenleistung behandelt sie mich wie den Sohn, den sie nie gehabt hat, verlangt Ehrerbietung und tadelt mich wegen meines rüpelhaften, unsensiblen Betragens. Sie besteht darauf, meine Arbeit zu kritisieren, lässt mir gönnerhaft aufmunternde Worte zukommen und beschwert sich bei ihren Freundinnen darüber, dass ich, genau wie ihr Mann, niemals hinreichend Erfolg haben würde. Einmal drohte sie, mich aus der Wohnung zu vertreiben, falls ich mich nicht an Kriminalgeschichten versuchte.

Sie hält sich noch immer für eine Schönheit und spielt gelegentlich auf »Herren, halb so alt wie ich«, an, die sich verschwören, um sie zu verführen. Vor kurzem ging es um einen Mann, den sie bei einem Besuch in Louisiana kennengelernt hatte. Ob ich wohl seinen Roman lesen und mir dabei überlegen würde, wie man einen Agenten für ihn finden könnte? Der Roman hieß *America's Guts.* Auf dem Höhepunkt des Geschehens bombardiert der Held, ein Oberst der U.S. Marines, ein aufständisches muslimisches Dorf mit einer Flugzeugladung Schweinegedärm.

Vor einiger Zeit beschloss ich, eine Zeit lang zu Hause zu arbeiten. Mit Doras Zustimmung bot ich das Zimmer einer jungen Frau namens Chloe an, die mir von einem Freund empfohlen worden war.

Am Telefon erklärte mir Chloe, der Raum sei »ein Geschenk des Himmels, zu schön, um wahr zu sein«. Sie arbeitet an einem Roman und ist begierig, das Studio zu jedem Preis zu nehmen, und sei es nur für einen begrenzten Zeitraum. Als sie es zu Gesicht bekommt, scheint sie jedoch weniger begeistert. Das Zimmer sieht schäbig aus, denke ich, eine Schachtel ohne

Charakter, unnötig kahl. Ich rechne aus, dass ich mehr als 50000 Stunden in diesem Raum verbracht habe, und frage mich laut, ob sich das Resultat dieser Stunden – von einem ersten Roman, den ich nur deshalb beendete, weil ich es nicht ertragen konnte, ihn noch einmal zu überarbeiten, bis zur Erzählerstimme in einer Fernsehsendung über Golf – nicht zu einer einzigen abstoßenden Masse zusammengeballt hat.

Ich warne Chloe vor Doras Überspanntheiten, dann beginne ich mich nach den Lastkähnen mit Müll zu sehnen, die unter meinem Fenster pünktlich wie ein Uhrwerk zur Mülldeponie auf Staten Island hinausfuhren, bis diese geschlossen wurde. Ich erinnere mich an eine Schilderung Alexander Trocchis in seinem Roman *Kains Buch*: Wenn man auf diesem Abschnitt des Hudson einen Lastkahn steuert, blickt man auf Manhattan »wie auf eine kleine Luftspiegelung, mit der man nichts zu schaffen hat«.

Chloe hört mir höflich zu und gibt sich Mühe, zu verstehen, was ich meine. Sie ist jugendlich und optimistisch und hat einen Abschluss in Kreativem Schreiben von einer teuren Universität. Sie erzählt mir, dass sie als Assistentin bei einer bekannten Zeitschrift gearbeitet und Artikel für andere ebenso bekannte Zeitschriften beigesteuert hat. Sie zählt ihre Qualifikationen auf wie jemand, der die Schriftstellerei als rationale, auf steile Karriere ausgerichtete Berufswahl betrachtet.

Ich zeige ihr das gemeinschaftliche Badezimmer. »Da hab ich schon Schlimmeres gesehen«, sagt Chloe tapfer. Einer meiner Nachbarn hält sich gerade darin auf und spricht, während er seine haschischverkrustete Wasserpfeife säubert, träge in sein Handy.

Dann gehe ich mit ihr den Gang entlang, um sie mit Joe bekannt zu machen, dem Maler des abstrakten Expressionismus, der mit seinen siebenundachtzig Jahren noch immer stämmig und vital wirkt. Entzückt über den Besuch, stellt sich Joe als

»berühmtester unbekannter Künstler Amerikas« vor. Auf dem Plattenspieler spielt eine verkratzte Maria-Callas-LP, und an den Wänden lehnt eine Phalanx seiner farbenfreudigen Bilder. Mit tiefem Ernst setzt er sie in Kenntnis, dass seine Schwäche für intellektuelle Frauen seine Karriere ruiniert habe. »Ich hätte mit Frank O'Hara ins Bett gehen sollen, als er mich in der Cedar Tavern angebaggert hat.«

Chloe verspricht, sich morgen bei mir zu melden, doch eine ganze Woche vergeht ohne ein Wort von ihr. Ihr Schweigen kränkt mich. Ich fühle mich versetzt, als hätte sie mir den Laufpass gegeben. Ich versuche, das Gebäude mit ihren Augen zu sehen: Kiffer und alte Männer, die sich in ihren Zimmern vor der Welt verstecken. Endlich schickt sie mir eine E-Mail. »Dein Studio ist wirklich etwas ganz Besonderes. Ich wünschte uns beiden, dass es das Richtige gewesen wäre.«

Am selben Abend ruft Dora an. Im Gebäude war ein kleines Feuer ausgebrochen, nur Rauch, keine Flammen, aber die Feuerwehrleute mussten in unser Zimmer einbrechen, um sicherzustellen, dass in den Wänden nichts nachschwelte. »Die Hausverwaltung hat ein Vorhängeschloss an der Tür angebracht. Komm vorbei, wenn du den Schlüssel abholen möchtest.«

Ich suche sie in ihrer Wohnung auf, die mit Gemälden ihres Mannes vollgestellt ist. Eines dieser von Kokoschka inspirierten Bilder ist ein Porträt von Dora als junger Frau, das ihre scharfen Gesichtszüge und ihren strengen Blick treffend wiedergibt. »Ich bringe es nicht übers Herz, sie wegzuwerfen«, sagt sie von den Bildern, »aber keiner will sie kaufen. Merk dir das für deine eigene Zukunft, Michael. Wenn mein Mann doch nur mehr auf seine Karriere geachtet hätte.«

Mein Arbeitszimmer sieht trauriger aus denn je, die Tür hängt aus den Angeln, der Stuck ist herausgerissen, und in die Rigipswände sind mehrere Löcher gehackt. Ich rufe Dora an, um ihr den Schaden zu beschreiben. Nach einer Pause sagt sie: »Bleib da. Du weißt genauso gut wie ich, dass du jetzt nicht ausziehen kannst.« Dora hat recht. Aller Wahrscheinlichkeit nach werde ich im Frühjahr wieder in meinem Studio sein und die Stunden bis dahin zählen.

Notizen eines Anti-Reisenden

Vor etlichen Jahren begann ich, Aufzeichnungen über meine tägliche Pendelstrecke mit der U-Bahn-Linie 1 zu machen, von der U-Bahn-Station in der 110th Street in Manhattans Upper West Side zur U-Bahn-Station in der 14th Street in Greenwich Village. Es war ein Spaß, den ich mir mit mir selbst erlaubte, ein Versuch, aus der Tatsache, dass ich mich seit fast einem Jahrzehnt nicht mehr als fünfzig Meilen aus New York City hinausgewagt hatte, eine Tugend zu machen.

»Notizen eines Anti-Reisenden«, nannte ich meine Aufzeichnungen, in dem Bemühen, dem alten Trott, in dem ich mich bewegte, literarischen Glanz zu verleihen. »9.49 Uhr. Sechsundzwanzig Personen auf dem Bahnsteig Richtung Innenstadt. Von einem schuppig aussehenden Eisenträger spritzt Regen auf die Gleise. In einer größer werdenden Pfütze neben dem dritten Schienenpaar sitzt etwas, das wie eine große schwarze Muschel aussieht. Ich schaue genauer hin. Es ist ein Handy.«

Ab und zu unterzog ich mich um der Recherchen willen unnötigen Mühen. So blieb ich etwa, nachdem alle anderen ausgestiegen waren, bei einer stark riechenden Obdachlosen im U-Bahn-Wagen sitzen. »Sie verströmt einen dauerhaften Gestank, eine Art Überzug, der sie davor schützt, dass sie im Schlaf überfallen wird. Als wir Lincoln Center erreichen, habe ich mich an den Geruch schon fast gewöhnt.« In der 59th Street stieg ein Mann in einem Burberry-Mantel ein, setzte sich mit einem höflichen Kopfnicken hin und fing an, in seiner Zeitung zu lesen, ohne sie oder mich zu beachten.

Meine Notizen über einen Zeitraum von sechs Monaten bestätigten, was ich bereits wusste: Eine erfolgreiche Pendelfahrt ist eine, auf der nichts Ungewöhnliches passiert. Die meisten Leute betrachten die Möglichkeit eines Abenteuers in einer geschlossenen, mit Fremden überfüllten Kapsel mit Abscheu. Geschieht etwas Außergewöhnliches, so sehen die Pendler in der Hoffnung, es möge bald enden, darüber hinweg. Ich betrachtete die Dinge aus einem anderen Blickwinkel: Außerstande, aus der Monotonie meines Lebens auszubrechen, konzentrierte ich mich mit umso größerer Intensität auf sie, in der Hoffnung, dass die Monotonie mehr beinhalte, als ich vermutet hatte.

Meine interessanteste Begegnung war ein aus Nicaragua stammender Sänger mit kleinen Händen, der in verschiedenen U-Bahn-Stationen gegen eine Spende auf einer Miniaturgitarre Boleros spielte. Ein- oder zweimal im Monat liefen wir uns über den Weg, stets froh über die Gesellschaft des anderen. Es war ein Tenor, mit einer tiefen, fesselnden Stimme. Er hatte einen Kehllaut kultiviert, der sich wie ein Schrei anhörte. Wie ein klassischer Gitarrist saß er, die Beine leicht gespreizt, der Rücken gerade, das Instrument auf seinen rechten Schenkel gestützt, auf einem Klappstuhl.

Nachdem ich ihn ein paar Monate lang nicht gesehen hatte, begann ich mir Sorgen um ihn zu machen. Als er wieder auftauchte, erklärte er, er habe den Mut verloren: »Ich habe mich zu sehr ins Zeug gelegt. Größere Lautstärke, kräftigere Stimme, aber ich konnte mir einfach kein Gehör verschaffen.« Er erzählte mir, er habe ein Buch gelesen. »*Una novela.* Vielleicht kennen Sie es. *Don Quijote de la Mancha.*«

Ich glaubte schon, er wolle mir einen Bären aufbinden, aber er wirkte aufrichtig, so als wäre er ganz zufällig auf das Buch gestoßen oder als glaubte er, mir als Gringo sei es unbekannt.

»Wovon, meinen Sie, handelt es?«, fragte er. Als ich zu einer Antwort ansetzte, unterbrach er mich. »Nein, nein. Das haben Sie missverstanden. Es handelt von einem Mann, der die Gegenwart hasst, genau wie ich. Aber er will nicht hassen, denn Hass vergiftet, also denkt er sich eine Möglichkeit aus, sie nicht zu hassen, aber es ist eine *fantasía*, die ihn verrückt macht.«

Der Fußweg von der U-Bahn-Station in der 14th Street zu meinem Arbeitszimmer, sieben Häuserblocks, war eine weitere Etappe auf meiner Pendelstrecke – und ebenso ereignislos. Meine Theorie war, dass ich mich an die Straße ebenso gewöhnt hatte wie die Straße sich an mich, da ich nie die Route wechselte. Wir verhängten eine Erwartung der Gleichförmigkeit übereinander, die wir unfehlbar erfüllten. Wann immer ich doch die Route wechselte, bewahrheitete sich meine Theorie. Ich nahm die West 11th Street statt der Bank Street, und schon rammte mich ein Mann, der in die entgegengesetzte Richtung ging, mit der Schulter. Dabei tat er so, als wäre die Kollision unbeabsichtigt. Ein Flachmann Wodka fiel ihm aus der Tasche und zerschellte auf dem Gehsteig. »Pass doch gefälligst auf!«, schrie er. »Gib mir Geld für 'ne neue Flasche!« Als ich roch, dass die Flasche nur mit Wasser gefüllt war, weigerte ich mich; da schlug er mir mit der Faust ins Gesicht und schlurfte davon. Am folgenden Tag wählte ich wieder meine alte Route.

Diese Notizen und die belanglosen Zwischenfälle, die sie schildern, hatte ich ganz vergessen, bis mir vor wenigen Tagen ein Anti-Reisebuch von Julio Cortázar und seiner Frau Carol Dunlop in die Hände fiel: *Die Autonauten auf der Kosmobahn. Eine zeitlose Reise Paris–Marseille.* Im Mai 1982 fuhr das Paar in seinem VW-Campingbus von Paris nach Marseille, normalerweise eine zehnstündige Reise. Sie stellten zwei Regeln auf: nicht von der Autobahn abzufahren und an jedem der fünfundsechzig Rastplätze auf der Strecke haltzumachen, zwei pro Tag, »mit der naheliegenden Verpflichtung, auf dem zweiten zu übernachten«.

Die Fahrt dauerte dreiunddreißig Tage. Anders als mein tägliches Pendeln war die Expedition der beiden sinnlos, ein optimistisches Opponieren gegen die Welt der Gegenwart. Es sei nur ein Spiel, frei von jeder Absicht, behaupteten sie, eine Übung in Monotonie. Am fünften Tag stellten sie zu ihrer Überraschung fest, dass sich ihre Routine ganz natürlich anfühlte. Die Rastplätze schienen ebenso vielgestaltig wie unterschiedliche Städte, obwohl einige nur durch einen schmalen Asphaltstreifen von der Autobahn getrennt waren. Cortázar und Dunlop lebten in einem einzigartigen Hochgefühl, welches daher rührte, dass sie stillstanden, während alle anderen mit höchster Geschwindigkeit an ihnen vorüberjagten.

Ich führte ein Experiment durch und stellte mich mehrere Stunden lang an der Ecke 109th Street/Amsterdam Avenue auf, ohne mich vom Fleck zu rühren. Es war Freitag, halb fünf, und es regnete leicht, der Verkehr wälzte sich in nördlicher Richtung nach Harlem. Dutzende Passanten traten in das Delikatessengeschäft an der Ecke und kamen mit Lotterielosen wieder heraus, die sie rubbelten und danach zu Boden fallen ließen.

Nach einer Stunde war der Gehsteig um mich herum mit Hunderten weggeworfener Lose übersät, deren silberne Ränder im Regen glitzerten. Ein Vater eilte mit seinen dreijährigen Zwillingstöchtern vorbei, die, eine an jeder Hand, mit ihm Schritt zu halten versuchten. Beim Überqueren der Straße verlor eines der Mädchen seinen Turnschuh, und der Vater stieß ihn mit dem Fuß auf den Bürgersteig, damit er nicht von einem Auto zerdrückt wurde. Hinter mir wurde ein Zehn-Dollar-Drogengeschäft abgewickelt. Vor dem Gebäude an der Ecke hielt ein Krankenwagen der Seniorenbetreuung. Eine lächelnde

Frau wurde von einer Tragbahre gehoben, in einem Rollstuhl festgeschnallt und von zwei Sanitätern in ihr Wohngebäude getragen. Sie durfte wieder nach Hause.

Um acht Uhr empfand ich eine angenehm friedliche innere Leere, die stärker war als mein Wunsch, mich ins Trockene zu flüchten oder weiterzugehen.

Eine andere Art zu verhungern

»Merk dir, was ich dir sage, Michael; wichtiger als die Frage, wie du dir deinen Lebensunterhalt verdienst, ist die Frage, für wen. Rackerst du dich für das Vermögen eines anderen Mannes ab? Oder kannst du den Kopf hochhalten und dich deinen eigenen Boss nennen?«

Das war das Credo meines Großvaters Louie, das er mir als Junge eingehämmert hatte. Er weigerte sich, zuzugestehen, dass es auf dieser Welt auch nur einen Angestellten gibt, der nicht von dem Verlangen beherrscht wird, den Menschen umzubringen, der ihn entlohnt.

»Die Verschwender, die du überall siehst, die mit den Bonzengehältern, glaub mir, was die sich von ihrem Geld kaufen, schmeckt ekelhaft.«

Als ich elf Jahre alt wurde, wollte Louie wissen, wie ich mir meinen Unterhalt verdienen wollte. Und wann ich damit anzufangen gedächte. Seine eigene Kindheit erinnerte an Saul Bellows *Die Abenteuer des Augie March.* Er war im Alter von fünfzehn Jahren allein aus der Ukraine nach Manhattan gekommen – einer jener »unfertigen Menschen« wie die Schriftstellerin Ruth Gay die Banden minderjähriger Immigranten nannte, die zu Beginn des 20. Jahrhunderts aus Osteuropa gekommen waren: zu alt, um ihr Herkunftsland vollständig abzuschütteln, aber jung genug, um sich von Amerika formen zu lassen. Sein erster Job in New York war Straßenhändler. In einer Kellerwohnung in der Grand Street schweißte er Mülleimer zusammen, lud sie auf einen Handkarren und verkaufte sie an die Besitzer der Slumwohnungen in Little Italy und der Lower East Side. »Erstklassige Behälter, Michael. Kein Partner. Kein Boss.«

Wie ich heute weiß, hatte ich mich teilweise von Louie inspirieren lassen, als ich, noch ein Teenager, von zu Hause auszog und die Schule schmiss. Im Rückblick scheint mir mein Auszug zwar übereilt, aber ich war begeistert von der Idee, dies sei eine Abkürzung auf dem Weg zum Schriftsteller. Wenn Louie sich nur darauf verstanden hätte, wie man eine Geschichte erzählt, dachte ich.

Meine Mutter beschuldigte mich, die Vorteile des »Opfers« zu verschleudern, das mein Großvater als Einwanderer erbracht und das nach seinem Tod eine geradezu sakrale Aura angenommen hatte. Ich sah es anders: Das eigentliche Opfer war von denen erbracht worden, die sich fügen und einer freien Existenz entsagen mussten. Mit den Worten Saul Bellows: »Als Erster klopfe ich an, und als Erster trete ich ein. Manchmal ist das Anklopfen harmlos, manchmal weniger harmlos.«

Vier oder fünf Jahre später war ich pleite, hatte keine Stelle und arbeitete selbst als Straßenhändler. Ich spezialisierte mich auf Kosmetika – Augenkonturenstifte, Puderdosen, Lipgloss und dergleichen. Die Operationsbasis meines Lieferanten war eine Dreizimmerwohnung über einem Perückengeschäft in Brooklyn. Die Wohnung war vom Boden bis zur Decke mit billigen Imitaten vollgestopft, die so aussehen sollten, als wären sie von Helena Rubinstein oder Lancôme hergestellt. Er verkaufte sie für einen Dollar das Stück. »Sag deinen Kunden, es ist heiße Ware«, riet er mir, als ich mich erkundigte, was ich denn antworten sollte, wenn ich nach dem Rechtsstatus meiner Waren gefragt würde. »Dann glauben sie, ein Schnäppchen zu machen.«

Für Neulinge war Manhattan verbotenes Terrain. Ein chilenischer Immigrant namens Lucho gab mir den Tipp, es mit der Fordham Road, einer Einkaufsgegend in der Bronx, zu versuchen. Lucho nahm es auf sich, mir alle Tricks zu zeigen. »Wenn du nicht aufpasst, ist Straßenhandel nur eine andere

Art zu verhungern.« Er bewunderte meine Kosmetikpackungen, die unglaublich attraktiv waren, wenn man bedachte, wie wenig sie kosteten: Puderdosen in Form einer Austernschale, die außerdem Rouge und Wimperntusche enthielten, sowie Bürstchen, um sie aufzutragen. Aus einer Milchkiste aus Plastik verkaufte Lucho golden frittierte, überzuckerte Teigstangen. Angesichts unserer »Komplementärprodukte« schlug er mir vor, im Gespann zu arbeiten. *»Belleza y comida.«* – »Schönheit und Essen.«

Vor einem Kaufhaus für Damenbekleidung auf der Ostseite der Fordham Road hatte er ein Stück Gehsteig in Beschlag genommen, das direkt unter den Gleisen der Hochbahn lag. Lucho kannte den Wachmann des Kaufhauses. Gegen ein kleines Schmiergeld verzichtete dieser darauf, uns fortzujagen. Ich stellte meine Waren auf einem Bügelbrett aus, das mit einer bestickten Decke dekoriert war. Lucho hatte seinen Stand mit den Teigstangen ein paar Schritte weiter aufgebaut.

Am Vormittag donnerte die Linie 4 über unsere Köpfe hinweg, und in dem bisschen Sonnenlicht, das durch die Gleise nach unten drang, wirbelte Stahlstaub auf. Lucho deckte sein Gebäck mit Cellophan ab, um es vor dem Kot der Tauben zu schützen, die in den Stahlträgern nisteten. Eine gute Stunde konnte verstreichen, ohne dass wir etwas verkauften. Zwischen zwei Zügen lag die Straße still und wie in Gedanken versunken. Und dann sah ich mich auf einmal ohne ersichtlichen Grund von Frauen umringt, die auf Spanisch schwatzten und an Luchos Gebäck knabberten, während sie sich in den Handspiegeln betrachteten, die ich ihnen zur Verfügung stellte. »Darf ich den Lidschatten ausprobieren?« »Haben Sie einen dunkleren Lippenstift?« Wenn ich ihr Geld entgegennahm, fühlte ich mich immer an Gorkis Schilderung aus der Zeit erinnert, als er Singvögel fing und die Großmutter sie in der Stadt auf dem Markt verkaufte. »Es tut mir ein wenig leid, die kleinen Sänger einzufangen. Ich habe ein schlechtes Gewissen, wenn ich sie in die Käfige sperre. Am liebsten sähe ich ihnen nur zu; doch die Jagdleidenschaft und der Wunsch, Geld zu verdienen, lassen mich das Mitleid überwinden.«

Anfangs verlangte ich für eine Puderdose 3,50 Dollar, doch dann wies Lucho mich darauf hin, dass ein so niedriger Preis die Kundinnen misstrauisch stimmte, und so erhöhte ich ihn auf fünf Dollar, und das Geschäft begann zu florieren. Meine Kundinnen wuchsen mir immer mehr ans Herz, und weil ich sie nicht betrügen wollte, gestand ich ihnen, dass meine Kosmetikartikel nachgeahmt waren. Die meisten schien das nicht weiter zu kümmern. »Ich mag den Eindruck, den das Ding macht, wenn ich's aus der Tasche ziehe«, sagte mir eine von ihnen.

Bei Einbruch der Nacht verfütterte Lucho sein unverkauftes Gebäck an die Tauben. Manchmal teilten wir uns einen Flachmann Wodka. Er zeigte mir seine von Dalí inspirierten Zeichnungen, furchterregende Bilder, von denen er behauptete, sie entsprängen seinen Träumen. Er sparte Geld zusammen, um sich einen Stand in einem der Discounter in der Fordham Road zu mieten, wo er Sonnenbrillen, billiges Spielzeug und vielleicht sogar seine Zeichnungen verkaufen wollte.

Der einträglichste Verkaufstag war der Samstag vor Ostern. Zu meiner Überraschung tauchte Lucho nicht auf. Als ich mich eben zum Gehen anschickte, stahlen mir drei Teenager meine Waren und mein Bargeld. In der folgenden Woche war Lucho nirgends aufzufinden. Ich habe nie herausbekommen, ob er in den Vorfall verwickelt war. Der Wachmann des Kaufhauses teilte mir mit, er sehe sich nicht länger in der Lage, mich zu beschützen, und meine Karriere als Straßenhändler war beendet.

Wenn ich jetzt die Fordham Road aufsuche, stelle ich fest, dass sie sich kaum verändert hat. »Zu verkaufen!«, ruft ein ambulanter Händler und schiebt ein brandneues Fahrrad den Gehsteig entlang. An meinem alten Standort vor dem Kaufhaus verkauft ein Mann Unterwäsche und illegale DVDs. Er erzählt mir von seinem ausgeklügelten Plan, in Liberia, wo er geboren ist, ein Waisenhaus zu erbauen. »Ich werde den amerikanischen Geschäftsleuten zeigen, was ich Wunderbares geleistet habe, und sie werden mir Geld spenden.«

Hauptsache, man ist sein eigener Boss.

Tycoon

Vor ein paar Tagen stieß ich zufällig auf eine Notiz, die ich in ein altes Schreibheft gekritzelt hatte: »Reverend Ike, goldbehängt, versichert seiner vollkommen abgebrannten Gemeinde, Geld sei ein Glaubensartikel. Genau wie Gott.«

Das war 1978. Ich verdiente meinen Lebensunterhalt, indem ich mit einem bezahlten Helfer in einem gebrauchten Kleinlaster Möbel transportierte. Zwischen den Aufträgen kümmerte ich mich um meinen zweijährigen Sohn und arbeitete an meinem Roman. In der U-Bahn hatte mir jemand einen Handzettel gegeben, der für einen von Reverend Ikes inspirierenden Vorträgen zum Thema Wohlstand warb. Das einzige Hindernis für den Reichtum, predigte der Reverend, sei »die Mentalität von euch armen Menschen«. Ich studierte Ikes Neonlächeln, knüllte den Handzettel zu einer Kugel zusammen und warf ihn in den Müll.

Soeben hatte ich fünftausend Dollar an der Börse verloren. Ich hatte die Anlage – es war meine erste – in der Hoffnung getätigt, mir von dem Gewinn mehr Zeit für meinen Roman kaufen zu können, auf den ich bereits vier Jahre verwendet hatte. Wenn es um Geld geht, ist Hoffnung jedoch kontraproduktiv. Skepsis wäre eine nützlichere Einstellung gewesen. »Sehen Sie es als einen Verlust von erzieherischem Wert an«, meinte der Börsenmakler, der mir das Wertpapier verkauft hatte. »Sie haben keinen Schimmer vom Aktienmarkt, solange Sie sich nicht die Finger verbrannt haben.«

Zwei Jahre später verkaufte ich die Rechte an dem Roman, aus der Veröffentlichung wurde jedoch nichts, denn der Verlag wechselte den Besitzer, und mein Lektor wurde gefeuert. Ich sah darin eine Bestätigung meiner Überzeugung, dass meine schriftstellerischen Bemühungen eine Verhöhnung des grundlegenden Verhältnisses zwischen Geld und Arbeitsaufwand waren – ich arbeitete praktisch umsonst.

Der Wertpapiermarkt verzerrt dieses Verhältnis natürlich in umgekehrter Richtung. Der Ankauf von Aktien einer Firma verwandelt einen in einen wirtschaftlichen Parasiten. Man ist der stille Partner, verborgen, untätig. Produktiv ist das Geld, nicht man selbst. Ich befand mich in der absurden Lage, mich ohne jede Vergütung abzuschuften, während ich gleichzeitig versuchte, Geld zu verdienen, ohne dafür zu arbeiten. Wie ich feststellte, war der neue sogenannte Mutterkonzern meines Verlages an der New Yorker Börse notiert.

Sogleich begann ich mir Geld für meinen nächsten Vorstoß auf dem Aktienmarkt zu beschaffen – »frei verfügbares Kapital« nennen es die Finanzberater. Ich kam mir vor wie die Figur des Wilky in Saul Bellows *Das Geschäft des Lebens*, der in seinem Streben, Schauspieler werden, gerade so lange ausharrt, bis er nicht mehr in der Lage ist, eine lukrativere Laufbahn einzuschlagen. Wilky verfällt dem Zauber eines Überredungskünstlers namens Tamkin. Wie Reverend Ike betrachtet auch Tamkin den Wohlstand aus streng psychologischer Perspektive: Alles sei nur eine Frage von Selbstvertrauen und Risikofreude. Er behauptet, »eine Analyse des Schuld-Aggression-Zyklus« angestellt zu haben, »dem die Entwicklung unterliegt«. »Geldverdienen«, so argumentiert er, »ist Aggression. Die funktionalistische Erklärung ist die einzig richtige. Die Menschen kommen zur Börse, um zu töten. Sie sagen: ›Heute sollen sie mir bluten.‹ Das ist kein Zufall. Nur haben sie nicht den Mut zum wirklichen Töten und schaffen sich daher ein Symbol. Das Geld. Sie töten in der Phantasie.«

Tamkin bringt Wilky zu einem Maklerbüro, wo zwergenhafte alte Männer Luft zu Gold zu spinnen scheinen. Wilky befolgt Tamkins Rat, setzt seine gesamten Ersparnisse auf Schweineschmalz und verliert.

Das Spiel auf dem Wertpapiermarkt mag ein ehrbarer Cousin des Glücksspiels sein, auf mich übt es jedoch keine Faszination aus. Seit ich mir das erste Mal die Finger verbrannt habe, bin ich zu einem jener schwerfälligen Kartenzähler geworden, die man zuweilen am Blackjack-Tisch eines Spielkasinos sieht, wo sie methodisch versuchen, ihre Gewinnaussichten zu verbessern. Ich habe festgestellt, dass ich über die unwahrscheinliche Fähigkeit verfüge, Bruttogewinnspannen, Schulden-Vermögen-Verhältnisse und versteckte Wachstumsbereiche in den Einnahmequellen einer Firma korrekt einzuschätzen. Diese Aktivität, so sage ich mir, ruft einen Geschäftssinn in mir hervor, der anderen Bereichen meines Lebens abgeht. Dabei habe ich ihn jahrelang geheim gehalten, aus Angst, er könnte meiner Glaubwürdigkeit als Schriftsteller Abbruch tun. In gewissen Kreisen würde er als soziale und politische Schande gelten. Manchmal frage ich mich, ob ich nicht meine wahre Berufung als Aktienanalyst verfehlt habe, als jemand, der im Hinterzimmer irgendeiner Wall-Street-Firma über Gesellschaftsberichten brütet.

Mögen meine Analysen auch korrekt sein, mein Zeitgefühl ist es unglücklicherweise nicht. Nach dem Zusammenbruch des mexikanischen Peso im Jahr 1994 investierte ich alles, was ich besaß, in die Firma Telmex, die das mexikanische Telefonmonopol ausübt, denn ich ging jede Wette ein, dass der US-Fiskus ihr zu Hilfe eilen würde. Der Peso, so rechnete ich mir aus, würde sich stabilisieren, und die Aktien von Telmex würden steigen.

Das war ein gewagter Schritt, aber ich hatte nicht den nötigen Schneid; es mangelte mir an Tamkins aggressivem Impuls, Risiken einzugehen. Jeden Morgen, wenn ich die Finanzblätter nach Informationen durchsucht hatte, die Licht auf meine

Investition werfen könnten, setzte ich mich schließlich hin, um zu arbeiten. Ich schrieb ein paar Sätze, ging in mein Stammlokal und trank Bourbon, während ich auf den Börsenticker starrte, der auf der unteren Leiste eines stummen Fernsehbildschirms entlanglief. Nach ein paar Monaten verkaufte ich meine Telmex-Aktien, um wieder normal denken zu können.

Während des gesamten folgenden Jahres musste ich miterleben, wie die Aktien, die mir nicht länger gehörten, dramatisch an Wert zunahmen.

Jetzt bin ich in Lower Manhattan und schlendere zur Börse hinüber, einem Kolossalbau im neoklassizistischen Stil, dessen korinthische Säulen zu Chanukka und Weihnachten mit Lichterketten aus Mattglas geschmückt sind. Über dem Eingang, vor dem sich frierende Aktienhändler versammeln, um zu rauchen, hängt eine riesige Menora. Auf den Balkons halten sechs bunt angemalte Nussknackersoldaten Wache, während unten vor den Absperrungen die richtigen Wachen stehen, gelangweilt und mit grauen Gesichtern.

Ich betrachte die gewaltige Giebelskulptur – eine Figur mit geflügeltem Haupt: die Rechtschaffenheit, die das gewerbliche Streben des Menschen schützt –, als einer der Wachmänner auf mich zukommt und wissen will, was ich da in mein Notizbuch schreibe. Er gibt sich mit meiner Antwort nicht zufrieden und verlangt, dass ich mich ausweise, dann kehrt er mit einem warnenden Blick auf seinen Posten zurück.

Der Vorfall erinnert mich an einen Tag im Jahr 1968, als unser Geschichtslehrer an der Highschool den Unterricht ausfallen ließ, um uns zu einer Anti-Vietnam-Demonstration vor der Börse zu bringen. »Vor euch seht ihr das Gewölbe, in dem der militärisch-industrielle Komplex pulsiert«, verkündete unser Lehrer. Aber meiner Meinung nach glich sie auch einem Kaufhaus, in dem die gesamte Leistungsfähigkeit des Landes zum Verkauf steht. Als ich, fröstelnd vor Kälte, vor dem

Gebäude auf und ab marschierte, versetzte mir ein Polizist mit seinem Gummiknüppel einen Schlag aufs Gesäß. »Du bist zu nah am Gebäude!«, schnauzte er. Es ist schwierig, einen solchen Ort nicht zu verabscheuen. Doch in dem Moment, da ich mein Geld in den Markt investierte, trat der Revolutionär in mir den Rückzug an.

Im Jahr 2003 ergab eine Umfrage, dass fast zwanzig Prozent aller Amerikaner glauben, dem einen Prozent der wohlhabendsten Familien anzugehören. Weitere dreißig Prozent sind davon überzeugt, dass sie über kurz oder lang dazugehören werden. Ich rechne es mir hoch an, dass ich dem Selbstbetrug noch nicht in diesem Ausmaß verfallen bin, doch im Grunde weiß ich, dass es nur an der Mentalität von mir armem Menschen liegt.

Ein täuschend junger Mann

Der jüngste Verfall der Aktienpreise ruft mir einen anderen Kreditbetrug in Erinnerung: die Stavisky-Affäre im Frankreich des Jahres 1934. Von der Pfandleihe-Bank der Stadt Bayonne aus brachte Serge Alexandre Stavisky, vormals Betreiber eines Nachtklubs und einer Fabrik für Dosensuppen, Anleihen im Wert von Hunderten Millionen Francs in Umlauf. Diese Anleihen wurden, wie Janet Flanner in ihrer Kolumne *Letter from Paris* im *New Yorker* darlegte, »von Lebensversicherungsgesellschaften aufgekauft, die vom Kolonialminister beraten wurden, der vom Handelsminister beraten wurde, der vom Bürgermeister von Bayonne beraten wurde, der von dem kleinen Leiter der Pfandleihe beraten wurde, der von Stavisky beraten wurde«.

Stavisky gab vor, der Wert der Anleihen sei durch die Smaragde der ehemaligen deutschen Kaiserin gedeckt – »spinatgrünes Glas im Wert von fünfzehn Millionen Francs«. Die Verluste zogen ganz Frankreich in Mitleidenschaft, führten zum Rücktritt zweier Premierminister, lösten einen gescheiterten Militärputsch aus und endeten mit vierzehn Toten bei Ausschreitungen von mehr als 100 000 Menschen auf dem Boulevard Saint-Germain.

Wenn Flanner Stavisky als gelassenen und methodischen Erfinder betrügerischer Finanzinstrumente schildert, dessen »Scherze bei Tisch verpufften und der, obwohl geschäftehalber gezwungen, sich Geliebte zuzulegen, einzig und allein seine Frau liebte«, habe ich das Gefühl, ein leidlich akkurates Porträt der wenig umsichtigen Finanziers von Lehman Brothers und AIG vor mir zu haben. Nach dem Zusammenbruch seines

Pyramidensystems war Stavisky lange auf der Flucht und beging schließlich Selbstmord. So die offizielle Version, obwohl gewisse Umstände dafür sprechen, dass er von der Polizei umgebracht wurde, die ihn daran hindern wollte, die Namen der Minister und Finanziers preiszugeben, die dabei mitgeholfen hatten, dass sich ein Schwindel, der als Veruntreuung in einem Provinzstädtchen begonnen hatte, zu einer landesweiten Krise auswachsen konnte. Flanner zufolge war die Öffentlichkeit, nachdem der Stavisky-Skandal aufgeflogen war, zum Teil deshalb so schockiert, weil niemand je zuvor von ihm gehört hatte, »außer den Richtern, Anwälten, politischen Mandarinen und Ermittlern, die die provisorische Freiheit dieses Galgenstricks auf die letzten sechs Jahre seines Lebens ausgedehnt hatten«.

Colette, die in Claridge's Hotel seine Zimmernachbarin gewesen war, nannte ihn einen »täuschend jungen Mann«, dessen »zarter Teint ständige Pflege erforderte«. In einem zärtlichen Abschiedsbrief an seine Frau flehte er sie an, ihre beiden Kinder »zu Ehre und Redlichkeit zu erziehen und darüber zu wachen, mit wem sie im undankbaren Alter von fünfzehn Jahren Freundschaft schließen«.

Als vor kurzem eine ganze Kaskade unechter »Hypothekentauschgeschäfte« und »derivativer Finanztitel« aus ihren Verstecken quoll, erhielt ich einen Anruf von einem Freund, den ich hier Peter nennen will und der von allen Menschen, die ich kenne, dem Esprit Staviskys am nächsten kommt.

Peter und ich wuchsen zusammen in Rockaway auf. Als er Anfang zwanzig war, beschaffte er sich im Versandhandel einen Jura-Abschluss von einem College in Las Vegas, von dem ich noch nie gehört hatte. Sein Spezialgebiet war Steuerrecht, sein wirkliches Talent aber das eines Mittelsmannes für illegale Geschäfte oder, wie er sich ausdrückte, sein Geschick, »Dinge in letzter Minute auszubügeln«. Seine Klienten waren Barbesitzer, Haushaltswareneinzelhändler, kleine Vermieter und Gastwirte, die sich darauf verließen, dass Peter ihnen ihre Sorgen um unlösbare Konflikte mit den Finanzbehörden abnahm.

Von Stavisky und anderen Hochstaplern der Spitzenklasse unterschied er sich vor allem durch seine Weigerung – oder seine Unfähigkeit –, Geld als ein Abstraktum anzusehen. Als Kapitalist arbeitete er streng auf »Straßenniveau«, indem er das Geld, das er als Steuerberater verdiente, in einem kleinen Taxifuhrpark, einem Dutzend Verkaufswägelchen für Hotdogs und Falafel sowie einer Firma, die Autoalarmanlagen installierte, anlegte und Teilhaber in einem Bestattungsunternehmen in der Flatbush Avenue in Brooklyn wurde. Das Geheimnis seines Erfolgs bestand seiner Aussage nach darin, dass er »klein dachte und groß handelte«. Er hasste die Börse und hatte sein ganzes Leben lang kein einziges börsennotiertes Wertpapier besessen. »Wenn du dein Geld Fremden gibst, darfst du keinen Gewinn erwarten.«

Da wir nur sporadisch Kontakt hatten, war ich überrascht, als Peter sich meldete. Am Telefon klang er nervös. »Würde es dir etwas ausmachen, zu mir zu kommen? Es wäre eine Erleichterung, zur Abwechslung mal einen alten Freund zu sehen.«

Rockaway ist eine schmale, Wind und Wetter ausgesetzte Halbinsel in Queens, Endstation der Linie A und der östlichste Teil von New York City. Die fünfzehn Häuserblocks von der U-Bahn-Sation bis zu Peters Haus ging ich zu Fuß und genoss die Atmosphäre eines verlassenen Badeortes, die im Herbst, wenn die Menge der Tagesausflügler aus Manhattan und Brooklyn nicht länger die Strände aufsucht, unweigerlich über Rockaway hereinbricht.

Peters Haus, in dem er als Einzelkind aufwuchs, ist beruhigend unverändert geblieben. Seine Eltern waren ein stilles, ängstliches und pessimistisches Ehepaar, von Peter ebenso bemitleidet wie verehrt. Sie hatten in der Nachbarschaft eine bescheidene chemische Reinigung betrieben. Als sie in ihren

Fünfzigern waren und mit verschiedenen Gesundheitsproblemen zu kämpfen hatten, die Peter vernünftigerweise auf die Chemikalien zurückführte, denen sie in ihrem Geschäft ausgesetzt waren, kaufte er ihnen eine Eigentumswohnung in Florida. Sie begrüßten ihren vorzeitigen Ruhestand, für den Peter ohne den leisesten Groll aufkam.

Er bat mich ins Haus, führte mich in die Küche und bot mir den Platz an, wo sein Vater die rosafarbenen Kundenquittungen abzurechnen pflegte; dann erklärte er mir den Grund für seine Erregtheit. Bei dem Versuch, die Erbschaftssteuer zu umgehen, hatte ein älterer Klient sein gesamtes Vermögen auf seinen Sohn übertragen. Einige Monate danach hatte der Sohn jedoch einen Herzinfarkt erlitten und war gestorben. Das Geld ging wieder in das Eigentum des alten Mannes über, allerdings abzüglich 55 Prozent Erbschaftssteuer auf ein Portefeuille, dessen Wert sich durch den Verfall des Aktienmarktes ohnehin fast in nichts auflöste.

Peter hatte versucht, die Sache mit Hilfe seiner Kontaktperson im Finanzamt zu regeln, ahnte aber nicht, dass dieser Sachbearbeiter kurz zuvor dabei ertappt worden war, wie er Bestechungsgelder angenommen hatte. Im Zuge einer Vereinbarung, die er mit seinem Arbeitgeber getroffen hatte, um einer Strafe zu entgehen, hatte er das Gespräch mit Peter auf Band aufgenommen. »Ich kann damit leben, dass ich meine Zulassung verliere, ja sogar mit den zweiundzwanzig Monaten Bundesgefängnis, die ich aufgebrummt bekomme, wenn ich nächste Woche ein Geständnis ablege. Aber meinem Klienten habe ich gesagt, die Bestechungssumme belaufe sich auf 115 000 Dollar, und jetzt ist auf dem Tonband zu hören, dass ich ihm nur 25 000 biete. Meine Glaubwürdigkeit ist dahin.«

Ich erinnerte ihn an den Sommer, als ich eines seiner Taxis fuhr. Das war 1975 gewesen. In den vorausgegangenen siebzehn Monaten war der reale Wert der New Yorker Börse um mehr als die Hälfte gefallen. Als ich in der 11th Avenue an einer roten Ampel anhielt, glitt ein Mann auf den Beifahrersitz und richtete eine Pistole auf mich. Obwohl es August war, trug er einen Wollmantel und zitterte vor Kälte – ein Junkie, der dringend einen Schuss brauchte.

Unter gewöhnlichen Umständen hätte ich das Geld ohne Widerworte herausgerückt, doch Peter hatte unter dem Sitz einen kleinen Safe eingebaut, in dem ich nach jeder Fahrt die Einnahmen deponieren sollte. Ich durfte nur so viel Geld behalten, wie zum Wechseln nötig war. Der Schlüssel befand sich in Peters Garage. Das versuchte ich dem Junkie zu erklären, aber er schien zu elend, als dass er mich verstanden hätte, und so fuhr ich bis zur nächsten roten Ampel, hechtete aus dem Taxi und rannte davon. Als die Ampel auf Grün umsprang, saß der Junkie bereits auf dem Fahrersitz und fuhr davon. Einige Tage später wurde das Auto ausgeschlachtet und ausgebrannt gefunden.

»Hat sich's gelohnt?«, hatte Peter mich damals gefragt und durchblicken lassen, ich hätte auf irgendeine Weise von dem Vorfall profitiert oder die Geschichte von dem Junkie vielleicht erfunden und das Auto selbst in Brand gesteckt. »Du konntest es nicht ertragen, dass ich steinreich werde, während du ein Arbeitsknecht bist und nur dreißig Dollar pro Nacht verdienst, indem du für mich Taxi fährst.«

Danach haben wir zwanzig Jahre lang nicht mehr miteinander gesprochen. Jetzt sagte er mir, ich hätte ihn damals missverstanden. Er habe mich nicht kränken wollen. »Ganz im Gegenteil, ich hab besser von dir gedacht. Ein Beweis, dass du Phantasie hattest.«

Zebra

In den frühen achtziger Jahren, als mich mein erster Roman von allen Illusionen über den Glanz künstlerischer Selbstdarstellung geheilt hatte, beschloss ich, das Schreiben nur als eine Art Nebenbeschäftigung anzusehen, so wie den Verkauf von Kosmetika oder das Taxifahren. Als ein Freund mich einer ehemaligen Restaurantbesitzerin aus Manhattan empfahl, die einen Ghostwriter für ihre »Enthüllungsmemoiren« suchte, ergriff ich die Gelegenheit beim Schopf. Meine Auftraggeberin, eine Pariserin mittleren Alters mit muschelförmigen goldenen Ohrringen und straff zurückgekämmtem blondem Haar war zusammen mit ihrem Exmann Besitzerin eines Vier-Sterne-Restaurants in der Upper East Side gewesen. »Henry Kissinger war häufig zu Gast bei uns. Und Leonard Bernstein. Beverly Sills. Die sind alle zu uns gekommen, und nicht nur wegen des Essens. Wegen der Atmosphäre. Der Diskretion.« Auf dem Höhepunkt seiner Beliebtheit musste das Restaurant schließen, die Gründe dafür waren ein umfassender Steuerhinterziehungsskandal und der wachsende Appetit des Ehemanns der angehenden Memoirenschreiberin auf Armagnac und Kokain.

Wir kamen überein, dass ich stundenweise bezahlt werden würde. Jeden Morgen um zehn suchte ich sie mit meinem Notizblock in ihrem kleinen, übermöblierten Apartment in einem Hochhaus aus weißen Ziegeln in der Third Avenue auf. »Mein goldener Slum« nannte sie es. Mit dem gebieterischen Ton einer Gastgeberin, deren freudige Umarmung dem so Begrüßten früher einmal sofortiges Sozialprestige verliehen hatte, versicherte sie mir, ihr Agent Swifty Lazar warte schon gespannt auf »die Früchte unserer Arbeit«. Lazar sei ebenfalls Stammgast in ihrem Restaurant gewesen; er habe vor, ihre Memoiren mittels einer Auktion »den besten Verlagshäusern« anzubieten.

Nach zwei Tagen merkte ich, dass es unmöglich sein würde, eine stimmige Erzählung aus ihr herauszukitzeln. Sie überschätzte den dramatischen Wert ihres Scheiterns und schien unwillig, das Gehabe einer Person aufzugeben, deren Einladung zum großen Ball ungerechterweise widerrufen worden ist. Was zum Niedergang des Restaurants geführt hatte, war, zumindest teilweise, ihre Buchführung gewesen. Ihre Enttäuschungen bargen jedoch eine versteckte Komplexität. Oft unterbrach sie sich mitten in einer schmerzlichen Erinnerung und wandte sich schaudernd ab, als hätte sie aus dem Augenwinkel etwas Abstoßendes entdeckt.

Am Ende der ersten Woche war Swifty Lazar vergessen; es lag auf der Hand, dass bei unseren Unterhaltungen nichts herauskommen würde. Da ich jedoch auf das Geld angewiesen war, zog ich die Gespräche in die Länge. Zumindest war ich billiger als ein Psychoanalytiker, redete ich mir ein, während ich mit einer Miene wohlwollender Distanz auf meinem Schreibblock Notizen machte. Die größte Enttäuschung für mich war das Essen. Ich hatte gehofft, mit ein paar denkwürdigen Mahlzeiten beglückt zu werden, doch Küchenchef war der Ehemann gewesen, und der verbüßte gerade eine achtzehnmonatige Haftstrafe. Meine Auftraggeberin schien sich mit getoasteten Käsesandwiches in Aluminiumfolie aus dem Café weiter unten in der Straße zufriedenzugeben.

Seitdem habe ich zahlreiche Aufträge als Mietautor wahrgenommen, so wie ein Subunternehmer, der an verschiedenen Teilen eines Hauses arbeitet, ohne je ein Gebäude von Anfang bis Ende selbst zu bauen. In letzter Zeit bin ich misstrauisch geworden, was meine Fähigkeit angeht, Aufrichtigkeit zu »verfertigen«, mit ersichtlicher Überzeugung über etwas zu schreiben, woran ich kein echtes Interesse habe, und mehrmals habe ich mir vorgenommen, diese Art von Beschäftigung aufzugeben. Als jedoch Zebra Davis anruft und mir das »perfekte Angebot« unterbreitet, verabrede ich mich mit ihm, um mehr über die Sache zu erfahren.

Ich laufe zum Chelsea Hotel in der West 23rd Street, wo Zebra – den Namen hat er sich während seiner kurzen Karriere als Performance-Künstler in den siebziger Jahren zugelegt – derzeit wohnt. Das Chelsea trägt seine literaturgeschichtliche Bedeutung wie vernachlässigte Kleidungsstücke. In einem der Zimmer schrieb Arthur Miller *Ein Blick von der Brücke* und *Nach dem Sündenfall.* Dylan Thomas wohnte hier, als er sich in der White Horse Tavern zu Tode trank. Virgil Thomson, James Schuyler, Brendan Behan, Thomas Wolfe – die Gedenktafeln sind eine über der anderen zu beiden Seiten des Vordereingangs angebracht.

Ich warte in der Eingangshalle zwischen den Gemälden, die ehemalige Gäste als Bezahlung für ihre Zimmer zurückgelassen haben, und den Fallen für Kakerlaken, die diskret in den Ecken aufgestellt sind. Schließlich kommt Zebra herunter. Er trägt ein ärmelloses T-Shirt, und seine Gewichtheberarme sind mit okkulten Tätowierungen verziert. Das Letzte, was ich für ihn verfasst hatte, war eine für den Massenmarkt bestimmte Sendung mit dem Titel *Heroic Dogs* für einen nächtlichen Kabelfernsehsender gewesen.

Stolz zeigt mir Zebra ein Exemplar seines neuesten Gedichtbandes, den er im Selbstverlag veröffentlicht hat: *Hieronymus Bosch Eats Breakfast at McDonald's.* »Was wirklich für mich zählt, ist das hier«, sagt er. »Der Rest ist Scheiße. Ein notwendiges Übel. Dir kann ich es ja sagen, Michael, weil ich weiß, dass du mich verstehst.« Das Autorenfoto ist eine Detailaufnahme von Zebras Zähnen und Zahnfleisch – wie er mir erklärt, eine Hommage an seinen verstorbenen Vater, der Zahnarzt war.

Beim Mittagessen im Burritoville, einem Schnellimbiss in der Nähe des Hotels, klärt Zebra mich über meine Tätigkeit auf: die Geschichte des Golfspiels in den letzten hundert Jahren. Das Budget ist klein. Der visuelle Teil enthält archiviertes Filmmaterial und Ausschnitte aus Nachrichtensendungen. »Das Projekt ist ganz auf deinen Text angewiesen, Michael. Zwei Stunden Begleitkommentar.« Er weist mich an, große Momente im Golf mit wichtigen historischen Ereignissen zu verbinden, wo immer dies möglich ist. Um die Sache noch dramatischer zu gestalten, soll ich die Rivalität zwischen amerikanischen und britischen Spielern, besonders im frühen 20. Jahrhundert, hervorheben. »Natürlich haben die Amerikaner die Nase vorn.« Die Sendung wird von einem Kabelsportkanal ausgestrahlt werden. Der Titel: *Das Spiel, das ein Jahrhundert definierte.*

Als ich mich an die Arbeit mache, überkommt mich ein dumpfes Gefühl, das ich nur zu gut kenne – das dumpfe Gefühl inhaltsloser Sprache. »Golf. Einfach. Majestätisch. Zeitlos«, fange ich an. »Man stelle sich ein Kaninchenloch in den wilden Wiesen Schottlands vor. Ein einsamer Wanderer schlägt, auf das Loch zielend, mit seinem Stock einen Stein.« Später: »1922. In Amerika wird der Kartoffelchip erfunden. Walter Hagen schleppt seine Golfschlägertasche über den Großen Teich, um das British Open zu gewinnen.« Dann: »1945. Alliierte Truppen marschieren im Triumph durch Europa. Und Byron Nelson tritt seinen ganz persönlichen Marsch an: elf Siege in Serie auf der PGA Tour.« Der Augusta National Golf Club, wo das Masters ausgetragen wird, ist »Bobby Jones' Meisterstück, ein Sonett der Landschaftsarchitektur«.

Ich vollende das Skript und schicke es Zebra zu. Eine Woche später ruft er mich an. Ein Geschäftsführer des Fernsehsenders hat mir ein Kompliment wegen meines »intimen Gefühls für das Spiel« gemacht. Ob ich ihm am nächsten Donnerstag für eine Runde im Westchester Country Club zur Verfügung stehen würde? Ich bekenne, dass ich noch nie im Leben Golf gespielt habe, außer ein paar Löchern Minigolf am Kings Highway, als ich noch ein kleiner Junge war.

»Wir sagen ihm einfach, dass du krank bist«, schlägt Zebra vor, ohne mit der Wimper zu zucken. »Etwas sehr Ansteckendes.«

Lohnschreiber

Will man mit einigem Erfolg für die Filmindustrie schreiben, so muss man in Los Angeles wohnen, dem Zentrum des Geschehens. Eigentlich sollte das hinreichen, um mich für die Karriere eines Drehbuchautors zu disqualifizieren: Ich bin erst ein Mal in Los Angeles gewesen – um der Beerdigung meiner Großmutter mütterlicherseits beizuwohnen. Ihre letzten Lebensjahre hatte sie in einer geschützten Wohnanlage für Ruheständler verbracht, die so groß war, dass sie über eine eigene Busgesellschaft verfügte. Dennoch gelingt es mir mitunter, einen Beitrag für einen Film oder eine Fernsehshow hier in New York zu schreiben.

Diese Arbeiten bewegen sich ihrer Natur nach im Randbereich der Filmindustrie, wo ich für aufstrebende oder ältere in Ungnade gefallene Regisseure tätig bin, für Millionäre, die wegen irgendeines phantastischen Projekts den Kopf verloren haben, für Dokumentarfilmer und Ähnliche. Ich war auf dieses Betätigungsfeld gestoßen, als ein Filmproduzent mit scheckiger Vergangenheit mir eine meiner Geschichten für bares Geld abgekauft und mich dann noch einmal dafür bezahlt hatte, dass ich das Ganze zu einem Drehbuch umschrieb. Ich war so dankbar, dass ich den typischen Anfängerfehler beging, ihm die Rechte »für alle Zeiten« zu überlassen. Als ich begriff, dass ich betrogen worden war, tat ich alles in meiner Macht Stehende, um zu verhindern, dass meine Geschichte je verfilmt würde, und es bekümmerte mich kaum, dass ich damit nicht nur den Produzenten, sondern auch mich selbst sabotierte.

Wenn ich andere Arbeiten übernehme, dann handelt es sich, wie meine Verträge ohne Umschweife besagen, um *»work for* *hire«*. Oft bin ich lediglich der Ghostwriter. Dadurch, dass ich auf die formelle Urheberschaft verzichte, ist sichergestellt, dass ich bei anderen Mitgliedern des »kreativen Teams« (wie wir uns gern nennen) gut angeschrieben bin und zugleich allen Respekt verliere, denn nur ein *potz* oder Idiot würde auf eine so fundamentale Anerkennung seiner Leistung verzichten. In der Filmbranche ist eine Erwähnung im Vor- oder Abspann eine Art Parallelmünze. Ohne sie kann man in diesem Geschäft nicht vorankommen oder auch nur beweisen, dass man überhaupt etwas mit dem glanzvollen Produkt auf der Leinwand zu tun hatte. Einem Schriftsteller, den ich kenne, wurde ein kleines Vermögen angeboten, falls er sich dazu bereitfände, seinen Namen aus einem Originaldrehbuch zu entfernen. Der Regisseur konnte es nicht ertragen, zugeben zu müssen, dass der Film, den er gedreht hatte, nicht ganz und gar auf seinem eigenen Mist gewachsen war. Mein Freund sagte ihm, er solle sich zum Teufel scheren. Ich weiß, was ich an seiner Stelle gesagt hätte.

Die Opferung der Namensnennung hat es mir ermöglicht, mir die oberflächliche Überheblichkeit von jemandem zu bewahren, für den wenig auf dem Spiel steht. Man kann nicht viel gewinnen, wenn man sein Licht unter den Scheffel stellt, aber man kann auch nicht viel verlieren. Manchmal holt mich diese Einstellung ein; ich frage mich, ob ich vielleicht versuche, mich vor den Heimsuchungen des Wettbewerbs zu schützen, vor den Qualen und der Paranoia, die sich einstellen, wenn man mitten im Getümmel steht. In letzter Zeit habe ich angefangen, meine Unbekannheit als eine Art von Identität an sich hervorzuheben, sie wie ein Ehrenabzeichen zu tragen. Manchmal bestehe ich geradezu darauf.

Der Verdienst in dieser Branche ist nicht sonderlich gut, allerdings ist die Arbeit verhältnismäßig einfach. Am schwierigsten ist es, so tun zu müssen, als interessierte man sich für Plots und Figuren, deren man sich schämen würde, hätte man sie allein erdacht – eine Unaufrichtigkeit, die kostspielig wird, wenn sie auf andere Aspekte des Arbeitslebens übergreift (plötzlich ist eine Figur in der Kurzgeschichte, an der man gerade schreibt, »Mitte dreißig, athletisch, zurückhaltend«). Eine andere Strafe ist die Zeitverschwendung, etwa wenn das kreative Team über berühmte Schauspieler phantasiert, die sich fast umbringen würden, nur um die Chance zu bekommen, in unserem Film mitzuwirken. Die strahlendsten Sterne am Firmament des Films werden beim Vornamen genannt – Uma, Marty, Sean –, nicht etwa aus Anmaßung, erst recht nicht, weil man mit ihnen bekannt wäre, sondern um uns angesichts einer harten Tatsache Mut zu machen: Der Weg zum Erfolg ist mit Steinen gepflastert.

Ungewöhnlich war für mich daher ein Auftrag, den ich kürzlich für einen Film bekam, mit einem echten Star in der Hauptrolle, einem kleinen Studio und einem Budget, das um ein Vielfaches höher war als das jedes anderen Films, an dem ich bis dahin mitgearbeitet hatte. Als man mich engagierte, war der Film bereits gedreht, geschnitten und fast fertig zur Freigabe.

Es blieb jedoch ein vages Unbehagen zurück, und ich wurde gebeten, die Erzählerstimme aus dem Off umzuschreiben, die sich immer wieder in das Filmgeschehen einschaltet – der einzige Teil des Films, der noch überarbeitet werden konnte. Der Regisseur befragte mich in einem Schneideraum in New York, wo er mit einer Besessenheit über seiner Schöpfung brütete, die seine Assistenten zur Verzweiflung trieb. Seine Arbeitsethik bewirkte, dass ich mich zynisch und träge fühlte. Doch zu diesem Zeitpunkt war unerbittliche Plackerei keine Hilfe für ihn. Seine mikroskopische Untersuchung jedes Einzelbilds verhinderte, dass sich auch nur ein einziges neues Bild oder Wort einstellte.

Ich empfand Mitgefühl für ihn und seine missliche Lage und freute mich auf die, wie ich annahm, großzügige Entlohnung.

Ich hätte mich nicht ärger täuschen können. Das Studio ahnte, dass hier eine Zeitbombe tickte, und hatte längst mit der Schadensbegrenzung begonnen. Der Regisseur, ein zäher Kämpfer, hatte dem Studio eine ganze Reihe von Konzessionen abgerungen; dass er mich angeheuert hatte, war offensichtlich der Tropfen, der das Fass zum Überlaufen brachte. Als ich in L. A. anrief, um die Details meiner Beschäftigung zu besprechen, wurde ich mit einer Grobheit behandelt, über die man nicht leicht hinwegkommt. »Dieses wandelnde Stück Scheiße wird mich noch meinen Bonus kosten!«, brüllte die Stimme am anderen Ende der Leitung, bevor der Hörer auf die Gabel geknallt wurde. Man bot mir ein lachhaftes Honorar, das ich natürlich annahm.

Außerdem hatte ich Hintergedanken: Der Regisseur würde es weit bringen. Er besaß einen übernatürlichen Optimismus, unwiderstehlichen Charme und eine intime Kenntnis der Popkultur, vergleichbar der Vertrautheit eines Predigers mit der Bibel. Eines Tages bot ich ihm während einer Arbeitspause eine Geschichte an, die bei mir herumlag: Ein Polizeireporter beeinflusst die Folgen der Verbrechen, über die er berichtet, dann schreibt er darüber, ohne die eigene Verwicklung preiszugeben. »Das ist doch der Plot von *Superman*«, sagte er, ohne zu zögern. Dass ich diese Ähnlichkeit nicht selbst bemerkt hatte, ließ mich erkennen, dass ich ihm nicht das Wasser reichen konnte.

Schließlich wurde der Film freigegeben. Die Kritiken am Tag der Premiere fielen negativ aus. Die Hauptfigur war ein Zahnarzt, und in dem Part, den ich für die Erzählerstimme geschrieben hatte, fanden sich auch diese Zeilen: »Ein Mann kann viele Dinge verlieren. Er kann sein Leben verlieren. Er kann seine Seele verlieren. Aber das Schlimmste, was er verlieren kann, sind seine Zähne.« Die *New York Times* zitierte diese Sätze und war der Meinung, schon nach zwanzig Minuten verliere der Film bedauerlicherweise gleich alle drei.

Bei der üblichen Party für die Filmcrew an diesem Abend war ich überrascht, als der Barkeeper mich aufforderte, für meinen Drink selbst zu zahlen. Offenbar hatte das Studio sogar diese traditionelle Form der Gastlichkeit abgeschafft. Der Regisseur war bereits bei seinem fünften Tequila, als er mich an der Schulter fasste und sagte: »Greenberg, die haben Ihre Zeilen benutzt, um mich in die Pfanne zu hauen.«

Am Ende saß ich in einer Ecke und unterhielt mich mit einem Drehbuchautor, der zufällig auch auf der Party war. Er hatte an mindestens fünfzig Filmen mitgearbeitet. Einer davon war ein Hit gewesen. Aber nach einem Schiedsgerichtsverfahren hatte man seinen Namen getilgt.

Meine glänzende Laufbahn

In den späten siebziger Jahren herrschte die Vorstellung, man könne sich ohne die geringsten Fähigkeiten oder Investitionen und mit einem Minimum an Geisteskraft leichtes Geld verdienen, und dies alles sei möglich, ohne deswegen Raubüberfälle verüben oder sonstwie gegen das Gesetz verstoßen zu müssen. Resultat war eine ermüdende Aufeinanderfolge von Tätigkeiten ohne Aufstiegschancen, wie zum Beispiel wohlhabende Schulkinder in einer Limousine herumzuchauffieren oder im U. S. Post Office in der Nähe der Grand Central Station in Nachtschichten Postsendungen zu sortieren. Das Postamt überprüfte unsere Ehrlichkeit regelmäßig dadurch, dass Zwanzig-Dollar-Scheine aufs Fließband gelegt wurden – ein Trick, auf den selbst die Drogensüchtigen nicht hereinfielen, die die Stelle nur deshalb angenommen hatten, um die Gratisproben zu klauen, die Pharmaunternehmen an Ärzte verschickten.

Mein Ziel war es, den psychischen Trott zu vermeiden, der sich einstellt, wenn man »für einen anderen arbeitet«. Mein Status war niedrig, aber man erwartete von uns keine Loyalität dem Arbeitgeber gegenüber, und so konnte ich mir die Illusion von Unabhängigkeit bewahren, die mir von allergrößter Wichtigkeit zu sein schien. Meinen Freunden erklärte ich, dass ich eine Art literarischer Lehre absolvierte, aber in Wahrheit war eine stärkere Macht am Werk: Ich konnte die Aussicht nicht ertragen, mich auf eine »Laufbahn« festlegen zu müssen. Der Witz dabei war, dass ich gewillt war, härter als jeder andere zu arbeiten, um zu gewährleisten, dass es keinen anderen gab. Um sich wirklich auszuzeichnen, so glaubte ich, müsse man umfassend scheitern.

Bei derartigen Kriterien kam als Erstes eine Arbeit in New Yorks Restaurants in Betracht. Ich durchstreifte die 14th Street, wo Unmengen von Arbeitsvermittlern in Einraumbüros Kellner, Piccolos, Chefs de Partie und »Schaumschläger« – wie man die Tellerwäscher nannte – umwarben. Sie residierten in einer Reihe von niedrigen Gebäuden, die mittlerweile abgerissen worden sind.

Restaurantarbeiter sind das städtische Gegenstück zu Feldarbeitern in der Landwirtschaft. Etwa vierzig Prozent sind illegale Ausländer, und der Rest setzt sich zum großen Teil aus Reha-Absolventen, Entlaufenen oder bedingt entlassenen Strafgefangenen zusammen. Mit diesen wanderte ich durch die Korridore und gelangte schließlich zu einer Arbeitsvermittlerin, die auf ihrem Schreibtisch einen Zettelspieß hatte, auf dem die »Hauptrollen« steckten. Da ich wusste, dass meine relativ helle Hautfarbe und mein akzentfreies Englisch meine Lüge glaubwürdig erscheinen lassen würden, flunkerte ich, ich hätte in einem exklusiven Steakrestaurant in Boston gekellnert. Sie schickte mich zu einem gehobenen Café in der East 44th Street, in der Nähe der Vereinten Nationen. »Sie werden bedienen. Sehen Sie zu, dass Sie die entsprechende Kleidung tragen.«

Damals wusste ich noch nicht, dass gute Arbeit meist unsichtbar ist, und da ich in einigen anständigen Restaurants gespeist hatte, nahm ich an, Kellnern sei so unkompliziert, wie es den Anschein hatte. Meine Kollegen würden mir im Handumdrehen sämtliche Kniffe beibringen. Meine Ungeschicklichkeit fiel jedoch sofort auf und wurde mir bitter übelgenommen. Die Kellner mieden mich, die Piccolos verachteten mich, und als sich die Nachricht von meinem Affentheater erst einmal in der Küche herumgesprochen hatte, wurde ich unumwunden verwünscht, sobald ich dort eintrat.

Eines Tages begrüßte der Oberkellner die Hauptperson einer

achtköpfigen Gesellschaft mit »Herr Botschafter« und führte die Gruppe zu meiner Station. Meine Panik war augenfällig und zerstörte jenen Schutzbereich, mit dem ein Kellner seine Dienstbarkeit zu umgeben hat. Dann musste ich den Wein kredenzen. Ich kannte mich mit dem Korkenzieher nicht aus, und als ich versuchte, den Korken mit einem Ruck herauszuziehen, endete die Flasche Mouton zwischen meinen Knien. Bei dem Versuch, meine miserable Vorstellung zu bagatellisieren, appellierte ich an die Tochter des Botschafters, die ungefähr in meinem Alter war. Sie schlug die Hände vors Gesicht und wandte sich ab.

Daraufhin stieg ich die Karriereleiter hinab, zu einem höhlenartigen Mittagsimbiss in Midtown – Dreifachsandwiches, überdimensionale Hamburger, gebackene Flunder und *pollo alla cacciatora*. Ich hatte das Gefühl, meine Antrittsschicht sei gut verlaufen, aber der Manager feuerte mich, weil ich mir während einer Arbeitspause eine Zigarette angezündet hatte. Als ich ihn darauf aufmerksam machte, dass andere Kellner es genauso hielten, erwiderte er, ein Gast habe sich über mein »bedrohliches« Benehmen beschwert. »Ich kann ja wohl von meinen Stammgästen nicht erwarten, dass sie eine so negative Ausstrahlung hinnehmen.«

Endstation für mich war eine winzige Falafelbude in der McDougal Street, wo man auf den Tischen kaum genügend Trinkgeld fürs Überleben zusammenkratzen konnte. Nach zwei Tagen kündigte ich, danach handelte ich zuerst mit Feuermeldern, dann unterrichtete ich Spanisch, und schließlich fuhr ich Taxi.

Ich erinnere mich noch an jenen Tag zu Beginn der achtziger Jahre, als ich – der Schufterei überdrüssig, zu der ich mich selbst verdammt hatte, und eingedenk der Tatsache, dass es angesichts zweier Kinder zu spät für einen Kurswechsel war – einem gutgekleideten Mann aus der U-Bahn in ein Gebäude folgte. Ich fuhr mit ihm im Fahrstuhl hinauf und ging bis zu seiner Bürotür hinter ihm her. Ein regelmäßiger Gehaltsscheck war meine Version des Paradieses geworden.

Jean-Paul

Ich bin auf der Vernissage eines Freundes in einer Kunstgalerie in Midtown, als ich Jean-Paul entdecke. Ich habe ihn schon seit fast fünfzehn Jahren nicht mehr gesehen und bin überrascht, wie abgezehrt er aussieht mit seinem blauem Kittel und seinem ungepflegten Fünftagebart. Sofort fallen mir wieder die unerfreulichen Umstände ein, unter denen sich unsere Wege getrennt hatten, doch Jean-Paul entwaffnet mich mit einer freudigen Umarmung und erzählt mir von seiner kürzlichen Herzoperation, die ihn, wie er behauptet, zu einem neuen Menschen gemacht hat. »Die Ärzte warnen dich vor postoperativen Depressionen«, sagt er, »aber ich surre wie ein generalüberholter Motor.«

Jean-Paul ist unabhängiger Filmproduzent und weiß Leidensgeschichten über verpasste Kassenschlager zu erzählen, die ihn für den Rest seines Lebens mit Geld versorgt hätten. Als wir uns kennenlernten, war er gerade mit der Herstellung eines philosophischen Roadmovie befasst, dessen Drehbuch ich bewunderte. Er war daran interessiert, die Filmrechte an einer meiner Geschichten zu erwerben, so wie ich daran interessiert war, sie zu verkaufen. Mit meinem Schreiben konnte ich keinen roten Heller verdienen und war eben dabei, das Geld für die Anzahlung auf ein New York City Taxi zusammenzukratzen. Jean-Pauls Angebot kam mir vor wie eine Begnadigung in letzter Minute.

Im Jargon der Filmbranche war meine Geschichte *»high concept«*, was, wie Jean-Paul mich informierte, die Chancen einer Verfilmung erheblich vergrößerte. Ein entehrter Großstadtjournalist kehrt in seinen Heimatort zurück, wo er eine

Anstellung als Kriminalreporter des lokalen Käseblatts findet. Er endet damit, dass er über Einbrüche berichtet, die er selbst begangen hat, idealisiert seinen Einbrecher und benutzt die fiktive Gestalt, um die Frau zu verführen, die ihn als jungen Mann zurückgewiesen hat. Vier Autoren, darunter ich selbst, versuchten sich daran, ein geeignetes Drehbuch zu schreiben. Die Herausforderung bestand darin, den Reporter als einen Menschen darzustellen, der wegen einer Frau so verzweifelt ist, dass er vor nichts zurückschreckt. Als wir glaubten, ein zufriedenstellendes Skript verfasst zu haben, klopfte Jean-Paul bei den Filmstudios an. Ein leitender Angestellter beschied ihn, und das sollte sich als typische Reaktion erweisen: »Die Leute, die sich mit so einem Verrückten identifizieren, lassen sich an den Fingern einer Hand abzählen.«

Zu der Zeit war ich regelmäßiger Gast bei Dinners in Jean-Pauls Doppelhaus im West Village. Wie er seine luxuriöse Lebensweise finanzierte, war mir ein Rätsel. Seine Jugend in einem armseligen Pariser Vorort hörte sich an wie aus einem Roman von Céline. Er machte vage Andeutungen über seine einflussreichen Bekanntschaften und beklagte sich, dass diese wie Gottheiten umsorgt und besänftigt werden mussten. Viele seiner Freunde hatten berühmte Eltern, wussten jedoch nichts mit sich anzufangen. In Jean-Pauls Haus waren stets Astrologen, Handleserinnen und selbsternannte Medien anzutreffen. Seine Frau Stephanie war Zahlenmystikerin. Aufgeregt erläuterte sie mir, ich sei »eine Elf, eine Meisterzahl«. Mit bedeutungsschwerer Miene grübelte sie über die »numerische Resonanz« meines Namens. Eines Abends verkündete sie vor der versammelten Tischgesellschaft, ich besäße zwar »großes Potenzial«, sei jedoch »unpraktisch, undiszipliniert und dazu bestimmt, alles zu vermasseln«.

Etwa einen Monat später machte mich Jean-Paul mit einem Modefotografen bekannt, dessen Ehrgeiz darin bestand, »eine grandiose Liebesgeschichte« zu drehen, eine neue Version von *Ein süßer Fratz*, die in der Welt der Haute Couture spielen sollte. Ich wurde engagiert, das Drehbuch zu schreiben, das in allen seinen Stadien der Zustimmung des Möchtegern-Regisseurs bedurfte.

Ich kam mir vor wie ein Saisonarbeiter auf einer Farm, dem erlaubt wird, so lange in der Schlafbaracke wohnen zu bleiben, bis die Feldfrüchte unter der Erde sind. Danach sollte ich verschwinden. Das passte mir durchaus. Die Titelrolle des Films, so wurde mir versichert, würde von Jeff Bridges gespielt werden. Man überreichte mir Videos von Bridges' Filmen, die ich mir genau ansehen sollte, und wies mich an, so zu schreiben, »als wäre Jeff im selben Zimmer wie du und feuerte dich an«.

Um den Film zu finanzieren, bewirtete Jean-Paul einen nicht versiegenden Strom potenzieller Investoren bei Abendgesellschaften, die mit Mannequins und Hellseherinnen aufgefüllt waren. Teil meiner Aufgabe war es, an diesen Partys teilzunehmen und mich »wie ein Schriftsteller zu benehmen«. Dazu gehörte, dass ich beruhigend über den Fortgang des Drehbuchs berichtete, allerdings nur, wenn das Thema angeschnitten wurde. War dies nicht der Fall, so hatte ich auf angenehme Weise betrunken zu sein, wenn möglich geistreich und ansonsten unauffällig. Ich bekam einen guten Eindruck davon, auf welch wackeligen Beinen das Projekt stand, als ich sah, wie Jean-Paul verzweifelt versuchte, dem wohlhabenden Gatten einer Frau, der eine Rolle in dem Film versprochen worden war, Geld abzuknöpfen. Es war ein faszinierender Anblick, als Jean-Paul, kaum mehr als ein Meter sechzig groß, den Burschen in die Ecke drängte und damit drohte, seine Frau um ihren Part zu bringen, falls er nicht das Geld lockermachte.

Ich schloss das Drehbuch ab, zur Feier des Tages veranstaltete Jean-Paul ein Festmahl, und dann traf die Nachricht ein, dass Jeff Bridges die Rolle ausgeschlagen hatte. Jean-Paul verschwand für ein zweiwöchiges Besäufnis. Die Finanzierung war daran gebunden gewesen, dass Jeff Bridges an dem Film mitwirkte. Nun würde Jean-Paul den größten Teil des »Entwicklungsbudgets«, den er beschafft hatte, zurückerstatten müssen. Das Geld war jedoch bereits ausgegeben worden, um Partys zu organisieren, die mehr Geld einbringen sollten. Voller Zorn schob er die Schuld an dem Debakel mir und meinem Drehbuch zu und zog sich aus dem Projekt zurück – seine Art, mir mitzuteilen, dass ich nicht damit rechnen konnte, den Rest der mir zustehenden Summe zu erhalten. Später erfuhr ich, dass Bridges mein Drehbuch nie zu Gesicht bekommen hatte. Sein Agent hätte es ihm erst dann gezeigt, wenn Jean-Paul mit einem Akkreditiv aufgewartet hätte, als Beweis dafür, dass er in der Lage war, Bridges' Gage im Voraus zu bezahlen.

Das alles ist längst vergessen und vergeben. Im Rückblick erscheinen mir Jean-Pauls Machenschaften harmlos und absurd. »Ich produziere jetzt Werbespots fürs Fernsehen«, sagt er. Er erzählt mir, er habe eine direkte Verbindung zwischen der geistigen Leere eines Produkts und der Verderbtheit derer, die es produzieren, entdeckt. »Vorige Woche zum Beispiel bin ich ins Büro eines Klienten gegangen, um mich für eine Werbekampagne auszahlen zu lassen. Wir hatten abgesprochen, dass ich ihnen den Film aushändige und sie mir den Scheck überreichen. Ein ehrlicher Tausch. Aber der Klient wirft meinen Scheck zu Boden. ›Heben Sie ihn auf!‹, schnauzt er mich an. Als ich mich bücke, kommt von hinten sein Assistent herbeigestürzt und reißt mir den Film aus der Hand.«

Als wir uns voneinander verabschieden, fragt Jean-Paul, ob ich irgendwelche neuen Geschichten hätte, die ich ihm zeigen könnte. »Ich langweile mich halb zu Tode, Michael. Vielleicht können wir gemeinsam was auf die Beine stellen.«

Der Dolmetscher

Ende der achtziger Jahre arbeitete ich ein Jahr lang als Dolmetscher für Spanisch sprechende Angeklagte beim Strafgericht von Manhattan. Die Stelle schien vereinbar mit meinen Schreibgewohnheiten: annehmbare Stunden, reichlich Freizeit und eine Menge interessanter menschlicher Interaktionen. Meine Inspiration waren Daumier und sein Skizzenbuch mit Gerichtsszenen. Ich würde kleine Charakterbilder oder Gesprächsfetzen zwischen Anwälten und ihren Klienten notieren, die ich aufschnappte – eine Chance, die Arbeit des Strafjustizsystems hinter den Kulissen zu verfolgen.

Ein unerwartetes Gefühl der Identifikation mit den Angeklagten sabotierte jedoch alle meine Bestrebungen, mir einen objektiven Blick zu bewahren. Wenn ich ihnen im Gerichtssaal den Ausgang ihres Verfahrens zuflüsterte, der fast immer verhängnisvoll war, drängten wir uns mit bedenklicher Intimität aneinander. Im »Grabgewölbe«, wie das dem Gericht angeschlossene Gefängnis genannt wurde, war es noch schlimmer: Häftlinge beteuerten ihren Verteidigern gegenüber ihre Unschuld, schworen Rache, flehten mich an, Kontakt mit einem Mittäter aufzunehmen, oder hatten einen verspäteten Anfall von Reue. Mir fehlte der Schutzschild der Gleichgültigkeit, den eine solche Arbeit erfordert, eine Tatsache, die einige der scharfsichtigeren Schwerverbrecher mit Verachtung zur Kenntnis nahmen. »Ich will dein Mitleid nicht, *maricón*«, warnte mich ein Drogendealer aus der Dominikanischen Republik.

Das geschah auf dem Höhepunkt der Crack-Epidemie, und der Strom von Vergewaltigern, Kinderquälern, Straßenräubern und Drogensüchtigen schien kein Ende zu nehmen. Nach etwa einem Monat verschmolzen sie zu einer einzigen Person, einer Kompositgestalt aus Misserfolg und Verzweiflung. Meine Sympathien waren mimetisch, reflexartig und bar jeden Inhalts. Der Bann wurde erst gebrochen, als ich mit einem Angeklagten im Gericht saß, der wiederholt gewalttätige Straftaten begangen hatte und wegen Entführung und »krankhafter Indifferenz« verurteilt werden sollte. Der Richter fragte ihn, ob er noch etwas zu Protokoll geben wolle. Der Verbrecher ließ einen Schwall fürchterlicher Drohungen vom Stapel, die er in den lebhaftesten Farben ausmalte. Ich blieb stumm neben ihm stehen, bis ihm die Luft ausgegangen war, dann sagte ich, so höflich es ging: »Vielen Dank, Euer Ehren. Ich habe nichts zu sagen.« Der amüsierte Richter ließ meine Unterschlagung unbeachtet und verhängte das vorgeschriebene Strafmaß: fünfundzwanzig Jahre Haft ohne Aussicht auf Begnadigung.

Nachdem ich von jeglichem Einfühlungsvermögen geheilt worden war, machte ich mir den schützenden Zynismus der Gerichtsangestellten zu eigen. Ich war ein eingeweihter Kenner des Systems, ein Mitglied der Zunft. Langeweile war eine zulässige Empfindung. Idealismus galt als moralische Perversion, besonders bei jungen Pflichtverteidigern, die mit allergrößter Geringschätzung behandelt wurden. Mir fiel die ganz eigene Fürsorglichkeit ins Auge, mit der die Strafvollzugsbeamten einen in Untersuchungshaft behaltenen Angeklagten in Gewahrsam nahmen. Gefangene sorgten für die Butter auf dem Brot. Man bezeichnete sie als »Knackis«. Für uns war Kriminalität eine Beschäftigungsquelle. Wir waren die Sachbearbeiter der Unterschicht – eine Sisyphusarbeit.

Jetzt, siebzehn Jahre später, bin ich als Geschworener verpflichtet worden, und als ich das Gerichtsgebäude betrete, finde ich mich sofort in einer vertrauten Welt wieder. Kaum stehe ich in der Eingangshalle, steigt mir der talgige Geruch des »Grabgewölbes« in die Nase. Ich gehe durch den Metalldetektor und nehme den Fahrstuhl zum Raum der Jury im elften Stock. Im Gebäude herrscht weniger Betrieb als in früheren Jahren. Die Kriminalität in Manhattan nimmt ab. Die Fahrstühle sind halb leer. Auf dem Gang blicke ich aus den nach Süden gehenden Fenstern auf das Municipal Building, dessen Turm wie eine Hochzeitstorte aussieht und von der Skulptur einer goldenen Frauengestalt mit erhobenen Armen gekrönt wird. »Sag ihr, das Geld ist in der Gefriertruhe«, brüllt ein Mann in sein Handy.

Nachdem ich ein, zwei Stunden untätig gewartet habe, werde ich mit einer Gruppe potenzieller Jurymitglieder zu Richter Edwin Torres' Gerichtssaal im neunten Stock geführt. Ein Raubüberfall in Washington Heights. Nur ein Zeuge. Keine Verletzten. Ein Allerweltsverbrechen. Ich freue mich, Torres zu sehen, der inzwischen in den Siebzigern ist, mit seinem dünnen silbernen Haar und seinem Nuyorica-Akzent, bauernschlau und derb. Zu meiner Zeit war er der einzige Spanischsprechende und der einzige Romancier unter den Richtern; er hatte *Carlito's Way* veröffentlicht, die Geschichte eines Gangsters aus East Harlem, der ein ganz großer Heroindealer wird. Der Roman war von Brian De Palma verfilmt worden.

Als ich zum *voir dire* aufgerufen werde, informiere ich Torres, dass ich früher schon einmal im Justizsystem gearbeitet habe. »Haben Sie je in einer Verhandlung von mir gedolmetscht?« Ich rufe ihm den Fall in Erinnerung. Es war 1987. Ein vierundachtzigjähriger Mann aus Vieques, Puerto Rico. Keine Vorstrafen. Elf Monate lang war er nach Einlösung seines Sozialhilfeschecks immer wieder von denselben drei Männern ausgeraubt worden. Also kaufte er sich auf der Straße für zwanzig Dollar eine Pistole, und als sie ihn das nächste Mal überfallen wollten, schoss er einem von ihnen in die Brust. Der Staatsanwalt erhob Anklage wegen Totschlags, doch die Jury war so bezaubert von dem alten Mann, dass der Staatsanwalt die Anklage schon am ersten Verhandlungstag fallenließ. Er bot ihm folgendes Plädoyer an: Illegaler Waffenbesitz, fünf Jahre auf Bewährung. Der Alte ließ sich auf den Handel ein.

»Die haben das Richtige getan«, sagt Torres, der sich an den Fall erinnert. Dann stellt er mir die obligatorische Frage: »Sind Sie der Meinung, dass Ihre Erfahrungen vor Gericht Sie in Ihrer Tätigkeit als Geschworener befangen machen?« Ich schildere ihm jene Zeit, als ich Mitgefühl mit den Angeklagten entwickelte. »Ich habe das Ausmaß ihrer Abhängigkeit von mir übertrieben. Ich habe ihre Eigenarten angenommen, ihren Tonfall, obwohl ich meist nichts als Abscheu empfand.«

»Ich weiß genau, was Sie meinen«, sagt Torres. »Verlassen Sie die Geschworenenbank. Sie sind entschuldigt.«

Erleichtert nehme ich meinen Befreiungsnachweis entgegen und fahre mit der U-Bahn stadtaufwärts. Als ich das letzte Mal in eine Jury berufen worden war, hatte ich sie zwei miserable Tage lang hingehalten. Der Angeklagte war ein gutmütig aussehender Mann Mitte fünfzig, Hausmeister in einer Highschool. Er wurde beschuldigt, den Schülern Drogen verkauft zu haben. Einziger Zeuge war der verdeckte Ermittler, der ihn hatte auffliegen lassen. Im Kreuzverhör gestand der Kriminalbeamte, dass er, um seine Karriere zu befördern, so viele Festnahmen wie möglich getätigt hatte. Ich war überzeugt, dass seine hastige Darstellung der Vorfälle zusammengelogen war. Dieser Eindruck wurde noch dadurch verstärkt, dass die Stadt unter dem Druck stand, bei ihrer Kampagne, die Schulen von Drogen zu säubern, mit Resultaten aufzuwarten.

Unter den Geschworenen waren eine ältere Frau und ich jedoch die Einzigen, die auf Freispruch erkannten. Acht Stunden lang harrten wir aus, und infolgedessen wurden wir alle in einem heruntergekommenen Hotel in Midtown eingeschlossen. Am nächsten Morgen lief die Frau zur anderen Seite über. »Ich will einfach nur nach Hause«, erklärte sie.

Am Nachmittag konnte ich der Wut meiner Mitgeschworenen nicht länger standhalten, und auch ich votierte für eine Verurteilung. Später erfuhr ich, dass der Hausmeister »eine Kugel bekommen hatte« – ein Jahr in einer staatlichen Strafanstalt in Coxsackie –, was er, wie mir sein eigener Anwalt versicherte, »reichlich verdiente«.

Die Patrone

Der Romancier William Herrick ist im Alter von neunundachtzig Jahren verstorben. Bill, wie seine Freunde ihn nannten, war der erste echte Schriftsteller gewesen, den ich kennengelernt hatte. Ich habe lebhafte Erinnerungen an sein Arbeitszimmer und dessen harsche, quarantäneartige Atmosphäre. Wenn ich seinen Sohn Michael, meinen Jugendfreund, besuchte, spähte ich immer in Bills Zimmer. Auf seinem Schreibtisch befanden sich ein verrosteter Helm, ein Stück Schrapnell, das er als Briefbeschwerer benutzte, und eine Fotografie seines Vorbilds George Orwell. Wie Orwell hatte er im Spanischen Bürgerkrieg gegen die Faschisten gekämpft – in Herricks Fall als kommunistisches Mitglied der Internationalen Brigaden. Wie Orwell war er in den Nacken geschossen worden. Die Patrone war jedoch zu dicht an der Wirbelsäule stecken geblieben, als dass man hätte riskieren können, sie operativ zu entfernen. Wie Orwell hatte er miterleben müssen, dass die Kommunisten ihre Gewehre auf die spanischen Revolutionäre richteten, die nicht der stalinistischen Parteilinie folgten, eine Erfahrung, die er in mindestens der Hälfte seiner zehn Romane verarbeitete. Als Orwell in einer örtlichen Miliz unabhängiger Sozialisten kämpfte, gelang es ihm, den Kommunisten zu entfliehen. Herrick dagegen hatte, ohne es zu wollen, auf Seiten der Jäger gestanden.

»Es wird kein Begräbnis geben«, sagt Michael, als er mir am Telefon die Nachricht übermittelt. »Realist, der er war, hat Dad seinen Leichnam dem Albany Medical Center gespendet. ›Sieh zu, dass man uns die Patrone zurückgibt‹, hat er gesagt.«

»Ich habe den Kommunismus mit der Muttermilch eingesogen«, hatte Bill mir einmal erzählt. »Meine Mutter war Gründungsmitglied der Partei, über meinem Kinderbett hing ein Stück Blech mit dem aufgeprägten Gesicht Lenins. Ich konnte die Parteilinie wie einen Katechismus herunterbeten, und wenn die Parteilinie geändert wurde, änderte ich mich mit ihr. Ich war ein Rechtgläubiger, ein Fundamentalist. Ich hasste Zweifel. Die Partei war mein Glaubensbekenntnis, meine Familie, mein Volksstamm.«

1936, als er sich freiwillig meldete, um in Spanien zu kämpfen, war Bill zweiundzwanzig Jahre alt, ein New Yorker Straßenjunge mit begrenzter Schulbildung. Als er in einem Krankenhaus in Murcia von seiner Schusswunde genas, wunderte er sich laut, ob es eigentlich sinnvoll sei, dass in der Sowjetunion so viele Justiz- und Kulturpaläste gebaut würden. »Brauchen die dort nicht einfach Häuser, in denen Leute wohnen können?«

Diese Bemerkung wurde dem kommunistischen Sicherheitskommissar, einem Deutschen, zugetragen, der Bill ins Kellergeschoss einer großen Kirche am Rand der Stadt schaffen ließ, wo in aller Heimlichkeit spanische »Trotzkisten« gefangen gehalten wurden. Während vor seinen Augen drei zerlumpte Teenager, darunter ein Mädchen, mit gefesselten Händen hereingeschleift wurden, bedrohte man ihn mit vorgehaltener Pistole. Der Sicherheitskommissar befahl seinem Handlanger, einem Belgier, alle drei in den Hinterkopf zu schießen, danach wurden ihre Leichen in eine Ecke des Raums geworfen. »Trotzkistische Diversanten«, erklärte er.

Für Bill war es so, als hätte er selbst abgedrückt, und so manches Mal habe ich mich gefragt, ob er nicht tatsächlich dazu gezwungen worden war. »Ich habe vor Scham gezittert«, schrieb er in seinen Memoiren *Jumping the Line*. »Dies waren meine Kameraden, die meine Kameraden töteten ... Und diese drei spanischen Kinder. Die waren ich selbst ... Ich hatte mich selbst getötet.«

Nachdem er nach New York zurückgekehrt war, brach er mit der Partei, aber nicht um sie wie andere Exkommunisten durch eine andere Orthodoxie zu ersetzen, sondern um als Schriftsteller seinen wachsenden Ekel vor Ideologien und politischer Macht überhaupt zu bekunden. »Mein neuer Gegner wurde mein früheres Ich«, sagte er. Wie bei Orwell ist die moralische Autorität seiner schriftstellerischen Tätigkeit in persönlicher Erfahrung begründet. Seine Prosa ist deklaratorisch und ungeschönt. »Kein Literaturkram«, sagte er immer mit einem Anflug von Befangenheit, seiner beschränkten Schulbildung wegen. »Schließlich ist Englisch nur meine Zweitsprache. Meine Muttersprache war die Sprache der Gosse.«

In seinem beeindruckendsten Roman *Love and Terror* schreibt Herrick als Insider über die Psychologie des Terrorismus. Um sich für einen Anschlag zu stählen, wiederholt der junge Führer einer Gruppierung, die der Baader-Meinhof-Gruppe ähnelt, sein Mantra: »Die Revolution verlangt, dass wir unsere menschlichen Gefühle liquidieren.« Er und seine Kameraden entführen ein Flugzeug und bereiten die Exekution der Passagiere vor, sofern ihre Forderungen nicht erfüllt werden. Eine Passagierin, eine alte kommunistische Kämpferin, erkennt sich selbst in ihren potenziellen Mördern wieder. »Das sind meine Kinder«, denkt sie, »ganz so, wie wir Stalins Kinder waren. Der Anschein der Gewissheit. Der notwendige Mord.« Im Roman wird aus dem Motto »Der Zweck heiligt die Mittel« durch logische Progression »revolutionäres« Handeln um seiner selbst willen – ein akribisch geplanter Wutausbruch ohne erkennbares Ziel.

Ich fahre zu Bills Gedenkgottesdienst in einer kleinen Methodistenkirche in Old Chatham im nördlichen Teil des Bundesstaates New York, die gleichzeitig als Synagoge dient. Freunde und Familienangehörige erinnern sich voller Zärtlichkeit an Bills Jähzorn, seinen Appetit, seine »schaurigen Ansichten«.

»Obwohl mein Großvater kein religiöser Mensch war«, rezitiert seine Enkelin das Kaddisch, das Gebet für die Verstorbenen, dann stapfen wir, fast wie in Festtagsstimmung, die Straße hinauf zu dem Bauernhaus der Familie, wo Bills Frau Jeanette eine Mahlzeit für uns angerichtet hat.

Es ist der erste milde Tag des Winters, und man hat Holzplanken über den Pfad gelegt, damit wir auf dem schmelzenden Eis nicht ausrutschen oder uns mit Schlamm bespritzen. Der Romancier William Kennedy ergeht sich in Erinnerungen an eine Gruppe von Schriftstellern, die sich regelmäßig in einem Saloon in Albany versammelte. »Bill war unser Elder Statesman. Jahrelang war er der Einzige unter uns, dessen Romane veröffentlicht wurden. Er hielt mich für unpolitisch. Bin ich gar nicht. Aber verglichen mit Bill ist es jeder.«

Als die Trauergäste allmählich auseinandergehen, fahren Bills Sohn Michael und ich zu einer Bar im Ort. Ich möchte wissen, ob Bill enttäuscht darüber war, dass Michael so wenig Interesse an Politik zeigte. »Ich glaube, er war erleichtert«, erwidert Michael. »Er hatte sich der Politik verschrieben, aber das heißt nicht, dass er von seinen Kinder das Gleiche erwartete. Ich nahm Dads Ernüchterung in mich auf, bevor ich die Chance hatte, selbst ernüchtert zu werden. Als ich ein Junge war, teilte ich ihm mit, ich sei den Pfadfindern beigetreten, und er fragte: ›Warum willst du Mitglied einer paramilitärischen Organisation sein?‹ Natürlich hatte er recht.«

Nach ein paar Drinks holt Michael etwas aus seiner Hosentasche hervor und legt es auf den Tresen. Es ist die Patrone, die die Klinik wie gewünscht der Familie zurückgegeben hat. Sie ist überraschend dünn, nicht dicker als ein Bleistift, etwa fünf Zentimeter lang und stammt aus einer in Italien hergestellten Fiat-Maschinenpistole. Stellenweise ist die Messinghülse mit rauer, verkalkter Knochensubstanz überkrustet.

Ich entsinne mich einer Unterhaltung, die ich in den siebziger Jahren mit Bill geführt hatte. Ich war gerade aus Südamerika zurückgekehrt und berichtete ihm von meinem Interesse an revolutionären Bewegungen. Bill hatte nur müde gelächelt. Er erinnerte mich an Chamforts Resümee der Französischen Revolution, das Bill mitunter in seinen Romanen zitiert: *Sei mein Bruder, oder ich schlag dich tot.* »Diese Worte habe ich in der einen oder anderen Version mein ganzes Leben gehört.«

Militärputsch

Vor fünfundzwanzig Jahren wurde ich dem Filmemacher Sergio Castilla als »bedeutender amerikanischer Autor« vorgestellt, eine lächerliche Übertreibung, denn außer ein paar Jugendwerken, Erzählungen und Gedichten hatte ich nichts veröffentlicht. Sergio war mir, schon zutreffender, als »führender chilenischer Regisseur, seit Pinochets Militärputsch im Exil«, vorgestellt worden. Die Idee war, dass wir an einem Drehbuch zusammenarbeiten sollten, und Sergio zeigte mir seinen kurz zuvor fertiggestellten Film *Desaparecido.* Der Film spielt in einem Haus in einem gutbürgerlichen Vorort in Chile, einem von vielen, die in jenen Jahren in geheime Folterkammern verwandelt wurden. Hauptfigur ist der Kommandant des Hauses, ein irritierend charmanter Oberst, der sowohl seine Untergebenen als auch seine Opfer wie unartige Kinder behandelt. Als Präsident Allendes Witwe den Film sah, musste sie mitten in der Vorführung den Saal verlassen, denn sie »konnte es nicht ertragen, mitansehen zu müssen, was aus Chile geworden ist«, wie sie Sergio erklärte.

Mir war diese Spielart der Barbarei vertraut, denn ich hatte zu Beginn des »Schmutzigen Krieges« in Argentinien gelebt, und auch wenn es letzlich nicht zu einer Zusammenarbeit kam, wurden Sergio und ich doch Freunde. Wenn er auf seine rücksichtslose und energiegeladene Art durch New York hastete, hatte er selbst etwas leicht Gequältes. Er war wütend auf Allende, weil dieser den faschistischen Aufstand, der sich vor seiner Nase zusammenbraute, unterschätzt hatte. »Idiotischer Humanismus« nannte er das. Seit dem Militärputsch im Jahr 1973 hatte er in Stockholm, Havanna und Paris gelebt, und jetzt fing er in Manhatten wieder ganz von vorn an. Seine Drehbücher schrieb er in raschen, erregten Ausbrüchen, eins surrealer und bitter-komischer als das andere. Hollywood zeigte kein Interesse, aber er drehte seine Filme trotzdem so, als inszeniere er eine Serie von Guerillakriegen.

Nach einigen Jahren kehrte er nach Paris zurück, wo er in einem Film mit dem Titel *Gentille Alouette* abermals die chilenischen Leuteschinder verspottete, diesmal anhand der verwickelten Beziehung zwischen einem Oberst und seinem Adjutanten.

Als wir uns in New York wiedersahen, war ich überrascht, wie sehr er sich verändert hatte. Er war in psychoanalytischer Behandlung: »Ich schaue mir alles genau an, *compadre*, ziehe mir die Haut bis aufs rohe Fleisch ab.« Er verkündete, es gebe da etwas, das ich wissen müsste, wenn wir Freunde bleiben wollten. Sein Vater habe sich das Leben genommen, bevor er selbst alt genug gewesen sei, ihn wirklich kennenzulernen. »Er war osteuropäischer Jude, ein Flüchtling namens Moskowitz. Mir wurde weisgemacht, er hätte einen Herzanfall erlitten. Die Wahrheit fand ich erst heraus, als ich achtzehn war.«

Er schien erleichtert, mich in sein Geheimnis eingeweiht zu haben, als wäre der Selbstmord seines Vaters die eigentliche Ursache für den Verlauf, den sein Leben genommen hatte. Wir scherzten, dass wir das genaue Gegenteil voneinander seien: Sergio ein vaterloser Jude in der Diaspora, ich fest verwurzelt in New York und vom Immigrantenehrgeiz meines alten Herrn durchdrungen. Sergio war fasziniert von meinen Auseinandersetzungen mit meinem Vater, geradeso als erinnerte ich ihn an Dinge, die auch er erlebt, aber vergessen hatte. Sein neuester Film war eine Komödie um ein achtzehnjähriges Mädchen, das den Vater sucht, den es nie gekannt hat. Am Ende hat sie es mit gleich drei Anwärtern auf die Position zu tun, von denen keiner der echte ist.

Als Pinochet aus dem Amt gedrängt wurde, ging Sergio zurück nach Chile, wo er zwei Filme drehte, die viel Anklang fanden. Aber er fühlte sich seinem Heimatland entfremdeter denn je. »Pinochet ist noch immer an der Macht«, berichtete er mir. »Er haust in der Psyche jedes einzelnen Menschen, wie einer von diesen Mikrochips in Science-Fiction-Filmen, die dein Gehirn kontrollieren. Er ist der allmächtige Vater. Er droht dir, du gehorchst ihm, aber er straft dich trotzdem. Bis du nur noch seinen Beifall suchst.«

Unwillig, sich in einer der beiden Städte niederzulassen, bewegte er sich ruhelos zwischen Santiago und New York. Gemeinsam verfassten wir ein weiteres Drehbuch, eines, das versuchte, diese beiden Pole miteinander zu versöhnen. Ein junger Amerikaner, dessen Vater während des Militärputsches von 1973 CIA-Offizier in Chile war, verliebt sich in ein Mädchen, dessen Vater einer der Verschwundenen ist. Auf einer Autoreise in den tiefen Süden Chiles bringen sie sich gegenseitig fast um, in einer Art Urkampf zwischen Liebenden um die Verbrechen der Geschichte. Wir waren mit dem Drehbuch zufrieden, doch nach heftigem Ringen mit sich selbst trat Sergio von der Verfilmung zurück. »Vom Militärputsch hab ich erst mal genug«, sagte er. »Ich kann mich mit dem Thema nicht länger befassen.« Wir stritten erbittert über die Sache und sprachen monatelang nicht miteinander.

Jetzt ruft er mich vom Set seiner aktuellen Produktion an, überarbeitet, aber euphorisch. »Komm doch vorbei. Wir gehen zusammen essen. Ich kann eine Pause gebrauchen.«

Ich besuche ihn am Drehort in Washington Heights, wo der größte Teil der Handlung spielt. »Ich habe noch nie einen Film mit so wenig Geld gemacht«, erzählt er mir. »Aber das ist mir scheißegal.« Die Crew ist rudimentär, unerfahren und für billiges Geld angeheuert. Drei der vier Hauptdarsteller haben noch nie vor einer Kamera gestanden. Zwei stammen aus der

Dominikanischen Republik und wohnen in der Nachbarschaft; alle sind zwischen achtzehn und zwanzig Jahre alt. »So alt wie ich, als ich die Sache mit meinem Vater herausfand«, sagt Sergio. Er hat mit den Schauspielern monatelang geprobt und in seinem Drehbuch zum Teil das Rohmaterial ihrer Lebensgeschichten verarbeitet. »Ich war ein Tier, als ich in ihrem Alter war. Ein Säufer. Erstickt. Entwurzelt. Genau dieses Gefühl will ich von den Schauspielern, dieses Gefühl von primitiver Verzweiflung.«

Die Straße ist überlaufen und heiß. Ein Straßenhändler schneidet eine Mangofrucht mit einer Rasierklinge so auf, dass sie wie eine Blume aussieht. Im Hintergrund die George-Washington-Brücke, der Busbahnhof mit seiner gebogenen Metallfassade, die schmutzigen Hochhäuser, die sich über die Schnellstraße spannen, und der weitverzweigte Krankenhauskomplex, in dem es von bewaffneten Wachposten wimmelt, da Bill Clinton sich dort aufhält und darauf wartet, dass man sein Herz repariert.

Sergio bringt mich in eine kleine Privatklinik, wo er und die Crew sich darauf vorbereiten, eine Szene zu drehen. Die Klinik soll eine psychiatrische Abteilung darstellen, in der die Hauptfiguren sich zum ersten Mal begegnen. »Möchtest du den Psychiater spielen?«, fragt er und reicht mir das Drehbuch. Ich lese meine Rolle laut. »Du klingst zu verführerisch, *compadre*. Du willst, dass alle dich mögen.«

Ich gebe auf, denn einen Schurken kann ich nun mal nicht spielen. Aber dann trifft ein Mann ein, den Sergio vor einiger Zeit in Midtown auf der Straße aufgelesen hat. Sergio war dem Mann drei Häuserblöcke weit gefolgt und hatte ihn dazu überredet, die Rolle zu übernehmen. Er ist breit gebaut, wirkt erschöpft und hat fast ein Raubvogelgesicht. Die perfekte Besetzung.

Die Schule der Sieben Glocken

In der Hoffnung, mein Apartment vermieten zu können, solange ich auf Urlaub bin, setze ich bei *Craigslist* eine Anzeige auf. Eine Reihe von Anfragen geht ein, die rasch im Sand versickern. Dann bekomme ich eine E-Mail von einer Frau, die sich wie folgt vorstellt: »Gladys Maestre. M. D. Ph. D. Ich komme nach New York und werde in einer Fakultätsposition an der Columbia University tätig sein«, schreibt sie. »Wie viele Betten Sie haben?«

Ich beschreibe meine Wohnung und erwähne das Schlafzimmer meines fünfjährigen Sohnes. »Wie viele Personen sind Sie?«, frage ich nervös.

Wie aus der Pistole geschossen schreibt Gladys zurück: »Wir sind Paar (w + m) mit fünfjährige Junge, der in der Woche an Sommerlager teilnimmt. Hört sich perfekt an.« Vernünftigerweise schlägt sie vor, dass ihre Schwägerin die Wohnung besichtigt. »Auch Ärztin. Auch an der Columbia. Hat morgen Dienst. Wird versuchen, zwischen Patienten bei Ihnen vorbeizuschauen.«

Ich rufe die Schwägerin an und treffe eine Verabredung. Im Hintergrund höre ich Kinder kreischen. »Sind Sie Kinderärztin?«, frage ich. »*Si. Pediatra*«, sagt sie nach einer Pause.

Einige Stunden später kommt sie in meine Wohnung. Sie sieht aus wie siebzehn, trägt ein hellgelbes Sweatshirt, das ihr mehrere Nummern zu groß und mit einer riesigen Micky Maus verziert ist. Auf der Hüfte balanciert sie ein zehn Monate altes Baby wie eine Schultasche. Als ich merke, dass sie kein Wort Englisch spricht, benutze ich das Spanisch, das ich mir in den siebziger Jahren angeeignet hatte, als ich in Südamerika lebte. Daraufhin lässt sie allen Anschein, Kinderärztin zu sein, fahren. Als sie sich flüchtig in der Wohnung umschaut, höre ich sie »*Mierda!*« murmeln, dann eilt sie mit ihrem Kind zur Tür hinaus.

Gefahr gebannt. Von Gladys höre ich nie wieder. Aus reiner Neugier sehe ich mir noch einmal unsere Korrespondenz an und stelle fest, dass ihre Webadresse von einem Server in Kolumbien stammt. Ich frage mich, ob Gladys wohl als »Strohfrau« für eine Bande Trickbetrüger von der Schule der Sieben Glocken im kolumbianischen Hochland agiert, von der ich seit Jahren immer wieder höre. Bei den Sieben Glocken lernen die Schüler Taschendiebstahl, Juwelenraub und verschiedene Trickbetrügereien. Für die Abschlussprüfung wird eine Schaufensterpuppe mit einem Anzug bekleidet, an deren Taschen Schlittenglöckchen befestigt sind. Aus jeder der sieben Taschen muss der Schüler etwas stibitzen, ohne dass das Glöckchen bimmelt.

Der Vorfall erinnert mich an die Zeit, als ich keine zwanzig und noch recht leichtgläubig war. Ich verfiel dem Zauber eines selbsterklärten Ganoven namens Hugh, der in dem Haus in der East Ninth Street herumhing, in dem ich wohnte. Für mich war Hugh, obwohl vermutlich nicht älter als fünfundvierzig, ein alter Mann. Er war ein wählerischer Junkie nach dem Vorbild von William Burroughs, von seinen billigen schwarzen Anzügen bis hin zu seinem Interesse an unkonventionellen Methoden der Krebsvorsorge. Eine dieser Methoden bestand im täglichen Konsum von Ozon. Hugh besaß einen kleinen Bleitank mit dem Zeug, das er durch einen schmalen Gummischlauch inhalierte.

Seine Heroinabhängigkeit hatte er in bemerkenswerter Weise unter Kontrolle. Auf der Straße bewegte er sich nicht wie andere Junkies im Zeitlupentempo, und ich war mir nie sicher, ob er nun stoned war oder nicht. Der Schlüssel zu alldem war, wie er mir sagte, »das Wissen, wie man an Nachschub kommt«.

Den Nachschub besorgte er sich, wie er behauptete, als Mitglied eines Teams von Taschendieben, das aus ihm und zwei Partnern bestand.

Sie arbeiteten in Kaufhäusern, bei Rock-Konzerten und in den Zügen, die auf dem Nordostkorridor zwischen Boston und Washington D. C. verkehrten. Die Züge mochte Hugh am liebsten, weil sie lukrativ und gefährlich waren; wenn man erwischt wurde, konnte man nirgendwohin fliehen. Ein Partner identifizierte die Opfer und signalisierte Hugh, wo sie ihr Geld verwahrten. Der zweite Partner war der Abräumer. Sobald sich Hugh eine Brieftasche geangelt hatte, steckte er ihm diese zu und verringerte so das Risiko, auf frischer Tat ertappt zu werden. Wenn der Abräumer die Brieftaschen geleert hatte, stopfte er sie unter ein Sitzpolster oder spülte sie im Klo hinunter.

Hugh wusste, dass ich Schriftsteller werden wollte, und später ging mir ein Licht auf: Er hatte sein Ziel erreicht, mich mit genau dem Material zu versorgen, von dem er glaubte, dass ich es hören wollte. Er begriff, dass meine Schwäche ein Hunger nach exotischen Beziehungen zu anderen Menschen war, nicht materielle Gier. Er befriedigte meine romantische Auffassung vom Leben im Zwielicht und mein eitles Bestreben, als eingeweiht zu gelten. Dafür erfuhr er von mir, an welchem Tag ich von der Poststelle, wo ich einer Saisonarbeit nachging, entlohnt wurde. Da ich kein Bankkonto hatte, löste ich meinen Gehaltsscheck sofort in Bargeld ein. Und dieses Bargeld war es, was Hugh mitgehen ließ, als er unsere Wohnung ausräumte – mitsamt meiner Reiseschreibmaschine, der Oboe meiner Freundin und ihrer Kollektion von Silberarmbändern.

Heute halte ich mich für immun gegen derlei Betrügereien. Allerdings stimmt mich die Begegnung nachdenklich, die ich kürzlich in der 108th Street mit einem jungen Mann hatte. In überschwänglichem, kaum verständlichem Spanisch teilt er mir mit, dass sein drei Monate altes Baby am Verhungern sei.

Seine Frau könne es nicht stillen. Als illegaler Einwanderer hat er keinen Anspruch auf Sozialhilfe. Würde er diese beantragen, würde man ihn deportieren. Er habe einen Termin im Krankenhaus, sagt er und zückt eine amtlich aussehende gestempelte Karte, aber der Termin sei erst in der nächsten Woche. Ob ich ihm wohl in der Drogerie um die Ecke eine Dose Muttermilchersatz kaufen könnte?

Ich biete ihm ein paar Dollar an, doch mit einer aufgeregten Handbewegung lehnt er das Geld ab. Trickbetrüger nennen so jemanden den »Überzeuger«, und es funktioniert. Als wir die Drogerie betreten, denke ich an meinen wohlgenährten Sohn, der sicher in unserer Wohnung schläft. Ich wähle eine extragroße Dose Säuglingsmilchpulver von einem der Regale – achtundzwanzig Dollar für siebenhundert Gramm. An der Kasse gibt mir der Angestellte einen warnenden Hinweis. »Sie sind heute schon der Dritte, den er übers Ohr gehauen hat«, sagt er. »Das erste Mal hat er die Babynahrung zurückgebracht und gegen Geld umgetauscht. Die zweite Dose hat er wahrscheinlich auf der Straße verkauft. Das ist wie Bargeld.«

Bevor ich den Schwindler zur Rede stellen kann, flitzt er zur Tür hinaus. Mir war nicht entgangen, dass er einen kolumbianischen Akzent hatte. Ich frage mich, ob er sein Treiben wohl in der Schule der Sieben Glocken gelernt hat.

Es ist das erste Mal seit meiner Bekanntschaft mit Hugh vor dreißig Jahren, dass ich auf einen Straßengauner hereingefallen bin, und ich bin merkwürdig erleichtert, dass man mich noch immer übers Ohr hauen kann. Mir fällt der Ursprung des englischen Wortes für Trickbetrüger ein: *confidence man* – »Mann des Vertrauens«. Ein gutgekleidetes Individuum sprach einen Fremden auf der Straße an. »Haben Sie genug Vertrauen in die Menschheit, dass Sie mir erlauben, Ihre Armbanduhr zu halten?«, fragte er. Als der Fremde ihm die Uhr anvertraute, spazierte der Mann mit ihr davon.

Wenn du Dankbarkeit erwartest, bist du verloren

Ein Freund, bei dem ich mich wiederholt über das lausige Essen in den Restaurants meiner Nachbarschaft beklagt habe, schlägt mir vor, die Suppenküche der Broadway Presbyterian Church in der 114th Street aufzusuchen. »Küchenchef dort ist Michael Ennes, ein Meister seines Fachs«, beteuert mein Freund. »Er hat in einigen Spitzenrestaurants der Stadt gekocht, und wenn er einen guten Tag hat, reicht sein Mittagessen an jedes Restaurant der Upper West Side heran.« Letztes Jahr hat mein Freund ein paar Monate lang als freiwilliger Helfer für Küchenchef Michael gearbeitet. »Mit Hilfe seiner Kontakte im Gewerbe treibt er erstklassige Überreste auf.« Eines Tages trafen aus dem Le Bernardin in der 51th Street zwanzig Pfund Morcheln ein. Sie waren leicht verkocht. »Getrocknet kosten Morcheln zweihundert Dollar das Pfund. Michael hat Brühe daraus gemacht.«

Aus Neugier ging ich zur Kirche und stieg in das Kellergeschoss hinab, wo ein strenger Geruch nach Desinfektionsmitteln unglaublicherweise von dem Muskatnussduft übertroffen wurde, der Michaels Reich entströmte. Der Küchenchef war ein großer, bärtiger Mann Mitte fünfzig, mit lauter Stimme und einem Gesicht, das von Verbrennungen durch Fettspritzer gerötet war, die er am Herd abbekommen hatte. An seiner Kochmütze steckte die Kokarde der französischen Revolutionäre, und über der Brusttasche seines schwarzen Kittels war mit rotem Faden sein Name aufgestickt.

»Wenn wir nicht alle zusammenhalten, werden wir einzeln hängen«, zitierte er zur Begrüßung Thomas Paine, eines seiner

Idole. Er rührte in einem Kessel mit Schwarze-Bohnen-Suppe, dann löffelte er portiönchenweise Käsefondue auf Tortilla-Chips. »Ein kleiner Appetithappen.« Das Fondue war von der morgendlichen Fernsehshow *Today Show* gespendet worden. Um ins *Guinness-Buch der Rekorde* aufgenommen zu werden, hatten die Produzenten vor laufender Kamera 850 Liter von dem Zeug zubereiten lassen. »Zum Glück lässt es sich gut einfrieren«, meinte Michael.

Wie Gäste bei einem Preisverleihungsbankett saßen ungefähr hundertvierzig Obdachlose im Speisesaal an einem Dutzend runder Tische und warteten geduldig darauf, bedient zu werden. Anders als in anderen Suppenküchen sind die Kunden nicht dazu verpflichtet, anzustehen, denn Michael zufolge ist das demütigend. »Dann werden sie aufdringlich und ängstlich und hart.« Niemand wird abgewiesen, gleichgültig, in welcher Verfassung er ist, und tatsächlich schienen sich einige der Tischgäste in äußerster Not zu befinden. Dabei decken sie eine große soziale Bandbreite ab: An einem der Tische erspähte ich eine junge Frau mit einem langen geflochtenen Zopf, Designerbrille und einem großen Türkisring, die eifrig mit ihrem Handy zugange war.

Ich riskierte einen Blick auf die Unterschriftenliste, in die sich jeder eintragen muss, auch wenn ihm kein Identitätsnachweis abverlangt wird. Unter den Namen der Tischgäste fanden sich Barack Obama, George W. Bush, Michael Jordan und Tiger Woods. Als einer der Freiwilligen sah, dass ich die Liste studierte, entriss er sie mir. »Das sind vertrauliche Informationen«, erklärte er.

Als ich merkte, dass ich mitten im Saal stand und die Leute mich von ihren Sitzplätzen aus misstrauisch musterten, setzte ich mich unbeholfen auf einen der wenigen freien Stühle. Der Mann neben mir umkrampfte seine Zeitung, damit ich sie ihm nicht stahl. Dann bezichtigte mich ein untersetzter Mann mit ausladender Afrofrisur, FBI-Agent zu sein. Er kam auf mich zugestürzt. »Ich weiß, wer Sie sind«, sagte er und stieß mich unsanft in die Rippen. Ein Seufzer schien durch den Raum zu gehen, oder vielleicht ein leises Kichern. Ich versicherte ihm, wir seien uns noch nie begegnet, dann senkte ich die Augen, denn die Art und Weise, wie unsere Blicke sich ineinander verhakten, schien ihn nur noch stärker zu beunruhigen. Mein Nachbar mit der Zeitung erklärte: »Das ist wegen dem Notizblock, den Sie da haben. Die Leute mögen es nicht, wenn Sie Dinge aufschreiben.«

Ich zog mich in die Küche zurück, wo Michael mit einiger Mühe die Schwarze-Bohnen-Suppe hinaustrug. »Vorsicht, sehr heiß!« Als Nächstes gab es frisches Gemüse mit Reis und einen grünen Salat aus biologischem Anbau, der besser aussah als das Grünzeug, für das ich auf dem Spezialitätenmarkt in der Nähe meiner Wohnung regelmäßig Wucherpreise zahle.

Das Hauptgericht bestand aus Welsfilet in Remouladensoße. Auf dem Kuchengitter kühlte der Pfirsichstreuselkuchen ab, den Michael als Nachtisch gebacken hatte. Er machte sich Sorgen, ob die Menge ausreichend war. »Hat sich jemand beschwert, dass der Wels zu stark gewürzt ist?« Er bemühte sich, seine Kunden zufriedenzustellen und sie zugleich vor sich selbst zu schützen. Als er Zucker in einen riesigen Kessel mit Tee gab, sagte er: »Sie werden schimpfen, dass er zu bitter ist. Aber der Bagage kann man keinen Zucker auf den Tisch stellen. Die ignorieren den Zuckerlöffel einfach und schütten den gesamten Inhalt der Zuckerdose in ihre Tasse. Natürlich ist es nicht ihre Schuld. Alkohol- und Heroinsucht haben ihre Rezeptoren für Süßes abgestumpft.«

Als ich ein paar Tage später wieder in der Küche vorbeischaute, hatte Michael schlechte Laune. Aufgrund von Budgetbeschränkungen war er gezwungen, sich mit Hotdogs als Hauptgericht zu begnügen. »Massenproduzierter Fraß der übelsten Sorte. Und absolut langweilig zuzubereiten.« Er fühlte sich daran erinnert, wie es vor sechs Jahren gewesen war, als er in der Kirche zu kochen begann. »Wir waren doch bloß eine Müllhalde für überschüssige Nahrungsmittelvorräte der Regierung: Dosenmais und Schmelzkäse, das meiste davon kurz vor dem Verfallsdatum.« Das war gleich nach den Angriffen auf das World Trade Center gewesen, als die New Yorker Restaurants in Schwierigkeiten steckten und Michael arbeitslos war. »Ich konnte diesen Ramsch einfach nicht auftischen, da hab ich mir die Lebensmittel besorgt, die ich wollte.«

Eine gutgekleidete Frau Mitte sechzig, die freiwillig als Serviererin arbeitete, trat sichtlich aufgelöst in die Küche. »Ich gehe, Michael, und komme nie wieder.« Einer der Gäste hatte sie beleidigt, indem er ihr vorwarf, ihn zu langsam zu bedienen, und sich über ihre grauen Haare lustig machte. »Mein Sinn für Wohltätigkeit ist an seine Grenzen gestoßen«, sagte sie. Ich erkundigte mich, ob es der Mann mit der Afrofrisur gewesen sei. »Guter Gott, nein. Das ist ein echter Gentleman.«

Michael dankte ihr und wünschte ihr alles Gute. »Wenn du hier Dankbarkeit erwartest, bist du verloren«, sagte er zu mir, als sie gegangen war. Er hielt einen der neuen Klienten aus der Mittelschicht für den Schuldigen. »Die am schnellsten wachsende Gruppe bei uns.« Die meisten hätten ihre Wohnungen verloren, als sich der Immobilienmarkt erhitzte. »Denen zu helfen ist schwierig, denn auf der Straße finden sie sich nicht zurecht, sind stocksauer und stellen Ansprüche.«

Ein Mann pflegte in seinem Jaguar vor der Suppenküche vorzufahren, seinem letzten wertvollen Besitz, von dem er sich partout nicht trennen wollte. Er behauptete, für das FBI gearbeitet zu haben, und auf dem Höhepunkt des Terrorismusrummels war es ihm gelungen, sich eine Anstellung als Sicherheitsexperte bei CNN zu erschwatzen. »Er hat sich gerade mal drei Wochen gehalten.« Da er sich auch als Restaurantkritiker gefiel, schickte er gelegentlich seinen Teller mit einer Notiz zurück, auf der er Michael sein Missvergnügen bekundete. »Am Ende hat er auf dem Gehsteig des Broadway Bücher verkauft.«

Eisenspitzen

Wer ist nicht an irgendeinem Punkt seines Lebens, bei einem Verwandten oder einem Freund, dem Wahnsinn begegnet? Etwa 2,5 Prozent der Bevölkerung leiden unter Schizophrenie oder manisch-depressiver Psychose, ein Prozentsatz, der ungeachtet aller kulturellen Unterschiede in jedem Winkel der Welt gleich ist. Als ich ein Junge war, lauschte ich immer wie gebannt, wenn mein manischer Onkel mit seinen Phantomen kämpfte. Ein anderes Mitglied meiner Familie hat ähnliche Heimsuchungen zu erdulden. Und 1996, als sie fünfzehn war, erlitt meine Tochter einen akuten Zusammenbruch. Die Psychiater behaupteten, sie habe Pech mit ihren Genen gehabt, aber man weiß nicht recht. Die grundlegenden Mechanismen der Psychose sind so geheimnisvoll wie eh und je.

Vielleicht gibt es ebenso wenig eine Lösung für den Irrsinn, wie es einen Schlüssel zum Bewusstsein gibt, und alle unsere Versuche, einen ausfindig zu machen – von der priesterlichen Zuhörfähigkeit Freuds bis zu den chemischen Tüfteleien der Pharmakologen, die am limbischen System unseres Gehirns herumoperieren, so wie die US-Notenbank am Geldvolumen, um die Wirtschaft vor dem Kollaps zu schützen –, spiegeln lediglich unseren Wunsch wider, einen unzugänglichen Bereich unserer Existenz in den Griff zu bekommen.

Was mich dazu gebracht hat, über dieses Thema nachzudenken, sind die unauffälligen Eisenspitzen, mit denen das Bodengesims meines Wohnhauses in Manhattans Upper West Side versehen worden ist. Man hat sie dort angebracht, um die psychisch Kranken aus dem Behandlungszentrum auf der anderen Straßenseite davon abzuhalten, vor unserer nach Süden gehenden sonnigen Eingangstür herumzulungern. Ich zucke zusammen, als ich erlebe, wie effektiv sie sind. Eine kleine, gebückte Frau, der ich oft einen Morgengruß zunicke, setzt sich in aller Unschuld hin, wird von den Spitzen gepikst, springt auf, versucht wieder, sich zu setzen, und schlurft dann verwirrt davon.

»Ist das wirklich nötig?«, frage ich den Hausmeister, der die Vorrichtung installiert hat.

»Reden Sie mit Ihren Nachbarn«, antwortet er. »Es war deren Idee.«

Zufällig ist in einigen Tagen eine Versammlung unserer Mietergemeinschaft angesetzt. Ich beschließe, hinzugehen und zu beantragen, dass die Eisenspitzen wieder entfernt werden.

Ich gehöre nur ungern zu denen, deren Herz für die Hilflosen blutet, während sie dem Rest der Menschheit mit Argwohn begegnen. Was genau haben meine Nachbarn diesen Leuten eigentlich vorzuwerfen? Sie lassen keinen Abfall liegen. Ihre einzigen Laster scheinen Donuts und Tabak zu sein. Vor Einbruch der Dunkelheit verschwinden sie, um sich in Kleinbussen zu Wohngemeinschaften in anderen Teilen der Stadt chauffieren zu lassen. Und was den Lärm betrifft: Es gibt höchstens kurze Ausbrüche von Heiterkeit, denen lange Phasen medikamentenbedingten Schweigens folgen. Allmählich kommen mir die kleinen Zinken wie eine Art Cerberus vor, der uns vor entsetzlichem und scheinbar willkürlichem Unheil bewahren soll. *Verhängt keinen Fluch über unsere Tür.*

Um mein Anliegen auf der Mieterversammlung besser vertreten zu können, suche ich das Behandlungszentrum auf, wo man mich begeistert auffordert, mich ganz wie zu Hause zu fühlen. Solche Zentren habe ich früher schon besucht und bin mit ihrer angenehm entspannten Atmosphäre, die einen wie in einen Kokon einspinnt, sehr vertraut. Nichtstun wird toleriert, das Rauchen als wesentliche Facette des Lebens akzeptiert. Der Drang zum Ausdruck der eigenen Persönlichkeit scheint in den meisten Fällen ermutigt, wenn nicht gar aktiv gefördert zu werden.

Als ich eine Ausstellung von Kunstwerken an den Wänden bewundere, tritt eine Frau auf mich zu, der ich regelmäßig auf der Straße begegne. »Das da ist von mir«, sagt sie und zeigt auf eine sorgfältig ausgeführte grelle Zeichnung bewaffneter Krieger, die den Titel »Der Sturmangriff« trägt. Sie macht sich Sorgen, ihre Schöpfung könnte mich verstören, und flüstert: »Nehmen Sie's nicht zu wörtlich; sie ist ja nur meinem Kopf entsprungen.«

Am Schwarzen Brett hängt eine Ankündigung, dass am Nachmittag ein Workshop für Kreatives Schreiben stattfindet. Die Texte der Teilnehmer werden in einer vom Zentrum herausgegebenen Anthologie mit dem Titel *Gedichte von Außenseitern* veröffentlicht werden. Zu Berufsausbildungszwecken ist eine bequeme Nische als Garderobe eines Restaurants umgebaut worden. Leute tauschen zerrissene Regenschirme und Jacken gegen nummerierte Karten ein, die sie später vorweisen, um ihre Gegenstände wieder auszulösen. »Einer unserer Klienten hat sich gerade eine Stelle in der Garderobe des Plaza Hotels geangelt«, informiert mich ein Mitarbeiter. Das ist genau die Art Stelle, um die ich mich bemüht hatte, als ich jünger war (Nachtportier in einem Hotel war eine andere). Ich hatte die Absicht, eine Arbeit zu finden, bei der ich Menschen beobachten und schreiben konnte und für die ich gleichzeitig bezahlt wurde.

Mir fallen weitere Parallelen zwischen mir und den »Klienten« des Zentrums auf, nicht zuletzt unser zweifelhafter Beitrag zum Bruttosozialprodukt. Solche Vergleiche führen allerdings nicht sehr weit. Mit ihrer aufgekratzten Haut und ihren herabgerutschten Strümpfen erinnert mich die Frau, die den »Sturmangriff« gestaltet hat, an die Angelegenheit, deretwegen ich hier bin.

Mit einem einladenden Händedruck bittet mich der Direktor des Zentrums in sein Büro. Inspiration für seine Arbeit sei das »*traitement moral*«, das der französische Reformer Philippe Pinel in den zwanziger Jahren des 19. Jahrhunderts entwickelte. »Für meine Klienten ist es einfach nur wichtig, hier zu sein«, erläutert der Direktor. »Hierherzukommen ist ein Zweck an sich. Es erleichtert persönliche Bindungen. Wir glauben, dass Menschen sich ändern, um Beziehungen aufrechtzuerhalten. Das mag eine altmodische Idee sein. Aber sie funktioniert wie sonst nichts in fünfhundert Jahren gescheiterter Therapieversuche.«

Als er erfährt, dass ich gegenüber wohne, ändert sich sein Verhalten abrupt. Er ist es gewohnt, dass seine Klienten wie Aussätzige behandelt werden, und nimmt an, dass ich mit einer Litanei von Beschwerden gekommen bin. Ich versuche ihm zu erklären, dass ich die scheußlichen Eisenspitzen vor meinem Wohnhaus entfernt haben möchte. Das scheint bei ihm jedoch nicht anzukommen. Er zieht sich in die undurchdringliche Zone der Public Relations zurück.

Am nächsten Morgen denke ich darüber nach, was ich auf der Mieterversammlung vortragen könnte. Ich habe an einer solchen Zusammenkunft noch nie teilgenommen und bin nervös, unsicher. Ich werde meine Bemerkungen mit einer enthusiastischen Beschreibung des Zentrums eröffnen. Ich könnte darauf hinweisen, dass unsere Gegend früher unter dem Namen Bloomingdale bekannt war und dass sich dieser Name von jenem Bloomingdale Lunatic Asylum herleitet, das seinerzeit für die aufgeklärte Behandlung der Geisteskranken berühmt war. Das sollte eine positive Wirkung auf meine Nachbarn haben: Die Verrückten waren schon vor uns hier, genau wie die Indianer. Ich wiederhole Foucaults Argument, dass die Präsenz des Wahnsinns auf unserer Türschwelle gut für uns ist, erinnert sie uns doch daran, dass das Leben, das wir führen, lediglich eine unter mehreren Möglichkeiten menschlicher Existenz ist. Platon glaubte, dass der Wahnsinn wesentlich zu unserer Natur gehört und esoterisches Wissen darüber enthält, wer wir sind. Wir sollten diese Menschen nicht fortjagen, wir sollten sie willkommen heißen und ihnen dafür danken, dass sie uns zu dieser Debatte mit uns selbst zwingen …

Ich erprobe diese Argumente an einem Paar, das im Stockwerk unter mir wohnt. Als ich geendet habe, herrscht irritiertes Schweigen. »Nicht jeder hat Ihre überlegene Charakterstärke«, meint der Ehemann.

Später treffe ich den Direktor des Zentrums zufällig im Café an der Ecke. »Sie werden erfreut sein, dies zu hören«, sagt er aufgeräumt. »Wir werden eine Dachterrasse für unsere Klienten bauen. Dann werden sie Sie nicht länger belästigen.«

Die Versammlung der Mietergemeinschaft ist für diesen Abend um acht Uhr angesetzt. Ich beschließe, zu Hause zu bleiben.

»Negros Burial Ground«

Als im Juli 1991 die Fundamente für einen Wolkenkratzer an der Ecke Broadway/Reade Street in Lower Manhattan ausgehoben wurden, stießen die Erdarbeiter auf einen Abschnitt des »Negros Burial Ground«, des einzigen afroamerikanischen Friedhofs vor dem Unabhängigkeitskrieg, von dessen Existenz man weiß. Hauptbeweismaterial für sein Vorhandensein war eine Karte Manhattans aus dem Jahr 1755. Von 1650 bis 1794, als er im Zuge der Ausdehnung der Siedlungsfläche überbaut wurde, ohne dass man auch nur ein Hinweisschild aufstellte, umfasste er 2,5 Hektar, was heute etwa fünf Straßenblocks entspricht. 1865 beschrieb ein Historiker den Friedhof als »unansehnlichen und desolaten« Ort, wo »die Sklavenbevölkerung mit Genehmigung der Behörden ihre Toten bestatten durfte«.

Die Ausgrabungsarbeiten für den Wolkenkratzer wurden umgehend ausgesetzt. Die *New York Times* rief die Entdeckung zu »einem der wichtigsten archäologischen Funde der Nation in diesem Jahrhundert« aus. Ein Team von Ausgräbern förderte mehr als vierhundert Skelette zutage, einige davon hatten Münzen in den Händen und auf den Augen. »Fast alle sind in Särgen beigesetzt worden«, sagte Ed Rutsch, der Leiter der Ausgrabung. »Eigentlich hätten wir erwartet, dass sie nur in Leichentücher gehüllt wären.«

Nach ein paar Monaten schätzten die Archäologen, dass der »African Burial Ground«, wie er jetzt genannt wird, mindestens zwanzigtausend Gräber enthielt, eine sehr viel größere Anzahl als ursprünglich angenommen. Damit war die Illusion vieler New Yorker zerronnen, dass die Stadt aufgrund der zahlreichen Vereinigungen zur Abschaffung der Sklaverei und eines hohen Bevölkerungsanteils schwarzer Flüchtlinge aus dem Süden nur peripher in den Sklavenhandel verwickelt gewesen sei.

Eines Nachmittags im August schlenderten mein Freund Roy und ich hinüber zur Reade Street und schauten zu, wie die Ausgräber mit ihren Kellen sorgfältig das Erdreich durchforschten. »Sind die Weißen nicht eine Spezies für sich?«, witzelte Roy auf seine leicht verbitterte Art. »Alte Sklavenknochen exhumieren. Genau das, was ihr uns Negern nicht zugestehen wollt.«

Mit »ihr« meinte Roy weiße liberale New Yorker, für die ich in seinen Augen ein Paradebeispiel war. Unsere Freundschaft beruhte auf brutaler Ehrlichkeit, und seit Jahren stichelten wir uns gegenseitig in einer Serie reinigender Schlagabtausche über Sklaverei und Rassenhass, die uns oft erschöpft und verstört zurückließen.

In demselben Monat August 1991 brachen auch die Straßenkämpfe zwischen orthodoxen Juden und Schwarzen in Crown Heights, Brooklyn, aus. Roy und ich ahmten die Schlacht auf unsere Weise nach. Eine ganze Reihe neuer Gegensätze schien an die Oberfläche gespült zu werden. »Als ich heranwuchs, wart ihr immer der Hauswirt, der Händler, der Geld von uns verlangte, der einzige Weiße, mit dem wir in unserer häuslichen Umgebung zu tun hatten. Der armselige weiße Pächter mit seinem dummen Sklaven.«

Ich erwiderte, dass die Juden dem Viertel wenigstens Gewerbe beschert hätten. Wer sonst hätte das gewagt? »Der einzige Dank für unsere Mühe war ein Schlag ins Gesicht. Glaubst du etwa, wir wüssten nicht, was es heißt, verachtet zu werden?«, fragte ich. Worauf Roy entgegnete: »Schade nur, dass du dich zwar im Nigger wiederfindest, aber nicht begreifst, wie der Nigger dich findet.«

Ich überlegte, ob wir nicht vielleicht in einer ausgeklügelten psychologischen Falle saßen, so wie der Schwarze und der Jude in Bernard Malamuds Roman *Die Mieter*. Die beiden sind die Einzigen, die noch in einem zum Abriss bestimmten Gebäude in Manhattan ausharren. Sie umwerben dieselbe (weiße) Frau, umarmen sich wie verlorengeglaubte Brüder und reißen einander schließlich in Stücke.

Roy, geboren 1939, wuchs vor der Bürgerrechtsbewegung in einer ausschließlich schwarzen Enklave in Jamaica, Queens, auf. Sein Vater war dunkelhäutig, seine Mutter eine *»red bone«* mit Cherokee-Blut, hellerer Haut und hervortretenden Wangenknochen, »die nächstbeste Wahl nach den weißen Frauen, die mein alter Herr sein Leben lang voller Mordgedanken und Wollust angestarrt hatte«. Für Roy bestand die schlimmste Nachwirkung der Sklaverei darin, dass er selbst auf weiße Frauen fixiert war, die sein Leben zu beherrschen schienen. Er hatte eine nicht abreißende Kette weißer Freundinnen. Die Beziehungen schienen jedes Mal zu scheitern, und Roy blieb benommen und gedemütigt zurück. Demgegenüber waren schwarze Frauen bei ihm auf einer höheren Ebene angesiedelt, wesenhaft rein und jenseits aller Begierde.

Kurz nachdem wir uns kennengelernt hatten, gab Roy mir Richard Wrights Erzählung »The Man Who Killed a Shadow« zu lesen. Darin zieht »eine kleine, blonde, blauäugige Exzentrikerin« ihr Kleid hoch und befiehlt dem schwarzen Hausmeister, dem Protagonisten der Geschichte, unter ihrem Schreibtisch zu putzen. Der Hausmeister zögert. Sie nennt ihn einen »schwarzen Nigger«. Überwältigt von dem Eindruck »wilder Gefahr«, in der er schwebt, schlägt er sie. Sie schreit, »als hätte er sie vergewaltigt«, und er befindet sich »in den größten Schwierigkeiten, die ein Schwarzer sich nur vorstellen kann«. Um sie am Schreien zu hindern, nimmt er ein gespaltenes Holzscheit vom nahen Kamin und bringt sie um.

»Da siehst du mal, wie's ist«, sagte Roy, als ich ihm das Buch zurückbrachte. »Eine elende, unheilbare Krankheit.«

Zwei Jahre nach den Ausschreitungen in Crown Heights und der Ausgrabung des »African Burial Ground« wurde bei Roy Prostatakrebs im fortgeschrittenen Stadium disgnostiziert. Um sein Leben zu verlängern, hätte er aufhören müssen, Testosteron zu produzieren, und sich einer, wie der Arzt es nannte, »medikamentösen Kastration« unterziehen müssen. Trotz meiner Versuche, ihn vom Gegenteil zu überzeugen, verweigerte Roy die Behandlung. »Überrascht es dich wirklich, Michael, dass mein Sexualtrieb tödlich ist?«, sagte er, und damit war das Thema erledigt.

Kürzlich besuchte ich die Ausstellung über Sklaverei in der New York Historical Society an der Westseite des Central Park. Ausgestellt sind Fotos der Skelette, die in der Reade Street exhumiert wurden. Die Ausmaße des Friedhofs haben Historiker dazu bewogen, ihre Auffassung von der Bedeutung der Sklaverei im kolonialen New York zu revidieren. Wie sich herausstellt, beherbergte New York im 17. und 18. Jahrhundert zeitweise die größte städtische Sklavenbevölkerung auf dem Kontinent. Der Sklavenmarkt der Stadt befand sich am Ende der Wall Street, wo ein Afrikaner im Jahr 1752 siebenundzwanzig Pfund kostete, das entspricht etwa sechstausend Dollar in heutiger Währung. Die Weißen lebten in ständiger Angst vor Aufständen. Nicht mehr als zwölf Sklaven war es gestattet, einer Beerdigung beizuwohnen, die, um den afrikanischen Brauch nächtlicher Begräbnisse »mit Mummenschanz und Schreien« zu unterbinden, nur am Tage stattfinden durfte. New York schaffte die Sklaverei erst 1827 ab, fünfzig Jahre nach Vermont und vierundvierzig Jahre nach Massachusetts.

Im Dezember 1993, kurz vor seinem Tod, saßen Roy und ich in einer Bar, als im Fernsehen eine Kurzmeldung lief, wonach ein Schwarzer während der Hauptverkehrszeit das Feuer auf einen New Yorker Vorortzug eröffnet hatte. Dabei kamen fünf Weiße ums Leben, zwanzig weitere wurden verwundet. »Wenn du wüsstest, wie viele Schwarze rumlaufen, die davon phantasieren, genau das Gleiche zu tun wie dieser Typ, würdest du dich nie aus deiner Wohnung wagen«, sagte Roy. Er billigte es vollauf, als sich der Mörder vor Gericht, wo er als sein eigener Verteidiger auftrat, für nicht schuldig bekannte und als Begründung anführte, der Rassismus habe ihn in den Wahnsinn getrieben.

Hart Island

Hart Island kam mir zum ersten Mal zu Bewusstsein, als ich vor mehreren Jahren an einem klaren Morgen zum LaGuardia Airport flog. Aus der Luft wirkte die Insel eigenartig, rund vierzig Hektar halbverwildertes Land in Gestalt eines T-Bone-Steaks am Sund von Long Island vor der Ostküste der Bronx. Als ich hinabspähte, konnte ich eine flache, baumlose Landschaft erkennen, mit ein paar verfallenen Gebäuden, einem Fähranleger und ein paar Gräben, um die eine Handvoll Männer herumstanden, die augenscheinlich arbeiteten.

Später erfuhr ich, dass es sich bei den Gräben um den Armenfriedhof von New York City handelte, den größten Bestattungsplatz in Amerika, auf dem in namenlosen Massengräbern 800 000 Tote beigesetzt sind. Die Arbeiter waren Insassen der Strafanstalt auf Rikers Island. Sie hatten in einer Leichengrube gestanden und die Kiefernsärge gestapelt, die die Stadt für unidentifizierte Leichen bereitstellt. Sie stapeln die Särge in einem straffen Raster, als würden sie Ziegelsteine schichten, je drei übereinander und 150 Stück pro Grab für die Erwachsenen, je fünf übereinander und 1000 Stück pro Grab für die Kleinkinder, die etwa die Hälfte der Toten auf dem »Töpfersacker« ausmachen. Es dauert Monate oder sogar ein ganzes Jahr, um ein Grab zu füllen. Danach verschmilzt es rasch mit der Landschaft und wird unsichtbar, bis auf einen einzigen Betonklotz mit einer Nummer, der den Standort markiert, falls einer der Leichname exhumiert werden muss.

Vor kurzem wollte ich Hart Island besuchen, wurde jedoch daran gehindert, die Fähre zu benutzen. Sie wird von der Gefängnisbehörde betrieben und befördert lediglich Lastwagen aus den verschiedenen Leichenhallen der Stadt, die Zwangsarbeiter und ihre Bewacher. »Ein zu hohes Sicherheitsrisiko, für Sie ebenso wie für die Knackis«, erklärte ein Beamter, womit er die Gefängnisinsassen meinte.

Die Insel war unbewohnt: Die Strafgefangenen trafen morgens ein und fuhren nachmittags wieder ab, um zu ihren Zellen zurückzukehren. Die Bestattungen erfolgten dienstags bis freitags. Die Montage waren den Exhumierungen vorbehalten – eine Dienstleistung für Familienangehörige, die ihre Toten in den zwei Wochen, in denen die Leichenhallen sie aufbewahren müssen, nicht reklamieren konnten und sie woanders beisetzen wollen. An den Wochenenden lag die Insel verlassen, sodass weder für die Besucher noch für sonst wen irgendein Risiko bestanden hätte. Es sei der öffentliche Friedhof der Stadt, argumentierte ich, ich wolle lediglich einen Rundgang machen. »An Leuten, die nur ihre Neugierde befriedigen wollen, sind wir nicht interessiert«, wurde ich beschieden. Um den Friedhof aufsuchen zu dürfen, hätte ich nachweisen müssen, dass ein Verwandter von mir auf der Insel beerdigt ist, und obwohl es deren vermutlich gleich mehrere aus den ersten Jahren meiner Familie in New York gab, hätte ich ein kostspieliges bürokratisches Labyrinth betreten müssen, um einen von ihnen ausfindig zu machen, und das hätte meine Mittel überstiegen.

Letzte Woche stellte mich ein Freund der Künstlerin Melinda Hunt vor, die die bürokratischen und metaphysischen Geheimnisse von Hart Island schon seit 1991 aufzuhellen versucht. »Inbegriff der ewigen Großstadt-Anonymität« nennt Melinda die Insel. Sie ist eine schmächtige, ernste, aufmerksame Frau, die in Alberta, Kanada, aufwuchs und 1988 im Alter von neunundzwanzig Jahren nach New York kam. Ihr Gefühl für die Stadt scheint zwingend und intensiv. Sie erzählte mir, nach ihrer Einbürgerung habe sie den Impuls verspürt, »hinabzutauchen und die Untiefen meiner neuen Kultur zu erforschen.

Ich bin Einwanderin. Und auf dem Armenfriedhof sind Einwanderer begraben.«

Im März 1992 erlangte Melinda die Erlaubnis, nach Hart Island zu fahren und die dem Beerdigungskommando zugeteilten Strafgefangenen zu bitten, ihre Gedanken aufzuschreiben. »Der Lastwagen, der die Leichen brachte, hatte sich verspätet, und in der Kälte standen wir um diesen riesigen leeren Graben herum und warteten«, erzählte sie. »Eine perfekte Gelegenheit zum Nachdenken.« Melinda erhielt ein Stipendium, das es ihr ermöglichte, die Zeugnisse als Teil einer Skulpturen-installation im City Hall Park aufzuhängen, der im 17. Jahrhundert erster Armenfriedhof sowohl des britischen Commons als auch der Stadt New York gewesen war. »Dort befanden sich das Armenhaus, die britische Kaserne, das Gefängnis, das Arbeitshaus, das Krankenhaus und die Begräbnisstätte – die gleichen Einrichtungen, deren Namen heute mit Hart Island assoziiert werden. Ich möchte, dass die Leute darüber nachdenken, dass sie Verbindungen zwischen damals und heute herstellen.«

Zufällig stieß der Friedhof auch an das Grundstück des alten »Negros Burial Ground«. Der genaue Grenzverlauf zwischen den beiden Grabstätten war ungewiss. »Während des Unabhängigkeitskrieges wurden dort amerikanische Gefangene beerdigt«, sagte Melinda. »In diesen Gräbern wurden revolutionäre Artefakte gefunden. Historische Indizien legen nahe, dass der ›Negros Burial Ground‹ ein gemischter Friedhof war. Dort wurde jeder beigesetzt, der außerhalb der vorherrschenden Gesellschaftsstruktur stand: Sklaven, Nichtchristen, Arme, Verrückte.«

Als Howard Dobson, Leiter des Schomburg Center for Research in Black Culture, von Melindas geplanter Installation erfuhr, beschuldigte er sie, »Geschichtsschreibung des weißen Mannes zu betreiben«. Dobson zufolge versuchte sie, die Afroamerikaner eines geheiligten Bestandteils ihrer Geschichte zu berauben.

Damit war ihr Projekt gestorben, ihre Fördergelder wurden gestrichen. »Ich war auf der Stelle zum Paria gestempelt. Man hat mich isoliert. Niemand erwiderte meine Anrufe.« Sämtliche Zeugnisse, die sie gesammelt hatte, waren von schwarzen Häftlingen verfasst worden. »Ein amerikanischer Freund versuchte, mir die Sache so zu erklären: ›Schwarze wollen nicht, dass Weiße über Schwarze im Gefängnis reden.‹ Ich glaube, er hatte recht. Als Kanadierin verstand ich die in den USA herrschende Rassenpolitik nicht.«

Eine DNA-Analyse der Gebeine hätte die Kontroverse entschieden, doch nach einem Protest wurden die Gebeine aus einem »weißen« forensischen Labor entfernt und an einen Archäologen an der Howard University geschickt, der sie, ohne die DNA untersucht zu haben, als Gebeine von Afrikanern, als Gebeine von Sklaven, ausgab. Schließlich gewann Melinda einen Prozess gegen die Stadt wegen Verstoßes gegen den ersten Zusatzartikel der Verfassung, doch da war es bereits zu spät, ihre Ausstellungsgenehmigung längst abgelaufen.

Die Erfahrung schien ihr Interesse an Hart Island nur noch zu verstärken, so als wäre auch sie auf einem »Töpfersacker« begraben, wenn auch auf einem symbolischen. New York war für sie mehr als nur ein Wohnort geworden, nämlich eine Obsession; die Gefühllosigkeit und die sozialen Verwerfungen der Stadt eine Quelle der Bestürzung und des schöpferischen Antriebs.

Voriges Jahr konnte sie sich mit Hilfe des Informationsfreiheitsgesetzes Zugang zu einer Aufstellung aller Personen verschaffen, die seit 1985 auf Hart Island bestattet worden sind – 1300 Seiten mit 49 400 Namen. »Ich gebe sie weiter. Jeder, der mich mit einem bestätigten Todesdatum nach 1985 anmailt, erhält die entsprechende Seite.«

Noch während wir miteinander redeten, bekam sie eine Anfrage von einer Frau, die nach ihrem am 26. Februar 1989 verstorbenen Onkel suchte. Binnen weniger Minuten fand Melinda seine Grabnummer.

»Ich habe versucht, Hart Island zum City Hall Park zu bringen, dem vormaligen Commons«, sagte sie voller Genugtuung. »Jetzt errichte ich um die Friedhofsunterlagen einen neuen Commons, einen metaphorischen Commons.«

Als ich mich verabschiedete, reichte sie mir eine der Aussagen der Häftlinge, die sie im City Hall Park hatte aufhängen wollen. Sie war in sorgfältiger Handschrift mit Kohlestift abgefasst. »Mein name is Eddie Melendez. Als ich zuerst nach heart island gekommen bin wars nur ein job für mich. Aber wie ich rausgefunden hab dass meine kleine schwester hier begraben is hats mir wehgetan. Weil sie hat kein richtiges grab gekriegt. Damit ich ihr die lezte ehre weisen kann und wenn ich jezt ein baby begraben tu denk ich an meine schwester. Ich finde die sollten ne gedenktafel anbringen für alle kinder und leute die hier begraben sint. Damit die Leute in der Stadt sehn können alle Leute die hier begraben sint.«

Eule

Seit mehr als vierzig Jahren halte ich mich immer wieder im Central Park auf. Im Alter von vierzehn Jahren verbrachte ich nach einem Streit mit meinem Vater sogar zwei Nächte dort. Ich habe im Modellschiffteich an der 74th Street gebadet, und in den North Woods bin ich einmal von Teenagern überfallen worden, die Holzbretter mit verbogenen Nägeln schwangen. Doch als ich letzte Woche mit der Autorin und Naturforscherin Marie Winn im Park spazieren ging, war mir zumute, als hätte ich eine phantastische Welt betreten, in der ich gänzlich fremd war.

Wir betraten den Park etwa eine Stunde vor Sonnenuntergang durch das Explorers' Gate an der West 77th Street. Marie hatte über jeder Schulter eine Tasche hängen und einen Feldstecher um den Hals. Sie humpelte leicht auf einem schmerzenden Fuß, von dem sie sich jedoch nicht an ihren täglichen Expeditionen hindern ließ. »Vor ein paar Nächten habe ich ein ungewöhnliches Insekt gehört und bin ihm bis zu einem Maulbeerbaum nachgegangen. Aber ich konnte es einfach nicht finden. Für Grillen ist es noch zu früh. Das Geräusch verfolgt mich nun schon die ganze Woche.« Mit ihrem untrüglichen Gespür für die Tierwelt Manhattans, das ihr schon zahlreiche Anfälle von Begeisterung und Kummer beschert hat, überlegte sie, ob es sich um eine Art Hilferuf gehandelt haben könnte. »Der Central Park ist vollkommen in sich abgeschlossen, manchmal mit tragischen Folgen«, sagte sie. »Genau das ist der Grund für die Dramen und die Magie, die hier zu finden sind.« Alljährlich passieren ein Drittel der achthundert Vogelarten Nordamerikas den Central Park und machen ihn zu einer wichtigen Stätte für Vogelbeobachter, vergleichbar dem Everglades-Nationalpark in Florida und dem Yosemite-Nationalpark in Kalifornien.

Wir steuerten den Schildkrötenteich im Norden an, dessen Oberfläche mit einem limettengrünen Teppich aus Entengrütze bedeckt war. Dort lenkte Marie meine Aufmerksamkeit auf einen schwarzgekrönten Nachtreiher, der einen Schwarzbarsch im Schnabel hielt und ihn heftig schüttelte, bevor er ihn mit einem Ruck hinunterschlang. Marie wusste mein begeistertes Staunen zu schätzen, schien es aber nicht zu teilen. Sie war mit diesem Vogel vertraut und erinnerte sich an einen Vorfall, als er versucht hatte, sich aus einer ganzen Brut von Grünreiherküken in einem nahe gelegenen Nest eine Mahlzeit zu bereiten. »Die Eltern der Küken konnten ihn kaum abwehren. Es war eine bange Zeit für uns alle.«

Sie führte mich zu einem blühenden Lindenbaum am Rand des Great Lawn. »Der Jungenschlafsaal der Rotkehlchen«, nannte ihn Marie und hieß mich auf einer Bank Platz nehmen, damit ich das Spektakel Hunderter von Rotkehlchen verfolgen konnte, die »wie eine Rauchwolke« auf seine Zweige zutrieben. Dort rangelten sie mit ohrenbetäubendem Lärm um die besten Plätze, wo sie sich vor dem Schlafengehen niederhocken konnten. Marie wies mich auf den roten Brustfleck hin: Jedes von ihnen war ein Männchen, das die brütenden Weibchen fortgeschickt hatten, damit sie bis September allein schliefen. »Hören die sich nicht genauso an wie Jungen?«

Um neun Uhr verstummten die Rotkehlchen plötzlich, als wären sie alle um dieselbe Zeit eingeschlummert. Würdevoll und schamlos zugleich näherte sich unserer Bank ein Dutzend Waschbären. Sie umringten Marie, die aus einer ihrer Taschen einen Keks hervorkramte und kleine Brocken für sie abbrach. »Die Maus in meinem Büro rümpft die Nase über meine Kekse. Sie bevorzugt Reiswaffeln.« Der Appetit der Waschbären schien noch nicht gestillt zu sein, und Marie erklärte, dass sie nach einer Russin in einem Rollstuhl Ausschau hielten, die ihnen regelmäßig einen Behälter mit Makkaroni-Käse-Auflauf mitbrachte.

Unsere Endstation war der Modellschiffteich. Ein Schwarzmantel-Scherenschnabel durchpflügte geräuschlos die Wasseroberfläche, wobei sein orange-schwarzer Schnabel eine wie mit der Rasierklinge gezogene Furche hinterließ. Obwohl sie das Schauspiel schon hundertmal beobachtet hatte, schien Marie ebenso hypnotisiert wie ich. Als der Scherenschnabel das Ende des Teiches erreicht hatte und einen eleganten weiten Bogen beschrieb, bog sie ihren Körper mit ihm. »Ihr Vorhandensein im Park ist ein Rätsel«, sagte sie. »Niemand weiß, woher sie kommen oder wohin sie gehen, wenn sie davonfliegen.« Sie schloss die Augen. »Wenn Sie lauschen, können Sie hören, wie er seinen Schnabel zuklappt.« Offenbar leeren einige New Yorker, bevor sie die Stadt verlassen, um in Urlaub zu fahren, ihre Aquarien in den Teich und versorgen den Scherenschnabel so mit einem unerschöpflichen Nahrungsmittelvorrat.

Noch immer fasziniert von unserem Streifzug, schickte ich Marie am nächsten Tag eine E-Mail, um ihr zu danken, und sie lud mich ein, sie bei der Eulenbeobachtung zu begleiten. »Wir treffen uns am Tor an der 103rd Street. 19.30 Uhr.« Ich wusste, das war eine Auszeichnung. In ihrem Buch *Central Park in the Dark* schreibt Marie über die strenge Etikette der Eulenbeobachtung: »Der genaue Aufenthaltsort einer aufbaumenden Eule wird niemals preisgegeben«, damit niemand auf die Idee kommt, den schlafenden Vogel von seinem Ansitz zu heben und ein dem Untergang geweihtes Stubentier aus ihm zu machen.

Auf einem schmalen eingefassten Pfad entlang einem Bach namens The Loch folgte ich Marie in die sumpfigen North Woods, das wildeste Areal des Parks, unweit der Stelle, wo ich vor vierzig Jahren ausgeraubt worden war. Vor uns waren schon drei weitere Eulenbeobachter eingetroffen, reguläre Mitglieder aus Maries Gruppe. Ihrem freundlichen Gruß entnahm ich, dass sie sie vorgewarnt hatte. Einer hatte eine Nikon-Kamera mit einem 500-Millimeter-Objektiv – Paparazzistärke! – dabei. Sie war auf einen Bestand dünner Bäume gerichtet, in denen eine Familie Kreischeulen schlafen sollte.

Bei Sonnenuntergang begann eine von ihnen, sich zu regen, sie schüttelte ihr Gefieder und putzte sich. Dann flog sie in raschem Sturzflug herab. Als sie von einer Schar ängstlicher Spottdrosseln bedrängt wurde, entdeckte einer der Vogelkundler sie auf einem Holzklotz am Bach. Ich war wie elektrisiert und konnte die freudige Erregung der anderen spüren. Die Eule war nur zwei Meter von uns entfernt, ihre Augen glühten. Von ihrem Ansitz aus riefen die Mitglieder ihrer Familie nach ihr, um sie wissen zu lassen, dass sie in der Nähe waren, jedes mit einem ganz eigenen Schuhuhen oder Trillern. »Die Jungen finden ihren eigenen Gesangsstil«, flüsterte der Mann mit der Kamera. Dann wurde es dunkel, und wir verloren jede Spur von ihnen.

Von Marie wusste ich, dass das Überleben der Eulen eine Art Wunder war. Bis in die fünfziger Jahre waren die Kreischeulen im Central Park eine recht gewöhnliche Erscheinung gewesen. Dann wurden sie von Autos ausgemerzt, denen sie wegen ihres reißenden Sturzflugs, der erst einen Meter über dem Erdboden endet, besonders schutzlos ausgeliefert sind. Vor acht oder neun Jahren wurden bei dem Versuch, sie wieder im Park heimisch zu machen, zweiunddreißig Kreischeulen ausgesetzt. Jede war mit einem winzigen Transmitter ausgerüstet, und zwar »in einem Minirucksack, der mit Teflonbändern am Vogel befestigt war«. Die Vögel benötigten einen Monat, um die Rucksäcke abzustreifen, und die Parkwächter schienen das Interesse an ihnen zu verlieren. Bis zum Einbruch des vergangenen Winters war keine von ihnen gesichtet worden, und man mutmaßte, dass die gesamte Population zugrunde gegangen war, getötet von Autos, voneinander oder von einem Virginia-Uhu, der, wie sich herausstellte, ein geflüchtetes Haustier war und überraschenderweise fast einen ganzen Winter lang im Park umherstreifte. Mit einem Ghettoblaster hatte Marie »von den North Woods bis zur Südseite des Central Park den Gesang der Kreischeule ausgestrahlt – und kein Vogel erwiderte den Gesang«.

Im Februar jedoch hatten Marie und ihre Kollegen diese Familie entdeckt. Die Jungen waren im April geschlüpft. Marie erinnert sich an sie, als ihre Schnäbel noch nackt waren. »Unsere Sucht bleibt erhalten«, sagte sie, als wir den fünfminütigen Fußmarsch in die Stadt antraten.

Dackel

Am Montag ruft mich ein Freund an, der im nördlichen Teil des Bundesstaates New York wohnt. Vor etwa einem Jahr hatte er unseren Hund Eli aufgenommen, den wir wegen seiner Neigung, Kinder zu beißen, verbannt hatten. Eins seiner Opfer war unser Sohn gewesen, aber auch zwei seiner Spielkameraden hatte er gebissen. »Das ist der erste Hund, zu dem ich keine enge Beziehung habe aufbauen können«, sagt mein Freund. »Hätte ich nie für möglich gehalten. Ich habe versucht, ihn dazu zu ermuntern, eigene Interessen zu entwickeln, aber er hat keinen Sinn für Selbständigkeit. Was seine Bedürfnisse angeht, ist er ein Fass ohne Boden.« Noch am selben Abend kommt er mit seinem Pick-up nach Manhattan, gibt Eli in unserem Apartment ab und fährt wieder zurück aufs Land.

Eli ist ein Zwergrauhaardackel. Die Züchterin hatte ihn uns kurz nach seiner Geburt mit der Erklärung geschenkt, er habe einen »erbärmlich gewölbten Kopf« und einen Hang zu Übergewicht, und im mittleren Alter werde er's bestimmt im Kreuz haben. Außerdem, sagte sie, sei er »pessimistisch und weinerlich«. Die Beschreibung gefiel mir. Sie klang nach einer Kreuzung aus Truman Capote und Norman Mailer.

Schon als Welpe wurde Eli seinem Ruf gerecht: Er war erfinderisch, leicht einzuschüchtern und »hundsgemein«. Als er seinen gewölbten Kopf in meinen Schoß legt, werden meine warmen Gefühle für ihn sogleich aufs Neue geweckt. Vielleicht können wir ihn ja doch behalten, denke ich. Unser Sohn ist jetzt vier, alt genug, um zu lernen, wie man mit Elis Überspanntheiten umgeht.

Dienstag. Zeit, mit Eli Gassi zu gehen. Auf dem Weg zur Eingangshalle hält der Aufzug im zweiten Stockwerk. Ein Kleinkind stolpert herein, gefolgt von seiner Mutter. Das kleine Mädchen stürzt sich aufgeregt auf Eli und packt eine Faustvoll seines kurzen, drahtigen Haars. Eli kauert sich zu einer starren Kugel zusammen. Ein stumpfer Ausdruck tritt in seine Augen, und er zieht die Lefzen hoch. Ich hebe ihn vom Boden auf und stoße das Kleinkind dabei zur Seite. Es umklammert das Bein der Mutter und beginnt zu brüllen. »Ich hatte Sorge, er könnte nach ihr schnappen«, erkläre ich. »Dann gehört er nicht in die Nähe von Kindern!«, schreit die Mutter. Ich muss an die Stelle in der Offenbarung des Johannes denken: »Denn draußen sind die Hunde und die Zauberer und die Hurer und die Totschläger und die Abgöttischen«, die nicht in die Stadt Gottes eingehen.

Mittwoch. Ohne seine Charakterfehler zu unterschlagen, inserieren wir auf einer Dackel-Website, dass Eli abzugeben ist. Eine Frau namens Aubrey antwortet. Sie lädt Eli in ihre Doppelhaushälfte in Greenwich Village ein, wo sie mit zwei Katzen und einem gepflegten Dackel lebt. Auf dem Fußboden streckt sich der Dackel schwelgerisch auf einem Velourssamtbett aus. Die Wohnung ist makellos. Es gibt keine Kinder im Haus. »Der arme Harry ist einsam«, sagt Aubrey von ihrem Dackel. »Er will einen Freund.« Die Hunde beachten einander gar nicht – wie Aubrey behauptet, ein Beweis für Harrys »bedingungslose Annahme« Elis. »Was für ein Sternzeichen ist er?«, fragt sie. Er ist Anfang Januar geboren. »Hmm. Steinbock.« Aubrey ist im Zeichen des Widders geboren. »Wir passen nicht ganz zueinander, aber es muss ja nicht gleich zur Katastrophe kommen.« Als sie erfährt, dass ich Skorpion bin, rückt sie auf der Couch ein paar Zentimeter von mir ab.

Wie es der Zufall will, hat Harry seine eigenen Probleme. Er ist ein »submissiver Urinierer«, der in der Wohnung überallhin pisst. In dieser Hinsicht ist Eli, wie ich sie stolz informiere, gut trainiert. Vielleicht könne er Harry dabei helfen, seinen Komplex zu überwinden. Aubrey ist mehr daran interessiert, die Tiefen von Elis Charakter auszuloten, und überraschend gerührt höre ich mich seine Persönlichkeit beschreiben. Er will etwas erst dann, wenn andere gezeigt haben, dass auch sie es wollen, berichte ich ihr. Zum Beispiel einen Ball. Oder Zuneigung. Sogar sein Futter. Ist sein Verlangen aber erst einmal geweckt, ist er ganz darauf fixiert. Er nötigt einen, dass man ihn tröstet; tut man es aber, scheint es seinen Kummer nur noch zu vergrößern. Was ich an Eli so schätze, ist, wie ich merke, Folgendes: Er sorgt dafür, dass ich selbst mir weniger neurotisch vorkomme. »Lassen Sie mich die Sache ein paar Tage überdenken«, sagte Aubrey.

Samstag. Aubrey schlägt vor, mit ihr zum Washington Square Park zu gehen, wo der Dachshund Friendship Club sein Jahresfest abhält. Da Eli an meiner Seite ist, heißt mich die Menge, die sich bei leichtem Nieselregen unter dem Torbogen zusammendrängt, sofort willkommen. Ein Mann, dessen »Zwergdackelzwillinge« mit identischen Zylinderhüten und Röcken herausgeputzt sind, nötigt mich, einen Beitrag für seinen Dackelrettungsfonds zu leisten. Als ein Akkordeonspieler und ein Geiger eine Bierhallenpolka mit dem Titel *Der Dackel-Song* anstimmen, werden Notenblätter verteilt: »*There's no other dog like a dachshund, / Walking so close to the ground. / They're stubborn and sly as a fox and / The happiest pet to be found.*« Ich werfe einen Blick auf den Mann vom Rettungsfonds; er singt mit Gusto, aber seine Zwillinge sehen ängstlich aus, als säßen sie in der Falle. Aubrey erklärt sich bereit, Eli probeweise über Nacht in ihrer Doppelhaushälfte aufzunehmen.

Sonntag. Festtag des heiligen Franziskus, Schutzpatron der Tiere. Die St.-Johannes-Kathedrale in der Nähe meiner Wohnung in der Upper West Side ist überfüllt. Tausende stehen mit ihren Haustieren an und warten auf den Segen des Dekans und der anderen Geistlichen. In einem Anhänger wird ein Kamel herangefahren, dann ein Elefant, ein Adler, ein Pferd. Wie Würdenträger werden sie die steinerne Treppe hinaufeskortiert, ihre Wärter – oder Diener – sind mit Sandalen und langen Franziskanerkutten bekleidet. Tierischer Atem durchweht die Kathedrale, in der es von Haustieren jeder erdenklichen Art nur so wimmelt – Frettchen, Stinktiere, Bienen, Hühner, Schildkröten, Eidechsen und die Pfauen, die auf dem Gelände der Kathedrale leben. »Seht die Tiere auf Erden«, spricht der Dekan. »Sie sorgen sich nicht um morgen, denn der Morgen bringt seine eigenen Sorgen.« Die Arme um ihre Haustiere geschlungen, knien die Kirchgänger nieder, während die Weihrauchträger ihre Gefäße und barfüßige Kinder bunte Fahnen schwenken und drei Tierpfleger sich damit abmühen, einen widerborstigen Eber durch den Mittelgang zu zerren. Seine lange Schnauze und seine Leidensmiene erinnern mich an Eli.

Die Aufmacher der Boulevardzeitungen an diesem Tag stehen ganz im Einklang mit dem Geist des heiligen Franziskus: »180 Kilogramm schwerer Tiger fällt Besitzer an. Nach einem generalstabsmäßigen Einsatz konnte die Polizei die Bestie aus der Wohnung des Tierliebhabers in Harlem schleppen«, schreibt ein Reporter in der *Daily News.* »Tiger Man«, wie einige New Yorker den Besitzer nennen, flüchtete sich mit Fleischwunden aus der Stadt und wurde in Philadelphia festgenommen. Er hatte den Tiger als Welpen erstanden und ihn zu seiner Menagerie hinzugefügt, der bereits, zu unterschiedlichen Zeiten, ein Alligator, Affen und eine Hyäne angehörten. Der Tiger hatte ein eigenes Schlafzimmer mit eingebautem Sandkasten. Tiger Man fütterte ihn, indem er Säcke mit rohem Hühnerfleisch ins Zimmer warf und die Tür hinter sich zuschlug. Schließlich überließ er den Tieren ein ganzes Apartment, in Manhattan das höchste Opfer, das man erbringen kann.

Die meisten seiner Nachbarn störten sich nicht daran. »Er hat sich um seine Haustiere gekümmert«, sagte einer. »Für mich ist das cool.«

Ich fühle mich recht verloren in unserer tierlosen Wohnung und rufe Aubrey an, um herauszufinden, wie Eli sich eingelebt hat. »Letzte Nacht hat er in meinem Bett geschlafen. Sogar Harry wird allmählich warm mit ihm. Mir gefällt seine Angespanntheit. Ich glaube, ich werde ihn behalten.«

Montag. Tiger Man erscheint vor Gericht. Er trägt seinen zerfleischten Arm in einer Schlinge. Als man ihn wegen grob fahrlässiger Gefährdung und unerlaubten Besitzes eines wilden Tieres anklagt, erklärt er: »Ich will meine Raubkatze wiederhaben. Sie war wie ein Kind mit einem geladenen Gewehr. Unberechenbar. Traurig. Aber geliebt habe ich sie trotzdem.«

Töte, was du verzehrst

Michel, unser Nachbar auf Cape Breton Island, wo wir die Sommerpause von New York verbringen, lädt meine Frau, unseren Sohn Brendan und mich zum Abendessen ein. Serviert wird eine Ziegenkeule, von einem ehemaligen Mitglied von Michels Herde. Während der Mahlzeit erinnert sich einer der Gäste daran, wie er den Bock festgehalten hatte, als Michel ihn kastrierte. »Ich musste mir die Ohren zustopfen, so laut hat er gebrüllt.« Die Frauen fallen ihm mit ein paar Fragen zur Technik ins Wort. Bei der Erwähnung des Wortes »Hoden« bekommen die Kinder einen Lachanfall.

Als Michel jedoch das Fleisch tranchiert, ist er ernst und traurig. Er erinnert sich an die »Hinrichtung« des Bocks; Patrice von gegenüber hatte ihn im Gegenzug für eine Schulter zerlegt. Obwohl es bei weitem nicht das erste Tier ist, das Michel getötet hat, setzt die Erinnerung ihm zu. »Es hatte sich eine gewisse Anhänglichkeit herausgebildet. ›Wer bin ich, dass ich Gott spiele?‹«

Eine seiner Ziegen mit glitzerndem walnussfarbenem Haar späht durchs Fenster zu uns herein. Mit kurzen Angstschreien rennen die Hühner im Hof vor den Hunden davon. Ich bitte um eine zweite Portion. Das Gespräch verleiht dem Fleisch eine Art Aura, eine ganz eigene Authentizität. »Michael, wenigstens ein Mal musst du töten, was du verzehrst«, sagt Michel. »Du wirst ein ehrlicherer Mensch dabei.«

Es stimmt, dass ich, bis auf einen Fisch hier und da, noch nie getötet habe, was ich als Nahrung zu mir nehme, aber muss das unbedingt nachgeholt werden? Mir kommt ein Vorfall aus dem Jahr 1972 in Mendoza, Argentinien, in den Sinn. Für eine

Geschichte, an der ich schrieb, half ich einer Familie von Farmpächtern bei der Weinlese. Als die Trauben geerntet waren, schenkte man mir zur Feier des Tages ein lebendiges Huhn. »Dreh ihm den Hals um«, hieß es. Halbherzig versuchte ich mich an der Aufgabe, doch der Vogel entwand sich meinem Griff, und als er zu Boden fiel, wallte Staub auf. Alles lachte. Sie hatten nichts anderes von mir erwartet. *»Sabe comer pero no puede matar«*, bemerkte das Familienoberhaupt. – »Er weiß zu essen, aber nicht zu töten.« Seine alte Mutter hob den Vogel hoch, drehte ihm rasch den Hals um und ließ ihn in ihr hochgerafftes Kleid fallen, um ihn zu rupfen.

Am nächsten Morgen rufe ich Michel an, um mich für das Abendessen zu bedanken, und ende damit, dass ich ihm von dem Huhn in Mendoza erzähle. »Du musst die Sache zu Ende bringen«, sagt er. »Ich werd was auftreiben, das du töten kannst, das versprech ich dir.« Mach dir nicht zu viele Umstände, will ich antworten. Aber da hat er bereits aufgelegt.

Ein paar Tage später begegne ich ihm auf unserem Feldweg. Mit einem Anflug von Unmut gibt er mir zu verstehen, dass seine Bemühungen um meinetwillen zu einer regelrechten Zerreißprobe geworden sind. Er hatte vorgehabt, mir eine seiner Legehennen zum Schlachten zu geben, »aber es ist der falsche Zeitpunkt, sie legt noch«. Ein Freund bot ihm eins seiner Suppenhühner an. »Es fühlte sich an wie eine alte Dame, ganz schwach in meinen Armen. Es wäre ungenießbar gewesen. Ich konnte es nicht annehmen.« Schließlich tauschte er zwei Pfund des Feta-Käses, den er aus seiner Ziegenmilch herstellt, gegen ein Masthähnchen ein.

»Eigentlich wollte ich nicht gern derjenige sein, der das Tier auswählt«, sagt er. »Das wäre deine Aufgabe gewesen. Gott zu spielen.«

Ich fahre zu seinem Haus, um »meinen« Vogel zu treffen. In dem Drahtkäfig sieht er ängstlich und verschmutzt aus.

Michels Hühner laufen frei auf dem Hof herum. »Ich rede mir ein, dass sie ein glückliches Leben führen«, sagt er. »Aber wie will ich das herausfinden? Vielleicht würde ich nur ihr Unglück erkennen.«

Als ich sein Beil schärfe, erzählt er mir von seiner Ankunft auf Cape Breton vor sechzehn Jahren. Mutterseelenallein traf er aus Montréal ein. »Ich kam aus einer Laune heraus. Ich hatte keine Ahnung, wie man an so einem Ort lebt. Ich wollte ganz auf mich gestellt sein, ohne jede Ablenkung.« Von Kindesbeinen an zeigte er ein ausgesprochenes Gespür für Tiere. Jetzt schlachtet er sie mitunter, aber nur, wie er betont, um seiner Familie Nahrung zu verschaffen.

Er nimmt mir das Beil aus der Hand. »Es ist scharf genug. Noch nie so scharf gewesen.« Und ich merke, dass er mich nur deshalb in diese Lage versetzt, um von außen einen Blick auf sich selbst bei seiner ersten Tötung werfen zu können.

Wir beabsichtigen, das Hähnchen am Samstag zu verspeisen, und um meinen Hieb erproben zu können, nehme ich das Beil mit nach Hause. Auf einem Baumstumpf, ähnlich dem, auf dem ich die Tat vollziehen soll, bringe ich eine Kerbe an. Zwei, drei Mal treffe ich die Kerbe mühelos, dann mache ich mir Sorgen, dass die Klinge stumpf werden könnte, und verstaue das Beil unter der Veranda.

Am Samstag hole ich es wieder hervor und laufe den Hügel hinunter zu Michel. Das Huhn scheint sich in seinem Käfig wohler zu fühlen. »Ich glaube, die kommen mit einer Art milder Vorahnung ihres Schicksals zur Welt«, sagt er. »Keins von diesen Masthähnchen lebt länger als zehn Wochen.«

Ich greife in den Käfig und packe das Huhn an den Beinen. Sie sind glatt und leicht klebrig wie die Unterseite einer Schlange. Wie Michel mir geraten hat, halte ich es verkehrt herum, damit ihm das Blut in den Kopf fließt. Das Huhn erschlafft. Ich lege es auf den Baumstumpf, wo es gottergeben liegen bleibt wie Isaak. Der Hals sieht klein aus und ist von Federn verdeckt, ein schwieriges Ziel, denke ich. Das Beil fühlt sich zu groß an, es scheint geeigneter für das Fällen junger Bäume als für die Schlachtung von Geflügel. »Worauf wartest du noch?«, schreit Michel.

Ich lasse die Klinge niedersausen, eher ein Antippen als ein richtiger Hieb, geradeso als versuchte ich, die Aufmerksamkeit des Vogels zu erregen. Sofort erwacht er aus seiner Trance und gackert aufgeregt. Ich habe meinen Teil der Abmachung nicht eingehalten. Ich schlage noch einmal zu, diesmal fester. Ein dritter Hieb erfüllt seinen Zweck. Fast zärtlich, als wollte ich ihm nicht wehtun, lege ich das Huhn in den Plastikeimer, den Michel bereitgestellt hat.

Während Michel das Hähnchen ausnimmt und mit den Kochvorbereitungen beginnt – ein einfacher akadischer Eintopf namens Frico –, leiste ich ihm in der Küche Gesellschaft. Stumm lasse ich meine Vorführung Revue passieren. Ich bilde mir ein, nach Blut zu riechen, und sehe dauernd frische Blutstropfen auf meiner Hose und meinen Schuhen. Michel geht mit meiner Technik ins Gericht, erteilt mir aber gute Noten für mein »Einfühlungsvermögen«. »Zimperlichkeit« wäre ein besseres Wort. Mir ist klar, dass ich nicht versucht habe, das Huhn zu schonen, sondern mich selbst; mein Zögern hat ihm nur mehr Leiden beschert. Durchs Fenster sehe ich Brendan und Michels Tochter Mathilde mit den Eingeweiden spielen, die sie aufs Gras gekippt haben.

Eine Woche später besuche ich Michel, um mich vor dem Verlassen der Insel von ihm zu verabschieden. Er begrüßt mich herzlich. »Manchmal vermassele ich es auch«, bekennt er. Er überreicht mir ein Geschenk: ein kleines Ölgemälde von einem seiner Hähne unter einem Vollmond.

Kalter Entzug

Ich habe Nathaniel Hawthornes Bericht über die Zeit gelesen, die er allein mit seinem fünfjährigen Sohn verbrachte, *Twenty Days with Julian and Little Bunny, By Papa.* August 1851. Hawthorne ist Ende vierzig. Wenige Stunden nach dem Aufbruch seiner Frau beschwert er sich darüber, »[tagsüber] wegen des unaufhörlichen Gequengels [meines Sohnes] nicht schreiben, lesen, denken oder auch nur schlafen zu können«. Später schreibt er, dass die »ununterbrochen hervorstürzenden« Worte seines Sohnes »jeden Versuch des Nachdenkens in tausend Splitter zerbersten lassen. [...] Mit seinem unablässigen Geplapper hat er mich betäubt und verwirrt. [...] Ist je ein Mann so mit Kindergeschwätz beprasselt worden wie ich?«

Ich weiß genau, wovon er redet. Meine Frau ist auf einer ihrer seltenen Reisen, und unser Sohn Brendan und ich umkreisen einander voll böser Vorahnungen. Brendan ist vier Jahre alt und war noch nie vierundzwanzig Stunden von seiner Mutter getrennt, geschweige denn zwei Wochen. Diese Spanne wird als »besondere Zeit mit Daddy« angepriesen, aber keiner von uns beiden lässt sich für dumm verkaufen. In Brendans Augen bin ich ein unsicherer Kantonist. Wir haben nur wenig Zeit miteinander verbracht, Stunden voll fröhlichen Lärms, die vom wirklichen Geschäft unseres Lebens losgelöst scheinen. Wenn sie vorbei sind, neigen wir beide dazu, uns einigermaßen erleichtert zu fühlen. Jetzt werden wir mir nichts, dir nichts zusammengeworfen – kalter Entzug.

Dabei brauchen wir uns gar nicht so große Sorgen zu machen. Nach einer schmerzlosen ersten Nacht ist Brendan hocherfreut. »Ich vermisse Mommy nicht die Bohne«, sagt er erstaunt.

Den ganzen Tag über vollführt er tollkühne Kunststücke, wie ich sie von ihm noch nie gesehen habe – er balanciert auf schmalen Simsen, lässt sich von Metallstäben herabhängen, wedelt mit den Armen wie ein Trapezkünstler, lacht quietschfidel.

Als es Zeit zum Baden ist, besteht er auf einer Dusche, obwohl er bis dahin immer vehement gegen diese Einrichtung protestiert hat. »Ist das Wasser zu heiß?«, frage ich. »Nein, mach's heißer!« Ich sorge mich, dies alles könnten verwegene Verzweiflungstaten sein, doch er scheint aufrichtig begeistert, flitzt nackt durch die Wohnung und schwingt ein hölzernes Schwert. Er befiehlt mir, seinen Stoffschimpansen zu entführen und ihn zu kochen. Als ich eben meine »Mahlzeit« zu mir nehmen will, springt er mich von hinten an. »Hände weg! Ich bin sein Vater!« Eine Aura wilden Übermuts umgibt unseren ersten Tag.

Einen Nachteil hat seine Begeisterung allerdings: Die Hoffnung, überhaupt noch zum Schreiben zu kommen, habe ich längst aufgegeben, aber muss ich deshalb auch auf Gedankenfreiheit verzichten? Offenbar ja. Brendan ist einer Manie anheimgefallen, die jeden Gedanken zu Worten macht und jedes Wort zur Tat – ein dreistufiger Prozess, der mit Molekulargeschwindigkeit abläuft. Als ich ihn anbettele, mir eine Pause zu gönnen, schlägt er sich gegen die Stirn, wie um zu sagen: »Ich kann's ja selbst nicht glauben, was hier geschieht.« Es wäre zwecklos und möglicherweise grausam, ihn bremsen zu wollen. Offensichtlich kann er nicht anders.

»Tu so, als wär ein Pirat als dein Sohn verkleidet«, sagt er atemlos. »Wenn dein echter Sohn kommt, glaubst du nicht, dass er's ist. Du hältst ihn für den Piraten.«

»Was muss ich tun?«, frage ich.

»Du bringst ihn um. Dann findest du heraus, dass er dein Sohn ist. Du bist sehr traurig. Aber er wird wieder lebendig.«

Seine verwickelten Plotts bewirken, dass ich meine eigenen

Erfindungen in Frage stelle, die im Vergleich dazu gehemmt und kopflastig wirken. Könnte ich eine Seeräubergeschichte mit einer griechischen Tragödie und einer Restaurationskomödie kombinieren, wie Brendan es offenbar getan hat, so hätte ich eine Story, die weiterzuverfolgen sich lohnte. Aber so funktioniert mein Gehirn nicht mehr, wenn es denn je so funktioniert hat. Unter seinem Wortschwall werde ich gefügig, verstört. Schließlich akzeptiere ich, dass mir keine andere Wahl bleibt, als mich dreinzuschicken. Am Ende der ersten Woche folge ich ihm wie ein besorgter Kammerdiener.

Zur Schlafenszeit komme ich endlich zum Zuge und kann meine eigene Geschichte unbeeinträchtigt fortspinnen. Ein Mann wohnt bei einer Affenfamilie. Er liebt die Affen, aber kann sich nicht mit ihnen unterhalten, er bedarf der Gesellschaft eines anderen Menschen. Also zieht er los, einen zu finden ... An dieser Stelle verbietet mir Brendan, mit meiner Geschichte fortzufahren. Er entdeckt darin eine beunruhigende Parallele: Die Affen sind er, ich bin der Mann. Da ich mich mit ihm langweile, breche ich auf, um mir jemanden zu suchen, dessen Gesellschaft mir mehr zusagt. Sein Gesicht verzieht sich zu einer Elendsmiene. Tränen strömen ihm über die Wangen. Sofort wandle ich den Handlungsverlauf ab. Der Mann lässt seine Affen nicht im Stich; eine Gefährtin gesellt sich zu ihnen. Die Affen begrüßen sie überglücklich. Die Familie ist vollzählig. Widerstrebend nimmt Brendan diese Fassung hin und sinkt in tiefen Schlaf. Ich bleibe wach neben ihm liegen und frage mich, wie ich mein Publikum so falsch habe einschätzen können.

Da es mich so viel Anstrengung kostet, mit ihm mitzuhalten, beginne ich daran zu zweifeln, ob ich wirklich das Zeug für diese Aufgabe habe. Mein erster Sohn Aaron ist vierundzwanzig Jahre älter als Brendan. Als er geboren wurde, war ich einundzwanzig. Wenn ich mir junge Väter betrachte, sehe ich mich so, wie ich damals war – instinktgeleitet, ignorant, körperlich selbstsicher. Ich erinnere mich an die Herablassung, die ich manchmal Eltern mittleren Alters gegenüber empfand. Die mussten innehalten und sich auf Parkbänken ausruhen, während ich mit meinem Sohn umhertollte, bis er zu erschöpft war, um weiterzumachen; dann trug ich ihn demonstrativ auf den Schultern nach Hause. Jetzt bin ich einer von diesen entkräfteten Vätern und ringe, die Hände auf den Knien, nach Atem. Wenn Aaron zu Besuch kommt, macht er sich über meine Versuche lustig, mit Brendan Schritt zu halten. Vielleicht verbirgt sich dahinter eine Regung von Geschwisterrivalität; aus seinem gutmütigen Spott höre ich den Satz heraus: »Ich hatte dich in deinen besten Jahren.«

Zwei Nächte vor der Rückkehr seiner Mutter klettert Brendan zu mir ins Bett. »Ich hab geträumt, ich fliege aus Mommys Armen.«

»Hattest du Angst?«, frage ich.

»Natürlich nicht. Ich bin doch geflogen.«

Am nächsten Morgen gibt er bekannt, dass er sich »vor nichts in der Welt fürchtet«. Draußen ist es schrecklich heiß, schon um acht. Aus einem Hydranten in unserer Straße schießt Wasser. Zwei Jungen stoßen einen dritten in den Strahl, der so kräftig ist, dass er ihn kurz gegen ein Auto schleudert. Die Alarmanlage des Wagens beginnt zu schrillen. Durchnässt bis auf die Knochen, duckt sich der Junge aus der Fontäne heraus. Mit heulender Sirene fährt ein Feuerwehrwagen in der falschen Richtung durch die Einbahnstraße. Vor dem Hydranten hält er an. Ein Feuerwehrmann springt heraus und schraubt den Abgang mit einem amtlich aussehenden Dreieckschlüssel zu. Sobald der Feuerwehrwagen davonfährt, sorgt ein Mann ohne Hemd mit einem identischen Schlüssel dafür, dass das Wassser wieder hervorschießt. Alle jubeln. Ein Fahrradbote wird bespritzt. Der Jubel verstärkt sich. Vorüberfahrende Autos drosseln das Tempo, um sich die kostenlose Wäsche zunutze zu machen. Brendan ist erregt, begeistert, als wäre vor seinen Augen eine neue Daseinsform in sein Leben eingebrochen. Zum ersten Mal in zwei Wochen ist er sprachlos.

Am nächsten Tag frage ich ihn auf dem Weg zum Flughafen, was er tun wird, wenn er Mommy sieht. »Ich werde ihr den Kopf abschneiden«, antwortet er. Doch als sie durch die Absperrung kommt, fliegt er in ihre Arme und will sie gar nicht mehr loslassen.

»Ich liebe dich mehr als Daddy«, flüstert er, eine Bemerkung, die nicht für meine Ohren bestimmt ist.

Ich spüre einen Stich der Eifersucht. Die Tage, die wir allein zusammen verbracht haben, gleiten bereits ganz automatisch ins Gedächtnis ab. Schon denke ich an sie als an eine idyllische Zeit.

Herzstillstand

Marvin, der Mann meiner Mutter, ruft mich an, um mir – knapp, verzweifelt – die Neuigkeit zu überbringen. »Sie sagen, deine Mutter hat einen Herzanfall gehabt. Wir sind in der Notaufnahme. St. Luke's Hospital, in der East Side.«

Als ich ankomme, ist sie bereits in die Kardiologische Abteilung verlegt worden, wo ich sie in einem kleinen, unordentlichen Zimmer im fünften Stock finde. Ein Monitor über dem Bett zeigt Blutdruck und Herzfrequenz an. Mehrere Beutel mit intravenöser Flüssigkeit vervollständigen das Bild. Aber meine Mutter sitzt aufrecht im Bett, hellwach und süffisant. Sie wundert sich, was die ganze Aufregung soll, und klagt, dass sie nichts zu lesen habe. Der ausgefranste Kittel, den sie tragen muss, scheint die schmächtige, elegante Frau zu kränken. Aber die Schwestern entschädigen sie für die Demütigung, indem sie ihr Staunen darüber bekunden, wie jung sie aussieht mit ihren zweiundachtzig Jahren.

»Ich fühle mich unverwüstlich«, verkündet sie und tut die lähmenden Brustschmerzen ab, die Marvin dazu veranlasst haben, sie in die Notaufnahme einzuweisen. Die Befunde der vorläufigen Untersuchung, die darauf hindeuten, dass sie in Lebensgefahr schweben könnte, fegt sie vom Tisch.

Meine Brüder Ben und Robert treffen mit ihren Ehefrauen ein. Wir begrüßen einander herzlich und schlängeln uns durch das Zimmer wie Passagiere in einem überfüllten Zugabteil. Marvin sitzt auf einem Stahlstuhl und hat seine Mühe mit unseren rivalisierenden Ansprüchen auf seine Frau. Meine Mutter weist die düstere Stimmung von sich und erzählt einen Witz, den sie bei ihrer wöchentlichen Bridgepartie gehört hat.

An seinem achtzigsten Geburtstag wird einem Witwer ein Geschenk gemacht: »Supersex« mit einer Prostituierten. Er versteht »Suppe oder Sex« und optiert dankbar für Erstere. Wir Söhne lächeln verlegen, während Marvin lacht und ihr zärtlich über die Hand streicht.

Marvin, ein kleiner, kräftiger, feuriger Mann, ist Installateur im Ruhestand. Sechzig Jahre lang hat er in Brooklyn Ölöfen repariert. Vor weniger als zwei Jahren wurden wir verwundert Zeugen, wie er und unsere Mutter im Wohnzimmer ihres Apartments unter einer gemieteten *chupe*, dem jüdischen Traubaldachin, händchenhaltend ihr Ehegelübde ablegten. Gleich danach begannen sie ein Leben in völliger Hemmungslosigkeit, als gelte es, ein Wettrennen gegen die Zeit zu bestreiten – sie tranken täglich Martinis, unternahmen aufs Geratewohl Autoreisen, verdrückten Tacos, Big Macs, Brathähnchen und dicke Steaks von Versandhäusern in Nebraska. Sie konnten es nicht ertragen, getrennt zu sein. Im Vergleich dazu schienen meine Ehe und die meiner Brüder vorhersehbar und abgenutzt.

Im Krankenhaus schelten wir sie wegen ihres unverantwortlichen Benehmens. Wir sind die cholesterinfürchtigen Söhne. »Du kannst so nicht weiterleben«, sagen wir. »Du musst an deine Gesundheit denken, an deine Zukunft.«

Nehme ich ein hintergründiges Lächeln wahr, mit dem sie über unsere Warnung hinweggeht? Als wir gute Nacht sagen, bittet sie Marvin, daran zu denken, ihr am Morgen ihr Parfüm mitzubringen.

»Im Krankenhaus brauchst du kein Parfüm«, erwidert er.

»Grundverkehrt, Liebling. Gerade im Krankenhaus braucht man es am meisten.«

Auch am folgenden Tag will der Besucherstrom nicht abreißen. Unsere Stimmen übertönen das Ächzen der Frau im einen Meter entfernten Nachbarbett, das durch einen Vorhang von uns getrennt ist. Die Krankenschwestern hasten hin und her, sie reagieren auf den Kampf zwischen Leben und Tod, der in jeder Ecke der Station zu toben scheint außer der unsrigen. Ich bin besorgt, dass wir zu laut sind, doch die Schwestern sind noch lauter, necken einander, ermuntern stillschweigend unser Geschnatter.

Der Friseur meiner Mutter platzt herein. Er trägt sechs Ringe an den Fingern und ein dickes Kruzifix um den Hals. Er verbringt eine Stunde damit, sich über die Verschrobenheit seines Liebhabers zu beschweren, macht der Kardiologin Komplimente über ihr »hübsches Umstandskleid«, obwohl sie gar nicht schwanger ist, küsst mit Tränen in den Augen meine Mutter und eilt wieder davon. Mein ältester Bruder Ben liest ihre Lebenszeichen, die wie Aktienkurse über den Monitor kriechen. Danny, der Jüngste und selber Arzt, ruft aus Seattle an, um über ihre »invertierten Q-Wellen«, ihre berunruhigenden Enzymwerte und ihre linke vordere absteigende Arterie zu reden, die, wie er mutmaßt, die Quelle ihrer Schmerzen ist. Robert kommt auf Krücken hereingehumpelt. Als er heute Morgen über die Straße rannte, hat er sich den Fuß gebrochen. Ich überlege, ob dies vielleicht ein Ausdruck des Mitgefühls mit meiner Mutter ist, der er besonders nahesteht. Mir sind noch die spektakulären Unfälle in Erinnerung, zu denen er als kleiner Junge geneigt hatte, etwa ein Sturz vom Balkon. Robert muss über sich selbst lachen, dann sagt er: »Sieh nur, was ich für dich durchmache.« Und ihr Status als verehrte Matriarchin ist besiegelt.

Es ist Zeit für ihr Angiogramm, die Stunde der Wahrheit. Durch einen Katheter werden verschiedene Farbstoffe in ihr Herz injiziert, die es aufleuchten lassen wie ein Videospiel, bis alles zutage tritt. Am Telefon klingt meine Mutter besorgt. Als ich ins Krankenhaus komme, wird sie gerade operiert, im Herzchirurgiezentrum im elften Stockwerk.

Ich fahre mit dem Aufzug hoch und warte auf sie. Auch andere Familien warten, gedämpft und erschöpft. Eine Stunde vergeht ohne Bescheid. Ich bin rastlos und fürchte um sie. Ich versuche, mir nicht das Schlimmste auszumalen. Die Sonne ergießt sich durch die langen, nach Süden gehenden Fenster, während an den Wänden das Poster eines üppigen Stilllebens von Jan van Huysum und Alfred Sisleys besänftigende *Effets de neige* hängen. Ein sorgfältig ausgewähltes Dekor. Mir kommt eine Freundin in den Sinn, die sich in einem anderen Krankenhaus einer Krebsbehandlung unterziehen musste. »Das Personal«, erzählte sie mir, »strotzte nur so vor Gesundheit. Die Botschaft lautete: Dies ist eine Stätte der Vitalität, des Lebens. Aber wenn ich sie so betrachtete, war mir zumute wie einer Hungernden, die durch ein Restaurantfenster späht.«

Nach zwei Stunden erscheint der Chirurg. »Glückwunsch. Sie ist vollkommen gesund. Nicht der geringste Schaden. Wenn die Herzen aller meiner Patienten so aussähen, wäre ich arbeitslos.« Er reicht mir seine Karte, als würde er einem Restaurantchef ein Trinkgeld in die Hand drücken, und verschwindet wieder hinter den abweisenden Stahltüren. Meine Mutter auf ihrer Krankentrage lächelt. Sie trägt Lippenstift und Rouge, beides makellos aufgelegt.

Am nächsten Tag wird sie entlassen, und ich besuche sie in ihrem Apartment. Marvin mixt festliche Martinis. Die beiden sind so entspannt, dass sie über die Haushälterin meiner Mutter zanken, der einzige Streitpunkt zwischen ihnen. Obwohl sie vierzig Jahre jünger ist als meine Mutter, klagt sie unentwegt über Schmerzen – im Magen, in den Beinen, im Kopf –, Schmerzen, die sie daran hindern, sich richtig anzustrengen. Um ihr die Arbeit zu erleichtern, macht meine Mutter am Tag, bevor die Haushälterin kommt, immer selbst sauber. Marvin kann das nicht ertragen. Er will ihr kündigen, aber meine Mutter lässt ihn nicht. Er ist am Rande der Verzweiflung und bietet mir die Geschichte als »todsicheren Bestseller« an: Der Ehemann sinnt auf den Tod der Haushälterin, der perfekte Mord. Frotzelnd wartet meine Mutter mit einem anderen Komplott auf: Die Haushälterin treibt den Ehemann in den Wahnsinn.

Beide Szenarien haben, wie ich bemerke, denselben Ausgang: Und wenn die Frau nicht gestorben ist, lebt sie noch heute.

Ein Zeichen von Jehova

Als mein Onkel Nat während des Zweiten Weltkriegs Chirurg der U. S. Army im Südpazifik war, beschnitt er sein gesamtes Bataillon. »Ich wartete darauf, nach Saipan verschifft zu werden, wo die Schlacht tobte, und musste die Zeit totschlagen. Für die Prozedur entwarf ich eine Klemme, die die Jungs im Laden für mich anfertigten.« Ich stelle mir Nat in einer modernen Variante der biblischen Geschichte vor, in der David, um seine Kampfestüchtigkeit zu beweisen, König Saul hundert Vorhäute von Philistern bringt.

Nat war 1932 im Alter von vierzehn Jahren nach Harvard gekommen, der Jüngste in seiner Klasse und aufgrund der strengen Quotierung in Harvard einer von nur zwei Juden, die in dem betreffenden Jahr zugelassen wurden. Mit den Geschichten seiner Demütigungen als junger Student war ich vertraut und überlegte, ob diese Alpha-Markierung seines Bataillons eine verspätete Form von Rache sein mochte. Oder vielleicht hatte er danach getrachtet, das eigene Unterscheidungsmerkmal zu neutralisieren, indem er es auch allen anderen aufprägte. Ich erinnerte ihn daran, dass die Juden die Beschneidung als Ausweis der Zugehörigkeit von der ägyptischen Priesterkaste übernommen hatten, deren Initiationsritus sie nachahmten; erst später, in Europa, sei die Beschneidung zum Kennzeichen des Parias geworden.

Nat wies derlei Gedanken zurück. »Sie waren ja nicht dazu verpflichtet. Die Männer haben sich freiwillig gemeldet. Der einzige Anreiz, den ich ihnen bot, waren zwei Tage Urlaub vom Exerzieren. Irgendwie hatten sie sich in den Kopf gesetzt, dass die Operation sie potenter machen würde.«

Heute bedauert Nat vor allem, dass er es versäumt hat, sich seine Klemme patentieren zu lassen. Er hätte ein Vermögen verdienen können. Nach dem Krieg wurden neugeborene Jungen in amerikanischen Krankenhäusern automatisch beschnitten, und zwar in der Annahme, eine Beschneidung verhindere Infektionen im Genitalbereich und reduziere das Risiko von Gebärmutterhalskrebs bei Frauen. Bis dahin waren die Juden die Einzigen gewesen, die Neugeborene beschneiden ließen – dem rabbinischen Gesetz zufolge am achten Tag nach der Geburt, da das Opferblut des Knaben erst fließen darf, wenn das »unreine« Blut der Mutter versiegt ist. Die Amerikanische Akademie der Kinderärzte empfiehlt die Beschneidung von Neugeborenen bereits zwölf bis vierundzwanzig Stunden nach der Geburt. »Ziehen Sie die Stellschraube an, um die Vorhaut zwischen Glocke und Lochplatte abzubinden; dann trennen Sie die Vorhaut mit Hilfe einer Skalpellklinge ab«, heißt es in einem aktuellen Ärztehandbuch.

Die Universalisierung eines uralten Stammesrituals aus rein medizinischen Gründen gehört zu den Kuriositäten Nachkriegsamerikas. In seinem Buch *Marked in Your Flesh. Circumcision from Ancient Judea to Modern America* (2005) schreibt Leonard Glick, dass jüdische Ärzte hinsichtlich der Vorteile der Prozedur besonders überzeugend argumentierten. Vielleicht war mein Onkel einer ihrer Beförderer gewesen. Dies war eine Abkehr von gängigen Auffassungen zur Beschneidung in Europa, wo die Praxis vor dem Krieg weithin als ungesund galt. Unter anderem glaubte man, der rituelle Beschneider oder *mohel* könne Syphilis auf das Kind übertragen. Indem die amerikanischen Kinderärzte alle männlichen Säuglinge auf den Entbindungsstationen unterschiedslos am Fleisch beschnitten, scheinen sie die Assimilation der Juden bewirkt zu haben.

In alten Zeiten war es dem Vater zugefallen, die Operation an seinem Sohn vorzunehmen. Dies stärkte die Vorstellung, dass Männlichkeit etwas sei, das Gott angehöre oder jenen Priestern, die für ihn sprachen – für Freud ein Beweis für die Gewalt des Vaters, der in das Paradies von Mutter und Kind eindringt. An anderer Stelle vermutet er, dass die Beschneidung »ein gut kenntlicher Rest« der Kastration sei, die »in den Urzeiten der menschlichen Familie« »vom eifersüchtigen und grausamen Vater wirklich an den heranwachsenden Knaben vollzogen« wurde.

Freuds Anthropologie scheint zweifelhaft. Wahrscheinlicher ist, dass die Beschneidung ein Substitut für die tatsächliche Tötung von Kleinkindern zur Besänftigung der Götter war. Wie die Geschichte Abrahams und Isaaks bezeugt, waren derartige Opfer in Kanaan verbreitet. In einer Szene des Buches Exodus kommt Gott, erzürnt über Moses Weigerung, sein Gebot zu befolgen, ihm entgegen und will ihn töten: »Da nahm Zippora einen scharfen Stein und beschnitt ihrem Sohn die Vorhaut und berührte damit seine [Moses] Scham und sprach: Du bist mir ein Blutbräutigam. Da ließ er von ihm ab. Sie sagte aber Blutbräutigam um der Beschneidung willen.« So brachte sie jenes Opfer dar, mit dem Gott zu beschwichtigen war.

1975, als mein Sohn zur Welt kam, wurden die kubanischen und schwarzen Jungen in den Bettchen neben ihm wie selbstverständlich beschnitten. Als Aaron an der Reihe war, schlug seine Mutter das Angebot mit einer abwehrenden Handbewegung aus. Ich ließ es durchgehen, da ich mich fragte, ob wir ihm, eine Ironie der Geschichte, nicht eine unerwünschte Auszeichnung aufbürden würden. Ohne den Segen eines *mohel*, so urteilte ich, war eine Beschneidung bar jeder religiösen Bedeutung. Und da ich nicht fromm genug war, um einen solchen heranzuziehen – weshalb Aaron unnötigen Schmerz zufügen? Meine erste Frau und deren Familie kamen mir vor wie ein fröhlicher atheistischer Clan, der sich in meinen Augen von der Geschichte befreit hatte, während ich mich mit einer Sammlung von Mythen, Überlieferungen und Erwartungen herumschlagen musste.

Eines Tages, als ich meine Eltern besuchte, wechselte ich auf dem Klo Aarons Windel. Meine Großmutter erblickte ihn nackt und verbrachte den Rest des Tages weinend in ihrem Schlafzimmer. Als ich ihm hinterher beim Baden zusah, kam mir der Vers aus dem Buch Genesis in den Sinn: »Wenn aber ein Männlicher nicht beschnitten wird an seiner Vorhaut, wird er ausgerottet werden aus seinem Volk, weil er meinen Bund gebrochen hat.« Dann aber geschah etwas, das wie ein Zeichen von Jehova auf mich wirkte: Aarons Kinderarzt teilte mir mit, dass aufgrund eines seltenen Leidens aus medizinischen Gründen eine Beschneidung erforderlich sei. »Ein Mal in einer Million Fällen«, sagte er. Mir war aus der Patsche geholfen.

Als vor sieben Jahren mein zweiter Sohn geboren wurde, empfand ich wieder die vertraute Zwiespältigkeit. Auf der Entbindungsstation war die Beschneidung weniger populär als früher, und vom Arzt ermuntert, sagten wir nein zum Skalpell.

Als einer meiner Brüder von unserer Entscheidung erfuhr, war er empört: »Hast du aus Aaron keine Lehren gezogen?«

Ich argumentierte, der Befehl zur Beschneidung stamme aus *P*, der Priesterschrift des Pentateuch. Diese war mehr als dreihundert Jahre nach dem Original verfasst worden und zusammen mit diversen Speisegesetzen in den Text eingefügt worden. »Der Bund fordert Blut, aber muss es unbedingt von den Genitalien eines Neugeborenen stammen?«

Mein Bruder zeigte sich unbeeindruckt. In seinen Augen bin ich der schlimmste aller Verräter: ein zum Glauben Erzogener, der ungläubig geworden ist. »Es steht in der Tora«, sagte er.

Ich blieb hartnäckig: »Unsere Zugehörigkeit wird doch wohl durch mehr als eine bloße Narbe definiert?«

Eigentlich wollte ich Tolstojs Diktum zitieren, demzufolge es nur einen Adel gibt, den Adel des Geistes, merkte aber, dass ich unabsichtlich ein Wort des Apostels Paulus aufgegriffen hatte, der erklärte, für den »neuen« Juden sei der Glaube nicht eine Beschneidung, »die auswendig am Fleisch geschieht«, sondern eine »Beschneidung des Herzens«.

Ich warte auf ein weiteres Zeichen von Jehova.

Die Bedeutung von Pronomen

Neulich brachte Pat, meine Frau, eine Arbeitskollegin zum Abendessen mit nach Hause. Sie hieß Georgina, und als sie die Wohnung betrat, empfand ich eine potente Mischung aus Faszination, Scheu und Fassungslosigkeit. Sie war Ende zwanzig, hatte kurzgeschnittenes rötliches Haar, blasse, gebleicht wirkende Haut und einen Körper, der dank Hormonspritzen und operativer Geschlechtsumwandlung von allen Spuren der Männlichkeit gereinigt war. Und doch war mir auf den ersten Blick klar, dass es sich nicht um eine Frau handelte.

Füllig, aber zart, und großartig selbstbewusst, fühlte sie sich sofort zu Hause, entkorkte die Flasche Cider, die sie mitgebracht hatte, und brachte mit einem geduldigen Lächeln einen Toast aus: »Auf neue Freunde!« Pat und Georgina machten es sich auf der Couch bequem und begannen eine lebhafte Unterhaltung, die an das Gespräch anzuknüpfen schien, das sie vor ihrer Ankunft geführt hatten.

Ich ging in die Küche, schüttete meinen Cider in die Spüle und goss mir einen Bourbon ein. Als ich zurückkam, hörte ich, wie Pat aufgeregt ihre Tage als Straßenkünstlerin schilderte, als sie ungefähr in Georginas Alter war. Dies ist der Teil von Pats Leben, mit dem ich am wenigsten vertraut bin, der Teil, der sich vor unserer ersten Begegnung abgespielt hatte und in den Jahren unserer Ehe allmählich verblasst war, der Teil, den ich ihr geraubt hatte – zumindest argwöhnte ich, dass sie so dachte –, so wie Georgina ihre Männlichkeit geraubt worden war, ohne je ganz zu verschwinden.

Pat redete mit mir nur selten über diese Zeit ihres Lebens, doch bei Georgina entströmten ihr die Geschichten mit spontaner Mühelosigkeit: die Gemeinschaft mit den anderen Künstlern, die Ratlosigkeit oder Freude der Passanten, die Schikanen der Polizei. Es war, als teile sie mit Georgina einen drastischen sozialen Impuls, den zu begreifen ich zu spießig war.

Ich setzte mich ihnen gegenüber in einen Sessel und drängte mich in ihr Gespräch. »Pats Darbietungen, bevor sie die Tanzkompanie auflöste, waren faszinierend«, sagte ich.

»Oh, das bezweifle ich nicht«, flötete Georgina.

In ihrer weißen Button-Down-Bluse wirkte sie sonderbar alterslos, intelligent und zufrieden, mit einem Hauch von Blasiertheit, die bei einem Menschen, dem es zumindest teilweise gelungen war, eines der unabänderlichsten Gesetze der Natur umzustoßen, vielleicht verzeihlich war.

Sie wandte sich Pat zu und ermunterte sie, weiterzuerzählen. Wieder unterbrach ich sie und löcherte Georgina mit Fragen, als führten wir ein Einstellungsgespräch. »Wo sind Sie aufgewachsen?« (Eugene, Oregon.) »Was war Ihr Vater von Beruf?« (Syndikus bei einer Grassamenfirma.) Beinahe unwillkürlich zückte ich meinen Schreibblock und begann, ihre Antworten aufzuschreiben.

Ärgerlich befahl mir Pat, den Schreibblock wegzustecken. »Du machst mich verlegen, Michael.«

»Ich wollte nur seine Ausdrucksweise notieren«, erklärte ich.

»Ihre Ausdrucksweise«, berichtigte mich Georgina. »Pronomen sind sehr wichtig«, fügte sie streng hinzu. »Manche Genderqueers, die ich kenne, bevorzugen es, gar keine Pronomen zu verwenden.«

Pat warf mir einen tadelnden Blick zu und marschierte in die Küche, um das Abendessen vorzubereiten.

Ich fragte Georgina, ob ihr meine Neugier unangenehm sei.

Sie lächelte gelassen und schlürfte ihren Cider. »Ein bisschen schon. Aber das soll Sie nicht hindern. Offensichtlich verspüren Sie das Bedürfnis.« Mein unverhohlenes Interesse schien sie zu amüsieren, als halte sie selbst sich ebenfalls für exotisch und genieße die Vorstellung, dass ich mich abmühte, sie zu ergründen. Sie teilte mir mit, sie sei polyamor, Vegetarierin, Transgender-Aktivistin und Studentin der Werke Lacans, »obwohl Lacan jemanden wie mich für psychotisch gehalten hätte. Bei ihm geht es um die Deutung von Symbolen, bei mir auch.«

Sie habe kürzlich einen Roman über »christlich-faschistische Fanatiker« abgeschlossen, »deren Komplott, Amerika zu vergiften, von einer Allianz aus Lesbierinnen, Genderqueers, Ausreißern und vogelfreien Künstlern durchkreuzt wird. Grauenhaft geschrieben, ansonsten aber nicht schlecht.« Zu der Geschichte war sie von einem anarchistischen Krawall in Eugene im Jahr 1999 angeregt worden. Nachdem die Schaufenster von Starbucks und Gap eingeworfen worden waren, wurden neunzehn Personen, die schwarze Masken trugen, festgenommen.

»Ich bin davongekommen«, sagte Georgina. »Ich bin Ideologin, falls Sie sich's nicht schon selbst zusammengereimt haben, Anarcho-Marxistin, nicht die Anarcho-Primitivistin, die ich zu Anfang war. Die Primitivisten wollen alle Formen der Zivilisation abschaffen. Ich gestehe zu, dass einige Aspekte der Zivilisation in Ordnung sind.«

Sie erzählte von ihrem Vater, der an Prostatakrebs gestorben sei, als er »etwa so alt war wie Sie«.

»Sie haben sich mit Hormonen abgefüllt, die das unterdrücken, was ihn umgebracht hat«, sagte ich und meinte damit das Testosteron, das aus ihrem Körper zu verbannen Georgina so bestrebt gewesen war.

Sie warf mir einen scharfen Blick zu, dann senkte sie die Augen. »Er war der Einzige in meiner Familie, der meine Entscheidung unterstützt hat, eine Transfrau zu werden.«

Unter dem Einfluss eines buddhistischen Lehrers dachte Georgina darüber nach, ob sie nicht ein »Keuschheitsgelübde« ablegen sollte. Ich fragte mich, ob dies vielleicht ein Hinweis auf ihr wahres Trachten sei: Der Buddhismus schlägt einen Zustand vor, in dem es keine Pronomen gibt, weil es kein »Ich« gibt. Das Männliche und das Weibliche sind bloße Illusionen in einer Welt, die nicht mehr als ein Traum ist. In ihrem Buch *Conundrum. Mein Weg vom Mann zur Frau* schreibt Jan Morris, dass sie ihre transsexuellen Impulse mit der »Idee der Seele« gleichsetzt: »Ich zielte nur auf einen göttlicheren Zustand [...]. [Das Rätsel] betraf nicht meinen Apparat, sondern mein *Selbst*. [...] Für mich ist Gender überhaupt nichts Körperliches [...].« Über den Geschlechtsverkehr schreibt sie: »Ich wollte ihn los sein.«

Vielleicht verfolgte Georgina mit ihrer Unmwandlung ja ähnliche Absichten. Aber falls dies wirklich eine spirituelle Suche war, weshalb bedurfte sie dann der schmerzvollen physischen Tortur durch Hormone und das Skalpell des Chirurgen?

Beim Abendessen war Georgina kindlich aufgedreht. Sie brütete über dem Kreuzworträtsel in unserer Ausgabe der *New York Times* und zog Pat und mich zu dessen Lösung heran. Dann verkündete sie, sie sei Stier. »Meine Freundin ist Skorpion. Wir sind unwiderstehliche Gegensätze. Das perfekte Paar.«

Ich vertraute ihr an, auch ich sei Skorpion, und zu Pats Überraschung umarmte mich Georgina.

Aber als sie gegangen war, beschimpfte mich Pat abermals wegen meiner Unhöflichkeit. »Du warst richtig versessen darauf, sie in eine Art Beobachtungsgegenstand zu verwandeln. Sie ist doch keine Shownummer, Michael. Wenn du dir schon Notizen machen wolltest, hättest du wenigstens so höflich sein können, das Zimmer zu verlassen und es allein für dich zu tun.«

Als ich sie fragte, was Georgina ihrer Meinung nach dazu bewogen hatte, sich so zuzurichten, antwortete sie: »Es ist die höchste Freiheit. Ich bin, was ich zu sein behaupte, nicht als was ich geboren wurde. Für Georgina ist es eine politische Aussage, eine Position. Ich hoffe nur, dass sie, wenn sie älter ist, es nicht irgendwann bereut.«

Sie wollte wissen, wieso ich mich in ihre Unterhaltung eingemischt und Georgina in Beschlag genommen hatte. »Es war, als wolltest du uns auseinanderdividieren.«

Ich versuchte, die Wirkung ihrer Gegenwart zu erklären. »Sie drohte einen alten Graben zwischen uns aufzureißen.«

Ungläubig lachte Pat mich aus. »Ich kann dir versichern, Michael, das hast du dir nur eingebildet.«

Ideale Liebe

Barbara Foster, eine Bekannte von mir, ruft an, um mich zur monatlichen Zusammenkunft ihrer »polyamorischen Gruppe« in Greenwich Village einzuladen. »Wir glauben an multiple Liebesbeziehungen«, erklärt sie. »Eine Großfamilie, in der jeder ehrlich ist – du weißt genau Bescheid über die Geliebten deines Partners, und er kennt all die deinen. Kein Betrug, kein gebrochenes Vertrauen, das, wie du weißt, die Ursache dafür ist, dass die Liebe zugrunde geht.«

Ich ziehe *Die Kreutzersonate*, Tolstojs Schmähschrift gegen den Sex, aus meinem Bücherregal, um sie auf der U-Bahn-Fahrt in die Innenstadt zu lesen. Posdnyschew macht sich über die Vorstellung lustig, dass die Ehe auf »geistiger Verwandtschaft« beruhe. »Um der Übereinstimmung der Ideale willen legen sich also die Menschen zusammen schlafen!«, sagt er und lacht nervös auf. Er kann es nicht ertragen, dass er sich, betört von sexueller Anziehung, eingeredet hat, verliebt zu sein. Wenn die Anziehung endet, setzt Verachtung ein und dauert bis zum letzten elenden Atemzug des Paares. »Und wäre nicht geschehen, was eben geschehen ist, so hätte ich bis in mein Greisenalter so weitergelebt und geglaubt, ein leidlich glückliches Leben durchlebt zu haben, kein besonders schönes zwar, aber auch kein besonders schlechtes, so wie es eben alle Menschen führen«, sagt Posdnyschew. Um die »Reinheit« idealer Liebe zu wahren, schlägt er Enthaltsamkeit in der Ehe vor.

Das Treffen soll im Gay, Lesbian, Bisexual and Transgender Community Center stattfinden, einer ehemaligen Grundschule in der West 13th Street voll verborgener Treppen und unerwarteter Trakte. »Wir haben den Raum nur angemietet«, informiert mich ein Polyamorist sogleich. »Im Grunde genommen wissen die nicht so recht, wer wir sind.«

Etwa vierzig Leute haben sich in einem Zimmer versammelt, das in einem entlegenen Winkel im dritten Stock versteckt ist. Eine Klimaanlage rattert laut. Der Teppichboden wird von schwarzen Klebstreifen zusammengehalten. Wie in einem Kindergarten werden unsere Stühle im Kreis aufgestellt.

Ich finde Barbara, die mir ein Buch reicht, dessen Mitautorin sie ist, *Three in Love. Ménages à Trois from Ancient to Modern Times*. Die beiden anderen Verfasser sind ihr Mann und das dritte Mitglied ihrer *ménage*. »Ich habe es gelebt«, sagt sie mit entwaffnender Eindringlichkeit. Unter den Dreierbeziehungen, die sie abhandelt, sind Joseph und Magda Goebbels und Lida Baarova; Charles Parnell und Kitty und Willy O'Shea; Jack Kerouac und Neal und Carolyn Cassady; Superman, Clark Kent und Lois Lane.

Mir kommt der Gedanke, dass auch die Figuren in der *Kreutzersonate* eine *ménage à trois* bilden. Als Posdnyschew sieht, wie seine Frau mit seinem Nebenbuhler Duos spielt, ist er in Bann gezogen: »Meine Frau hatte ich noch niemals so gesehen, wie sie an jenem Abend war: diese strahlenden Augen, dieser Ernst, dieser bedeutsame Ausdruck während des Spiels, die völlige Hingabe und das reiche, schmachtende, selige Lächeln am Ende des Spiels.« Auch die Musik erregt ihn, »und meine Eifersucht bewirkte es wohl, dass zwischen ihm und ihr sozusagen ein elektrischer Strom entstand, der bei beiden den gleichen Ausdruck in Blick und Lächeln hervorrief«. Damit sein Rivale nicht den Eindruck erhält, dass er Angst vor ihm hat, lädt Posdnyschew ihn noch auf denselben Abend ein, wieder mit seiner Frau zu spielen. »Ich fühlte, dass mir ein Eigentum an diesem Körper durchaus nicht zustand.« Rasend vor Eifersucht, tötet er sie mit einem scharfen Damaszener-Dolch.

Pünktlich um acht stürzt die Rednerin des Abends in den Raum, Nan Wise, beglaubigte Spezialistin für Beziehungen und alternative Lifestyles sowie Glückscoach. Hochgewachsen, üppig, sieht sie mit ihrem langen kupferroten Haar aus, als wäre sie den Seiten eines Cartoons von Robert Crumb entsprungen. Um das Bild abzurunden, hat sie ihren Geliebten mitgebracht, ihre »Sekundärbeziehung«, wie die Polyamoristen ihn nennen würden. Ihr Mann sei leider unabkömmlich, aber sie versichert uns, auch er sei »poly«.

»Sprachregelungen sind von entscheidender Bedeutung«, erklärt Nan. Gleich darauf werden wir mit erfundenen Wörtern bombardiert, die anscheinend dazu gedacht sind, der Bewegung eine soziologische Aura zu verleihen. Ein untersetzter Mann möchte wissen, wie er seiner monogamen Freundin sein polyamouröses Verlangen unterbreiten soll.

»Das gefürchtete Poly/Mono-Dilemma!«, ruft Nan. »Um ein solches Leben erfolgreich bestehen zu können, braucht man fortgeschrittene Fertigkeiten. Diese können erlernt werden. Aber sie erfordern Engagement. In einigen Fällen Opfer. Reife. Arbeit.«

Das Paar, das neben mir sitzt, hält Händchen wie verängstigte Flugzeugpassagiere.

Endziel der Polyamoristen ist es, den Zustand der *compersion* zu erreichen, bei dem jede Eifersucht überwunden ist und man »Freude an der Freude des Geliebten mit einer anderen Person« empfindet – vielleicht eine Spielart von Posdnyschews idealer Liebe. Ausschlaggebend ist Verhandlungsgeschick. »Polys mit fortgeschrittenen Fertigkeiten können binnen drei bis fünf Minuten eine Dreiecksbeziehung aushandeln«, sagt Nan. Die Richtlinien sind einfach: »Alle drei gewinnen, oder es gibt kein Übereinkommen.«

Ein älterer, bärtiger Mann ergreift kurz das Wort. Er behauptet, seit mehr als dreißig Jahren zufriedener Polyamorist zu sein. »Das Wort ›Kompromiss‹, mit seinen negativen Konnotationen, etwas aufgeben zu müssen, bereitet mir ziemliches Unbehagen.« Alle stimmen überein, das Wort durch den günstigeren Begriff »Kollaboration« zu ersetzen. Ein anderer Teilnehmer berichtet, dass ihn seine Frau, nachdem sie Polys geworden seien, nach zwanzig Jahren Ehe verlassen habe. Er wirkt griesgrämig und verletzt, aber das Mitgefühl für seine missliche Lage hält sich in Grenzen. Offensichtlich ist es ihm nicht gelungen, den Zustand der *compersion* zu erreichen. Doch aus den Reihen der Zuhörer kommen noch mehr Kränkungen ans Licht. Eine junge Frau macht sich Sorgen, wie sie den primären Status ihrer Beziehung zu ihrem Hauptgeliebten aufrechterhalten soll. »Ich will nicht zur Nummer zwei oder drei herabgestuft werden.« Eine andere beklagt sich darüber, auf einer niedrigen Sprosse der Leiter steckengeblieben zu sein. »Ich komme mir vor wie eine Mätresse. Ich meine, warum zum Teufel mache ich das überhaupt?«

Vielleicht würde ihren Verdruss eine sprachliche Neuregelung lindern. »Aus ›primär‹ könnte ›zentral‹ werden, und die anderen könnte man ›Satelliten‹ nennen«, schlägt der Bärtige vor. »Das klingt nicht so hierarchisch.«

Nan Wises sekundärer Partner meldet sich mit einem eigenen Ratschlag zu Wort: »Das Leben ist veränderlich, und die Liebe erst recht. Wer heute sekundärer Partner ist, kann morgen schon an die Spitze aufrücken, während der primäre Partner ganz von der Liste gestrichen wird.« Er wirft einen flehentlichen Blick zu Nan, die ihn überhört. Als die Versammlung auseinandergeht, wird für die darauffolgende Woche eine »Kuschelparty« angekündigt – »für Leute, die mehr Berührung in ihrem Leben wünschen, ohne dass es gleich Sex oder Zurückweisung zur Folge hat«.

Ein freimütiges Mitglied der Gruppe, Birgitte, lädt ein paar Freunde in ihre Wohnung auf der anderen Straßenseite ein, und sie erlaubt mir, mitzukommen. Als sie die Tür aufschließt, wird sie von zwei erwartungsvollen identischen Zwergpudeln begrüßt, und Birgitte, die von starkem Körperbau ist, nimmt sie mit dem Gebaren einer Königin auf die Arme.

Die Wohnung ist mit ihren von Michel Basquiat inspirierten Gemälden vollgestellt. Der Titel ist immer oben quer über die Leinwand gekritzelt. »In diesem Monat war sie sein Höhepunkt«, lautet einer, »Er hat sie durchgefickt« ein anderer. Ihren Lebensunterhalt verdient sich Birgitte als Maskenbildnerin. »Condoleezza Rice hab ich mal für einen Fernsehauftritt geschminkt«, erzählt sie mir.

Ich entdecke eine große Leinwand mit dem Titel »Er ist ihr Zwilling«, die an eine Wand gelehnt ist. Eine Frau und ein Mann halten Händchen. Aus jedem ihrer großen Papiermachéherzen ragt ein echter Dolch.

Ein Zeitalter endet, ein anderes beginnt

Kürzlich saß ich bei einem Abendessen neben einer Französin namens Solange, die gerade nach New York gezogen war. Sie wollte wissen, ob mir »der amerikanische Romancier Levenson aus der ersten Hälfte des 20. Jahrhunderts« bekannt sei. Sie konnte sich weder auf den Vornamen besinnen noch darauf, wie sein Nachname geschrieben wurde, auch nicht auf den Titel des Romans, der ihr in jeder anderen Hinsicht »seit Jahren im Gedächtnis geblieben« sei.

Ich fragte sie, ob sie vielleicht den Roman *David Levinsky. Ein Aufstieg in New York. Roman aus den Anfängen der Konfektion* von Abraham Cahan meine – er handelt von einem Magnaten der Bekleidungsindustrie, der sich aus eigener Kraft hochgearbeitet hat – und den Namen des Titelhelden mit dem des Autors verwechsele.

»Nein, nein«, sagte Solange mit ihrem starken französischen Akzent. »Es ist die Geschichte einer schrecklichen Ehe. Seit meiner Ankunft frage ich Amerikaner nach Levenson, aber niemand hat auch nur die leiseste Ahnung, wer er ist.«

Sie erklärte mir, in Frankreich werde der Roman als Kritik der amerikanischen Scheinmoral gedeutet. »Antonin Artaud hat ihn bewundert. Gide ebenso. Er ist noch lieferbar. Ich wünschte, ich könnte Ihnen mehr darüber erzählen.«

Am folgenden Morgen suchte ich im Netz, und realistisch gesehen kam nur ein einziger Kandidat in Frage: Sam Levenson, ein Bühnenkomiker und Autor, der, als ich ein Junge war, in Rockaway in derselben Straße wohnte wie ich. In der Nachbarschaft galt er als Berühmtheit, hatte er doch bei CBS eine eigene Radioshow. Von seinen Büchern fanden sich in der

Bibliothek unserer Familie die folgenden Titel: *Kein Geld – aber glücklich. Chronik einer Familie, Liebe ist ein Kinderspiel* und *You Don't Have to Be in Who's Who to Know What's What.* Levenson war in einer Mietskaserne in East Harlem aufgewachsen, und sein Komikerprogramm machte sich die Ängste zunutze, die den raschen Aufstieg seiner Generation aus der Armut in die Mittelschicht begleiteten. Levenson zufolge hatten Freud und die neue »Kindergarchie«, bei der Kinder die Herrschaft über den Stamm ausübten, die natürliche Weltordnung zerstört. Seine verlorene mythische Heroin war »Mama«, die »im Dunkeln mit einer Hand eine Nadel einfädeln, mit den Zähnen einen Knoten binden und mit der anderen Hand Fleisch klein hacken konnte«. Mama verabscheute Schmutz und striegelte den Haarschopf ihrer Kinder »mit einer in Benzinseife getunkten Pferdebürste«; zur Läusebekämpfung fügte sie Kerosin hinzu. Mit Vorliebe erinnerte ich mich an einen Vorfall aus seiner Kindheit, als er einmal eine Osterglockenzwiebel mit nach Hause gebracht hatte. »Ein Onkel raspelte sie und verzehrte sie zu seinen Sardinen.« Sollte dieser Mann tatsächlich den von Solange beschriebenen Roman über eine schreckliche Ehe verfasst haben?

Als ich acht oder neun war, zerbrach ich beim Treppenballspiel Levensons Wohnzimmerfenster. Er kam aus dem Haus gestürzt, ein Mann mit rundem Gesicht, einer Fliege und einer dicken Drahtgestellbrille, gefolgt von seiner hochgewachsenen, majestätischen Frau, die ihn oft vor meinen Ohren »meine Kindheitsliebe« genannt hatte. Ich spürte, dass er sich verpflichtet fühlte, mir eine Standpauke zu halten, die ich nie vergessen würde, aber mir entging auch nicht seine wachsende Belustigung. Nachdem er mir den Schaden gezeigt hatte, den ich angerichtet hatte, hielt er meinen Ball in die Höhe, brachte mich in die Küche und zerhieb ihn mit einem Hackbeil.

Als Nächstes führten mich meine Nachforschungen zu Esther Schor, einer Englischprofessorin in Princeton, und diese kam sofort darauf, dass es sich bei dem Schriftsteller um Ludwig Lewisohn handelte. »Mit französischem Akzent ausgesprochen, könnte der Name durchaus wie Levenson klingen«, erklärte sie. Schor hatte nichts von ihm gelesen, und ihr fiel auch niemand ein, der etwas von ihm gelesen haben könnte. »Ich weiß nur, dass er vierzig Bücher veröffentlicht hat, die meisten davon zwischen dem Ersten und Zweiten Weltkrieg, und dass er eine homosexuelle Affäre mit George Viereck hatte, der später wegen einer Nazi-Verschwörung vier Jahre in einem Bundesgefängnis verbrachte. In Princeton lagern ihre Liebesbriefe.«

Lewisohns Affäre mit Viereck trug sich um 1904 zu, als beide Studenten an der Columbia University waren. Viereck war derjenige, der sie beendete, und zwar genau zu dem Zeitpunkt, als Lewisohns Doktorarbeit abgelehnt wurde und zwei seiner Professoren ihn warnten, keine amerikanische Universität würde je einen Juden als Englischdozenten einstellen.

Kurz darauf heiratete Lewisohn eine Frau, die zwanzig Jahre älter als er und bereits Großmutter war. Über diese Ehe schrieb er in *Der Fall Herbert Crump*, jenem Roman, von dem Solange, wie ein Telefonat mit ihr ergab, beim Abendessen gesprochen hatte.

Es gelang mir, ein Exemplar des Romans aufzustöbern, das mit der Post eintraf. Der Umschlag war mit einer Anpreisung von Sigmund Freud versehen – »ein unvergleichliches Meisterwerk« –, und das 1928 verfasste Vorwort stammte von Thomas Mann. Sein kryptisches Lob des Buches erhöhte meine Erwartungen nur noch. »Dies Buch ist nach seiner Form ein Roman«, schreibt Mann. »Zugleich aber ist es auf Schritt und Tritt mehr und weniger als ein Roman, nämlich Leben, krasse und ungeträumte Wirklichkeit, und sein künstlerisches Schweigen ist an mehr als einer Stelle von der Art, dass es einem Schrei verzweifelt ähnlich lautet.«

An der Unbekanntheit des Buches in den Vereinigten Staaten schien vor allem seine ungewöhnliche Publikationsgeschichte schuld zu sein. 1926 brachte Edward Titus, ein amerikanischer Mäzen avantgardistischer Literatur, eine englischsprachige Ausgabe von *Der Fall Herbert Crump* in Paris heraus. Da Lewisohns von ihm getrennt lebende Frau jedoch mit einer Verleumdungsklage drohte, verzögerte sich der Vertrieb des Buches in den USA bis 1947. Als der Roman schließlich doch erschien, errang er zwar einen Achtungserfolg, geriet jedoch alsbald in Vergessenheit, bis auf eine gekürzte Taschenbuchausgabe unter dem neuen Titel *The Tyranny of Sex*, von der mehr als eine Million Exemplare verkauft wurden, was aber zum literarischen Ansehen des Romans nichts beitrug.

Als ich ihn las, merkte ich sofort: Was dem Roman in Amerika den Weg versperrt hatte, war Lewisohns schwülstiger spätviktorianischer Stil. »Ihre kraftlose Dünkelhaftigkeit offenbarte nur umso grotesker ihre innere Trägheit«, lautet ein typischer Satz. Mehrfach wird das »himmlische berauschende Götterblut« des Protagonisten beschworen. Wenn Lewisohn sich von diesem Ton befreit, tritt ein misstönender Realismus an seine Stelle, der sich aus Crumps teuflisch detailliertem Hass auf seine Frau speist. Jetzt begriff ich, was in Solanges Gedächtnis haftengeblieben war – eine Art tödlicher Feindschaft, wie sie sich etwa bei Strindberg findet. »Musste man still dasitzen und zusehen, wie dieser höllische Schmutz durchsickerte und alles Schöne, Gute, Edle und Wahre bespritzte, vergiftete und erstickte?« Lewisohn hatte das Pech, fünfzehn Jahre vor der »Verlorenen Generation« geboren worden zu sein, deren Autoren seine Prosa auf der Stelle obsolet machten.

Ich war enttäuscht und sonderbar traurig wegen der vierzig Bücher, die Lewisohn veröffentlicht hatte: fünfzehn Romane und mehrere Bände mit autobiographischen und kritischen Schriften, dazu noch Essays gegen den Würgegriff der angelsächsischen intellektuellen Aristokratie, wie Lewisohn es auffasste, und gegen die sexuelle Repression durch den Puritanismus. Er hatte ein Bewusstein, das sich selbst akribisch genau aufzeichnete – und dann verschwand.

Ein paar Tage später kam mit der Post eins von Sam Levensons Büchern. Es hieß *In One Era & Out the Other* – »Ein Zeitalter endet, ein anderes beginnt«.

»Alles, was ich an Romanen hasse«

Die Nachricht von Ted Solotaroffs Tod im Alter von achtzig Jahren am 8. August 2008 versetzte mich in meine Jugendzeit Ende der Sechziger zurück, als ich in den ersten Ausgaben der von Solotaroff herausgegebenen *New American Review* las. Ich stand in einem Buchladen, wo sie einen Ehrenplatz auf den Büchertischen gleich am Eingang hatten.

Solotaroff hatte die zündende Idee, das Magazin als billiges Taschenbuch für den Massenmarkt zu publizieren, was ihm ein entspanntes, täuschend beliebiges Aussehen verlieh. Anders als *Commentary* oder *Partisan Review* war ihm nicht so sehr an Polemik gelegen, auch nicht an Agitprop oder Beat-Erotika wie etwa *Evergreen Review*, seinem Hauptrivalen. *New American Review* hatte ein feines Gespür für den Zeitgeist; man las es, so wie man ein Gespräch auf einer interessanten Party belauschte, in der Hoffnung, sich in die Unterhaltung einklinken zu können. Solotaroff war ständig auf der Suche nach neuen Geldgebern und beharrte allen gegenteiligen Beweisen zum Trotz darauf, dass es für diese Art offenen Literaturmagazins eine breite Leserschaft gebe. Er veröffentlichte Teile von *Portnoys Beschwerden*, bevor ein Roman daraus wurde, und verschaffte seinen Lesern früh Einblick in Kate Milletts *Sexus und Herrschaft*. E. L. Doctorows *Ragtime* wurde im *NAR* in Fortsetzungen abgedruckt, und 1973 stellte das Magazin Ralph Ellisons Kurzgeschichte »Cadillac Flambé« vor, die als ein Kapitel aus Ellisons »fast abgeschlossenem« zweitem Roman ausgegeben wurde (der bekanntermaßen nie vollendet worden ist).

Nach ein paar Jahren strich Solotaroff das »New« aus dem Titel, und 1977 kündigte er an, das Magazin sei am Ende. Statt

»Wegbereiter« zu sein, gehe es nur noch um »eine Art Hinhaltetaktik«, sagte er. »In zehn Jahren hat man seine Ideen so ziemlich umgesetzt und all seine Emotionen durchlebt.«

Anfang der achtziger Jahre wurde Solotaroff, der damals Lektor bei Harper & Row war, von einer seiner Autorinnen mein Roman empfohlen. Schon nach einer Woche hörte ich von ihm. Ein Schreiben im Briefkasten: »Dieses Manuskript repräsentiert alles, was ich an Romanen hasse. Viel Glück bei Ihren Bemühungen, eine Heimat dafür zu finden.« Es war, als hätte einem der Gastgeber einer Party ein Getränk ins Gesicht geschüttet, kaum dass man zur Tür hereingekommen ist. Die Freundin, die den Roman empfohlen hatte, schien von der Antwort ebenso betroffen wie ich, als färbe das negative Urteil auf sie ab. Vielleicht fürchtete sie, bei ihr sei eine Geschmacksverirrung bloßgelegt worden. Ich hegte den Verdacht, dass Solotaroff seine heftige Abneigung gegen mein Manuskript näher erläutert hatte, aber sie wollte nicht darüber reden, vermutlich um mir weitere Schmerzen zu ersparen. »Du hast ein Buch geschrieben, das packend genug ist, um ihn zu verstören«, sagte sie – wohl das zweifelhafteste Kompliment, das mir je gemacht worden war. »Normalerweise steht in seinen Absageschreiben nur: ›Danke, aber nicht mein Ding.‹ Du hast ihm ein Ding mit Giftwirkung vorgelegt.«

Monatelang versuchte ich, den Sinn der Wendung »alles, was ich an Romanen hasse« zu ergründen. War es der Stil, die Handlung oder etwas Unkorrigierbares wie der Wesenskern des Autors selbst? Vielleicht hatte ihn die Figur des Vaters abgestoßen, seine Launenhaftigkeit und sein Hang zur Selbstinszenierung, oder die Politik eines seiner Söhne – ein radikaler Idealist mit zarter Konstitution, einem Märtyrerkomplex und einer mystischen Ader, die Solotaroffs vernünftiger Weltanschauung ganz offensichtlich zuwiderlief. Ich spielte mit dem Gedanken, einen Termin mit ihm auszumachen, um ihn um eine Erklärung zu bitten, aber welchen Sinn sollte es haben, ihn zu einer weiteren Kränkung zu provozieren? Ich wäre nur einer von vielen Autoren gewesen, die sich ungerecht behandelt fühlten.

Ich suchte nach Hinweisen in Solotaroffs Essayband *The Red Hot Vacuum and Other Pieces on the Writing of the Sixties.* Das »Vakuum«, erklärte er, sei durch leeres literarisches Getue entstanden, »eine Art fieberhafter ›Geistesanwesenheit‹ und Selbstbespiegelung« unter amerikanischen Schriftstellern, »einen leidenschaftlichen Stil, gepaart mit Inhaltsleere«. Nach meinem Dafürhalten haftete seinem Geschmack eine gewisse Ambivalenz an: nostalgische Gefühle für die formale Radikalität der Clique um den *Partisan Review* und eine vage Abneigung gegen die neue Literatur, der er auf den Weg geholfen hatte. Mit seinen komplizierten Einwanderervätern und ihren Söhnen musste mein Roman veraltet auf ihn gewirkt haben, eine Geschichte jüdischer Randständigkeit, die zumindest in Amerika passé war.

Mitte der neunziger Jahre jedoch veröffentlichte Solotaroff einen Artikel über die Ironie, die darin bestand, dass er sich an einem Buch versuchte, das er als Lektor abgelehnt hätte, weil es sich nur schwer verkaufen ließ. Seine Stelle im Verlag hatte er gekündigt, um an einer »oft erzählten Geschichte über zwei aus Osteuropa eingewanderte Familien und eine jüdische Kindheit und Jugend in den USA der dreißiger und vierziger Jahre« zu arbeiten. »Ich bin ausgeschieden, weil ich es mir nicht leisten konnte, dass ein Teil meines Verstandes zum anderen sagte: ›Komm schon, Ted, wer kümmert sich noch um so altmodisches persönliches Zeugs?‹ Oder: ›Wer soll dieses Buch überhaupt kaufen?‹ – in dem Beruf, den ich gerade hinter mir gelassen hatte, die alles entscheidende Frage.«

Als ich von seinem Ableben erfuhr, holte ich das betreffende Buch hervor, ein Band Kindheitserinnerungen mit dem Titel

Truth Comes in Blows, der Blick eines Jungen auf seinen tyrannischen, unberechenbaren und gewalttätigen Vater. Als ich darin las, war ich erstaunt über die Parallelen zwischen seiner Erziehung und meiner eigenen, die sich trotz eines Altersunterschieds von fünfundzwanzig Jahren ergaben. Vielleicht hatte auch Solotaroff diese Ähnlichkeiten erkannt, als er meinen Roman ablehnte. Sein Vater Ben war Glaser. Er schnitt das Glas in seiner ungeheizten Werkstatt zurecht, und zerbrochene Schaufenster löste er sehr sorgfältig aus ihren Rahmen, um die verwertbaren Reste nicht zu gefährden. Genauso hatte sich mein Vater auf seinem Schrottplatz Altmetall gesichert. »Meine Gefühle für ihn waren wie ein Hochgeschwindigkeitsfahrstuhl, entweder waren sie träge, oder sie schossen nach oben zum Zorn oder nach unten zum Mitleid«, schreibt er.

Ben Solotaroff ärgerte sich über jedes bisschen, das er seinem Sohn schenkte, rackerte sich ab und fühlte sich stets übers Ohr gehauen. »Dich werde ich ein für alle Mal brechen«, sagte er zu ihm. Er genehmigte sich kostspielige Soloreisen, und beim Abendessen beanspruchte er immer das zarteste Steak oder das Bruststück vom Huhn, »dann schob er die Servierplatte hinüber zu Mom, die die Reste zerteilte. ›Esst Brot, Kinder‹, sagte er. ›Stopft euch nicht mit Fleisch voll.‹«

Um sich von seiner Familie zu lösen und »etwas zu werden«, musste Ted, »wie Tschechow es ausdrückte, den Sklaven tropfenweise aus sich herauspressen«. Als er seinen Vater tot in seinem Haus in New Jersey auffand, dachte er: »Der Tod, den ich herbeigewünscht hatte [...], war eingetreten. Der Rest war nur ein Leichnam, um den ich mich kümmern musste.«

Ich fragte mich, ob in meinem Roman nicht etwa der radikale Sohn, sondern dessen konservativer Bruder diejenige Figur war, gegen die Ted die größte Abneigung empfand. Der Bruder hatte genau das getan, was weder Ted noch ich getan hatten – pflichtbewusst war er in das väterliche Geschäft eingestiegen.

Vor etwa fünf Jahren war ich Solotaroff auf einer Party begegnet. Er schien in sich gekehrt und angespannt. Beiläufig erwähnte ich das Ablehnungsschreiben. »Vor zwanzig Jahren, sagen Sie?« Er konnte sich nicht daran erinnern. »Vielleicht hat die Absage Sie stärker gemacht. Das A und O des Geschäfts ist Durchhaltevermögen. Wie viele Autoren habe ich erlebt, die nach ein paar anständigen Geschichten verlorengehen und verschwinden.«

Der Trost des Dunklen

Ich habe Aharon Appelfelds fesselnde und zugleich schwer fassbare Memoiren *Geschichte eines Lebens* über seine Kindheit während des Holocaust gelesen. Im Alter von sieben Jahren flüchtete er aus einem Nazi-Arbeitslager und überlebte sechs Jahre lang mutterseelenallein in den ukrainischen Wäldern. Er durchstöberte Abfall nach Nahrung und erledigte im Tausch für ein Nachtlager hin und wieder kleinere Arbeiten für die Bauern der Umgebung. Mit dem holprigen Ukrainisch, das er aufgeschnappt hatte, gelang es ihm, sich als einen der Ihren auszugeben, indem er vortäuschte, seine Eltern seien bei einem Luftangriff ums Leben gekommen.

»Schon mehr als zwanzig Bücher habe ich über diese Jahre geschrieben. Es gibt Momente, da glaube ich, ich hätte noch gar nicht begonnen«, schreibt Appelfeld. »Bei [Kindern] ist die Erinnerung ein Reservoir, das nie leer wird.«

Und doch sah er sich nicht imstande, über die Details dessen zu schreiben, was sich wie ereignet hatte. »Was bei diesen Bemühungen herauskam, war ein Gewirr von Wörtern, genauer gesagt: falschen Wörtern, ein misslungener Rhythmus, zu schwache oder übertriebene Bilder.«

Ich hatte Appelfelds Buch zur Hälfte gelesen, als in den Nachrichten über eine in Massachusetts lebende Belgierin berichtet wurde, die ihre Memoiren über eine Kindheit als jüdisches Mädchen, das während des Zweiten Weltkriegs quer durch Europa geirrt sei, frei erfunden hatte. Während ich Appelfelds authentische Geschichte las, musste ich immerzu an die gefälschte denken. *Misha. A Mémoire of the Holocaust Years* kam vor elf Jahren bei Mt. Ivy Press, einem kleinen Verlag in

Neuengland, heraus. Das mit einer Empfehlung von Elie Wiesel versehene Buch wurde in achtzehn Sprachen übersetzt und diente als Vorlage für eine italienische Oper. Im Januar 2008 kam in Frankreich ein auf dem Buch basierender Film zur Uraufführung, *Survivre avec les loups.* In dieser Geschichte wandert die siebenjährige Misha Defonseca auf der Suche nach ihren deportierten Eltern von Brüssel aus in die Ukraine. Unterwegs macht sie im Warschauer Ghetto halt, das sie wieder verlässt, indem sie über eine Mauer klettert. Sie ersticht einen Nazi, der sie vergewaltigen wollte, und wird auf ihrer Reise durch die Wälder von einem Wolfsrudel geschützt.

Als einige Leser auf Ungenauigkeiten im Buch hinwiesen (so werden Mishas Eltern im Frühjahr 1940 verschleppt, siebzehn Monate bevor die Deportation belgischer Juden begann) oder die Glaubwürdigkeit ihrer bezaubernden Geschichten über Wölfe anzweifelten, wurden sie als Holocaust-Leugner beschimpft. Vera Belmont, die Regisseurin des Films, bezichtigte die Zweifler, sie seien »derselbe Menschenschlag, der die Existenz von Konzentrationslagern anzweifelt. Alles, was sich während des Holocaust ereignete, ist unglaubhaft und unbegreiflich.« Als Belmont erfuhr, dass Misha Defonseca in Wirklichkeit Monique De Wael hieß, Katholikin war und gestanden hatte, die Memoiren gefälscht zu haben, entgegnete sie: »Ob wahr oder nicht, es ist eine wunderbare Geschichte.«

De Wael wiederum warf ihrer Verlegerin vor, sie zur Veröffentlichung des Buches überredet zu haben. »Sie sorgte dafür, dass ich glaubte, und so glaubte ich«, sagte sie. »Die Geschichte von Misha ist nicht die wirkliche Realität, aber das war meine Realität, meine Methode, zu überleben.« Sie sagte, ihre Eltern seien belgische Widerstandskämpfer gewesen und von den Nazis ermordet worden. »Seither fühlte ich mich als Jüdin und schuf mir ein anderes Leben, ein Leben fern von den Menschen, die ich hasste.«

Am folgenden Tag, dem 4. März, enthüllte die *New York Times* ein weiteres »Plagiat des Traumas anderer Menschen«, wie Daniel Mendelsohn diese Fälle nannte: *Love and Consequences. A Memoir of Hope and Survival* von Margaret B. Jones. Jones präsentiert sich als Pflegekind »halb indianischer, halb weißer« Herkunft, das, mit seinen Habseligkeiten in einem Müllsack, von einem Elendsquartier ins nächste gesteckt wird. Mit acht Jahren wird ihr während der gewalttätigsten Periode der Bandenkriege der achtziger Jahre ein permanentes Zuhause bei einer Frau namens »Big Mom« und ihrer schwarzen Familie in South Central Los Angeles zugewiesen. Wie bei De Waels Phantasiegespinsten fiel mir die Fülle von Einzelheiten auf, in die die Verfasserin ihre seelentötenden Kindheitsjahre verpackt. Im Gegensatz dazu hat man bei Appelfelds Memoiren den Eindruck des Gedächtnisverlustes.

Die Rezensenten staunten über die »Bande der Liebe und der Loyalität«, die in Jones' Geschichte beschrieben werden, und lobten deren »herzkribbelnde« Qualitäten, Zärtlichkeit und Poesie sowie den »Standpunkt der Ernährerin«. Aber geben gewaltsame Todesfälle und Trauer wirklich Anlass zu Poesie und Herzkribbeln? Wenn unaussprechliche Akte des Missbrauchs dem Opfer die Gelegenheit zu einer gesteigerten Heilserfahrung und aufwühlender Prosa bieten, dann kann die Gesellschaft, die missbraucht, doch gar nicht so schlimm sein. Vielleicht nehmen Leser und Verleger deshalb die Opferrolle als ein eigentümliches Privileg wahr, als ein Mittel zur Erlangung emotionaler Transzendenz. Dem Opfer wie dem Sünder wird die Chance der Neugeburt geboten.

Als Margaret Jones mit der Tatsache konfrontiert wurde, dass sie in Wahrheit Margaret Seltzer war, in einer begüterten Vorstadt aufwuchs und eine episkopalische Privatschule besuchte, hielt sie wie De Wael ihren Glauben an die Berechtigung ihres Phantasie-Ichs aufrecht. Als das einzige »weiße Mädchen«, das bei Big Mom im Ghetto lebte, genoss sie eine untadelige Identität. »Es war meine Chance, denjenigen eine Stimme zu verleihen, denen die Menschen nicht zuhören«, sagte sie. »Ich hatte einfach das Gefühl, dass ich etwas Gutes bewirken konnte und dass es keine andere Möglichkeit gab.«

Appelfelds Memoiren brachten mich wieder auf den Trost des Dunklen. Neurologen haben herausgefunden, dass Kinder, anders als Erwachsene, nicht die Fähigkeit besitzen, Erinnerungen zu manipulieren, und Appelfelds Kampf, so wie er ihn darstellte, bestand darin, Worte für die vergrabenen Eindrücke seiner Kindheit zu finden. »Die Zellen des Körpers erinnern sich anscheinend besser als das Gedächtnis, das doch dafür bestimmt ist«, schreibt er. Orte, Individuen, spezifische Ereignisse sind vergessen. Chronologien gibt es nicht. Wörter »sind schwach, erbärmlich, und im Nu verfälschen sie«. Manchmal erscheinen ihm die sechs Kriegsjahre wie eine einzige lange Nacht. Nach dem Krieg hielt man ihn für stumm, aber er war ja auch fast stumm: »Das Reden fällt mir schwer, kein Wunder: Während des Kriegs wurde nicht geredet.«

In Israel, wo Appelfeld sich niederließ, verlangten die Menschen von den Überlebenden Augenzeugen- und Tatsachenberichte, nicht Poesie oder Geschichten. »*Livnot U'lhibanot.* – Baut und werdet wiedererbaut«, so lautete in den fünfziger Jahren der nationale Slogan. Geschichten, die tiefer reichten, hatten einen Beigeschmack von Sehnsucht nach Europa, jenem Europa, das der neue Staat aus dem Gedächtnis zu tilgen suchte. Appelfelds erste Schreibversuche galten Gedichten: »Ich sage ›Gedichte‹, doch in Wirklichkeit war es das Wimmern eines ausgesetzten Tieres, das sich in ermüdender Monotonie wiederholte.« Er versuchte, etwas aus sich herauszulocken, das er eigentlich noch stärker unterdrücken wollte, eine Art Seelensprache, die präzise genug wäre, das Schweigen wiederzufinden.

Als ich mit einem Freund über das Buch sprach, gab dieser eine Geschichte wieder, die Appelfeld ihm erzählt hatte. Nach dem Krieg entdeckte Appelfeld, dass aus Europa ein Mann seines Namens in Israel eingetroffen war. »Aharon suchte den Kibbuz auf, in dem dieser Appelfeld lebte, und fand seinen Vater auf einer Leiter wieder, wo er einen Apfelbaum ausputzte. Beide waren so erstaunt, dass sie monatelang nicht miteinander sprechen konnten.«

Als Appelfeld gefragt wurde, weshalb er die Geschichte nicht in seine Memoiren aufgenommen habe, antwortete er, er habe Angst gehabt, nie wieder ein Wort schreiben zu können.

Das letzte Wort

Das Schreiben von Memoiren ist ein kniffliges Unterfangen, nicht nur, weil das Genre in den letzten Jahren von denen, die es praktizieren, durch den Schmutz gezogen worden ist. Der Roman *Gegenleben* von Philip Roth etwa enthält die folgende Passage: »Doch befinden sich wiederum alle Blutsverwandten eines sich artikulierenden Künstlers in einer sehr befremdlichen Situation, nicht nur weil sie feststellen, dass sie ›Stoff‹ sind, sondern weil ihr eigener Stoff immer schon von jemand anders für sie artikuliert wird, der in seinem gefräßigen, voyeuristischen Verbrauch ihrer aller Leben zwar vorne liegt, aber eben nicht immer richtigliegt.«

Mit meinem Bericht über den manischen Zusammenbruch meiner Tochter Sally habe ich meine Familie in dieselben Schwulitäten gebracht. Bislang habe ich jeder der Hauptpersonen, mit Ausnahme Sallys, das Manuskript zum Lesen gegeben und ihre Zustimmung, wenn nicht gar ihren vorbehaltlosen Segen gesucht. Mein Bruder Steve, der seine eigenen emotionalen Schwierigkeiten hat, winkte ab, ohne den Titel auch nur eines Blickes zu würdigen. »Mikey, falls du die Wahrheit über mich erzählst, dann will ich es nicht lesen.«

Die meisten anderen schienen zu akzeptieren, was ich über sie geschrieben hatte, wenn auch nicht ohne einen Anflug von Verärgerung. Sallys Mutter Robin lobte das Buch mit einer gepressten Stimme, die ihre Einwände verdeckte. »Was für einen Sinn hätte das?«, fragte sie, als ich ihr versicherte, ich könne noch Änderungen vornehmen. Ich war froh, aus dem Schneider zu sein, und drang nicht weiter in sie. Es war naiv von mir, zu erwarten, dass Robin mein Bild von ihr teilen würde, so, wie es mit der kalten Aura des letzten Wortes auf Papier gedruckt stand.

Meine zweite Frau Pat machte ebenfalls Beschwerden geltend, obwohl sie auf keine spezifische Beleidigung verweisen konnte. Mein Vergehen bestand ganz einfach darin, ihrer aller Geschichte erzählt zu haben. Ich stellte sie mir in der Situation von Henry, Nathan Zuckermans Bruder, in *Gegenleben* vor: »[...] die Lektüre von Nathans Büchern erschöpfte ihn immer, als setzte er sich sehr lange mit jemandem auseinander, der einfach nicht fortgehen wollte.« Henry hat innerhalb der Familie die Rolle des Anständigen, Zuverlässigen, Umgänglichen inne, »während Nathan das Monopol auf die Worte hatte und die Macht und das Prestige, die damit einhergingen«.

Bis zur Veröffentlichung ist es nur noch ein paar Wochen hin, und ich habe ein Vorabexemplar des Buches an Sally auf der Spring Lake Ranch geschickt, der therapeutischen Einrichtung in den Green Mountains von Vermont, wo sie derzeit lebt. Ich hatte lange gezögert. Sally hatte mich darum gebeten, im Buch ihren wirklichen Namen zu benutzen, aber damals hatte sie den Inhalt noch nicht gekannt. Nichts lag mir ferner, als ihr Schaden zuzufügen, aber in gewisser Weise war schon der Akt des Schreibens Verrat: Ich gab ihre Psychose preis und zeichnete in allen Details auf, was auch schmerzlos unausgesprochen hätte bleiben können. »Ich habe fast alles vergessen, was in dem Sommer damals passiert ist«, erzählte sie mir. »Eine Art barmherziger manischer Amnesie, schätze ich.« Meine Beschreibung ihrer Person – ihr unkontrollierbarer Zorn, die grimmig zu sammengepressten Lippen und eine Stimme, die mich wie ein Pfeil durchbohrte – musste sie ja in diese schreckliche Zeit zurückversetzen. Schlimmstenfalls mochte sie einen neuerlichen manischen Anfall auslösen.

Bevor ich das Buch zur Post brachte, rief ich Sally an, um ihr mitzuteilen, dass es auf dem Weg sei. »Du klingst verängstigt«, sagte sie. Das bedeutete gewöhnlich, dass auch sie Angst hatte.

Ich hielt die Rede, die ich vorbereitet hatte: Mein Bericht sei die Rekonstruktion eines Ereignisses, das sich vor zwölf Jahren zugetragen habe, kein Porträt von Sally, wie sie heute sei. »Einiges davon könnte dich beunruhigen«, sagte ich.

Meine Warnung schien sie nur noch begieriger zu machen, das Buch zu lesen. Sie würde es rechtzeitig erhalten, um es übers Wochenende lesen zu können. »Am Montag komme ich zur Ranch, dann können wir darüber reden, wenn du es für nötig hältst«, sagte ich. Ein weiteres Exemplar schickte ich an Bridget, ihre Beraterin und die »Gruppenleiterin« auf der Ranch.

Sonntagabend, als Sally das Buch ausgelesen hatte, rief sie mich an. »Ich hatte das Gefühl, von einer anderen Person zu lesen, von einem fünfzehnjährigen Mädchen namens Sally, das durch die Hölle gegangen ist und die Einzige war, die's nicht gemerkt hat. Wie viele Menschen haben schon die Chance, sich selbst so genau unter die Lupe zu nehmen?« Nach einer kurzen Gesprächspause fuhr sie fort: »Heute Morgen sind die Kühe ausgebrochen. Alle haben die Panik gekriegt: Da verschwindet die Hälfte unseres Fleisches für den Winter! Zum Glück haben wir sie gefunden.« Sie bestand darauf, dass ich meine Besuchspläne fallenließ.

Ich war ungeheuer erleichtert, aber dann machte ich mir Sorgen, dass sie zu aufgeweckt, zu selbstsicher geklungen hatte. Ich stellte sie mir vor, wie sie mit ihrem nicht zu bändigenden bernsteinfarbenen Haar im Hauptgebäude stand und auf den riesigen Gemüsegarten und die abschüssigen Heufelder hinter einem Silberbirkengehölz hinausblickte. 1932 hatte Wayne Sarcka, ein finnischer Einwanderer, die Ländereien in der Absicht gekauft, eine utopische Rückzugsmöglichkeit für »die Verletzten und Verletzlichen« zu schaffen. Während des Ersten Weltkriegs hatte Sarcka in Mesopotamien mit britischen Soldaten zusammengearbeitet, die unter Kriegsneurose litten. Bei meinem letzten Besuch vor ein paar Monaten hatte die Schneeschmelze eingesetzt, und meine Schuhe waren bis zu den Knöcheln im Schlamm versunken. Sally hatte in der Mannschaft gearbeitet, die Ahornsirup produziert; der Saft lief durch eine Reihe von Schläuchen, die sich von einer Zapfstelle zur anderen schlangen wie eine Zaunlinie. »Die Leute witzeln, sie könnten die Patienten nicht vom Personal unterscheiden«, sagte der Mannschaftsleiter zu mir. »Was uns betrifft, könnte man uns gar kein größeres Kompliment machen.«

Als wir am nächsten Tag wieder miteinander telefonierten, war Sally schon kritischer. »Mom gegenüber bist du nicht fair gewesen. Du hast eine Art New-Age-Spinnerin aus ihr gemacht.« Sie fügte hinzu, Bridget, ihrer Gruppenleiterin, habe meine Verwendung des Wortes *»crack-up«* nicht gefallen. »Sie hat gesagt, sie findet das Wort misstönend. Harsch. Mich stört es nicht. Es ist einfach nur so, dass die Leute hier anders reden.«

Ich hatte diesen Einwand auch schon von anderen gehört. Ein Lektor hatte sich beschwert, *»crack-up«* sei »zu altmodisch, zu sehr Scott Fitzgerald«. Ein Schriftsteller, der einen Bericht über seine eigene Depression veröffentlicht hatte, erzählte mir, als er im ersten Absatz meines Buches auf diesen Ausdruck gestoßen sei, habe er alle Lust verloren, weiterzulesen. Ich versuchte zu erklären, warum ich mich von dem Wort *»crack-up«* so angezogen fühlte: Es deutete eine fragmentierte Psyche an, ein Ganzes, das zersplittert ist. Ich zog es dem Wort »zusammengebrochen« vor, das manchmal nicht mehr beinhaltet, als dass jemand in Tränen aufgelöst ist. »Psychische Erkrankung«, der Terminus, den fast jeder als korrekt akzeptiert, deckt sämtliche Störungen ab, die im *Diagnostic and Statistical Manual* der American Psychiatric Association aufgeführt sind, darunter verfrühte Ejakulation und cannabisinduzierte Störungen.

Ich schickte eine E-Mail an Bridget, die mir begeistert von Sallys Fortschritten auf der Ranch berichtete. »Sie hat sich Ihr Buch nicht so zu Herzen genommen, wie ich es befürchtet hatte. Sie sagt, sie wünscht sich, dass mehr Leute hier es lesen. Ich glaube nicht, dass das eine gute Idee ist. Sie kommt sich ein bisschen wie eine Berühmtheit vor. Es besteht die Gefahr, dass das Bild von der geistig erkrankten Sally das Bild von Gesundheit und Wohlbefinden überwältigt, das sie sich so mühsam erarbeitet hat und das sie nach außen projizieren zu können verdient.«

Was ihre Abneigung gegen das Wort *crack-up* betraf, so schrieb Bridget: »Zuerst dachte ich, o Mann, das wird eine schwierige Lektüre. Aber als ich weiterlas, wurde mir klar, dass es sich um eine Art Selbstgeißelung handelte: Sie haben das Wort benutzt, um sich zu einem Verständnis des Wandels zu zwingen, der über Ihre Tochter gekommen war. Ihr Bericht war Ihre ganz persönliche Art, auszuatmen.«

Als ich wieder mit Sally telefonierte, sagte sie: »Vergiss das Buch endlich. Ich hab dir doch gesagt, dass ich es sehr gern gelesen habe. Ich muss mich beeilen. Sonst komme ich zu spät zur Arbeit.«

Die Autorenbörse

Seit der Veröffentlichung meines Buches vor ein paar Wochen hat sich die tägliche Routine am Sperrholzschreibtisch in der Ecke meines Schlafzimmers in der West 108th Street von Grund auf geändert. Als Erstes ist da die Autorenbörse Amazon. Es ist mir nicht klar, ob es der Wunsch nach Ermutigung oder der Hang zur Selbstquälerei ist, der mich dazu treibt, mehrmals am Tag meine Arbeit zu unterbrechen, um den Stand der Verkaufszahlen zu überprüfen. Der Verkaufsrang wird alle Stunde auf den neuesten Stand gebracht, das stets fluktuierende Verdikt eines riesigen offenen Marktes unsichtbarer Käufer, von denen jeder vor seinem persönlichen Amazon-Bildschirm sitzt und darüber nachdenkt, ob er die Option »Einkaufswagen« anklicken oder mein Buch zugunsten eines anderen übergehen soll. Selbst wenn die Platzierung des eigenen Buches um ein paar Ziffern nach oben rückt, fühlt man sich doch wie das Insekt in dem Film *Antz*, das sich darüber beschwert, das mittlere in einer Familie von Millionen Kindern zu sein.

Die Sache wird nicht besser, wenn Kunden, die das Buch gekauft haben, sich die Mühe machen, ein Urteil darüber abzugeben. »Bewusste Anpassung an den Publikumsgeschmack«, so liest sich die neueste Rezension meines Berichts über den Kampf meiner Tochter mit einer psychischen Erkrankung. »Verschwenden Sie nicht Ihr Geld«, warnt eine andere Rezension. »Solche Geschichten höre ich jeden Tag in der U-Bahn.« Ein Leser ist verärgert über die Art, wie sich der »glücklose Erzähler« von »herrschsüchtigen Frauen verbal herumschubsen lässt, die meist wie Göttinnen dargestellt werden, aber nicht unverhohlen, sondern so, dass sich die Bilder unterschwellig einprägen«.

Als ich eben dabei bin, mir die Amazon-Sucht abzugewöhnen, ist es an der Zeit, zu einer einwöchigen Lesereise an die Westküste zu fliegen. Erste Station ist Laguna in Südkalifornien, wo ich etliche Minuten brauche, um zu merken, dass ich mich tatsächlich in einem Buchladen befinde. Die Regale sind vollgestopft mit Tragetaschen, Kalendern, Grußkarten, Plüschtieren, Schneekugeln aus Plastik und Süßigkeiten für Weihnachten, obwohl es erst September ist. Die Veranstalterin, eine gutwillige junge Frau mit orangefarbenem Haar und einem dicken Goldring in der Nase, führt mich hinauf in die zweite Etage, wo die Bücher ausliegen. »2008 sind wir zur besten unabhängigen Buchhandlung gewählt worden«, sagt sie, »wegen all der Accessoires, die wir führen. Nur so können wir überleben.«

Fünf Zuhörer erscheinen zu der Lesung, unter ihnen eine ältere Frau, die die gesamte Zeit damit verbringt, aus einem Santa-Claus-Becher, der im Erdgeschoss verkauft wird, zu trinken und in einem Buch mit dem Titel *Dewey und ich. Die wahre Geschichte des berühmtesten Katers der Welt* zu lesen. Es handelt von einem Kätzchen, das jemand in einer kleinen Stadtbücherei in Iowa im Kasten für zurückgegebene Bücher deponiert hat und das jetzt das Leben der Bibliothekarin bereichert.

Mein Hotel ist unangemessen luxuriös, es wimmelt von umherstreifenden Callgirls, extravaganten Blumengestecken, marmornen Beistelltischen und mir vage bekannten Berühmtheiten, die aus einer Prozession von chauffeurgesteuerten Limousinen klettern. Eine Frau mit einer Eva-Perón-Frisur reicht mir ein gefülltes Champagnerglas und einen Gutschein für eine dreißigminütige Gesichtspflegebehandlung im Schönheitszentrum des Hotels. Ich kann die Bücher, die ich in Laguna verkauft habe, an einem Finger abzählen und frage mich, in welchem Verhältnis die Verkaufszahl zu den sich summierenden Kosten steht.

Am nächsten Morgen gebe ich einer Rock-'n'-Roll-Rundfunkstation, die aus dem San Fernando Valley sendet, von meinem Zimmer aus ein Telefoninterview. »Das muss ich erst mal in meinen Kopf kriegen«, sagt Tommy, der Talkmaster. »Eines Morgens wachst du auf, und deine Tochter ist total von der Rolle? Das ist scharf, Mann. Erzähl mal, was passiert ist.« Ich setze zu einer Erklärung an, als Tommy schnauzt: »Dabei müssen wir's belassen«, und mich mit einem Sperrfeuer von Reklame für Autoreifen, Hypotheken, Grabstätten und Kfz-Versicherungen aus der Sendung wirft.

Am späten Nachmittag bin ich auf der kleinen Insel Alameda in der Bucht von San Francisco, ein auf skurrile Weise attraktiver Ort, der für sich in Anspruch nimmt, in den zwanziger Jahren, als er ein beliebtes Ausflugsziel für die Einwohner von San Francisco war, das Eis am Stiel und die Kewpie-Puppe erfunden zu haben. Es ist der Abend der ersten Präsidentschaftsdebatte, und um sie mir anzusehen, schlendere ich hinüber zum Hauptquartier der Democratic Party in Alameda, einem engen, schlecht belüfteten Ladenlokal abseits der Hauptstraße, in dem sich eine lärmende Menschenansammlung drängt. Die Debatte wird undeutlich auf ein verknittertes Bettlaken an der hinteren Wand projiziert und ähnelt eher einem Stummfilm, denn jede Äußerung geht in einem Schwall von Zischen oder Hochrufen unter. Ich freunde mich mit dem Mann an, der neben mir steht. Er ist Kapitän eines Schleppdampfers und verkündet der versammelten Gesellschaft mit dröhnender Stimme, dass ich nach der Debatte in der Buchhandlung um die Ecke eine Lesung abhalten werde. Dort komme ich mit Dutzenden von Obama-Fans an, die vor Begeisterung darüber, wie gut sich ihr Kandidat geschlagen hat, geradezu glühen und, wie es scheint, darauf brennen, meine Geschichte zu hören.

Der letzte Termin ist in Sonoma County, achtzig Kilometer nördlich von San Francisco, einer Weinbauregion und Zentrum der amerikanischen Nahrungsmittelrevolution – »einheimische Produkte, kunstvoll zubereitet«. Zum Abendessen Austern auf einem wackeligen Bett aus Pastinaken-Wasabi-Püree, als Beilage Succotash aus Drachenzungenbohnen, begleitet von »Zen«-Musik aus der Konserve. Morgens um 7.30 Uhr ein Hotelfrühstück, das mich in Angst und Schrecken versetzt: Butternusskürbisscheibchen mit Ziegenkäse von Laura Chenel, *beurre noisette aux groseilles* und glasierte Karotten. Der Kellner zählt jede Zutat einzeln auf und befiehlt mir »Guten Appetit«.

Die Lesung findet in einem hübschen Buchladen in Petaluma, der »Hähnchenhauptstadt von Amerika«, statt. Die Landschaft ist gelb-braun und wie kahl geschoren. Hinterher lädt mich ein Mann mit einer Orson-Welles-Stimme und einem Harvard-Abschluss zu einem Drink in der Bar auf der anderen Straßenseite ein. Er erzählt mir, dass er in einer japanischen Frauenzeitschrift eine Kolumne zum Thema »Orakelkunst« schreibt. Sein Hauptinteresse gilt den Runen, einem altnordischen Alphabet, das sich aus Felszeichnungen der zweiten Bronzezeit entwickelt hat und als »Richtschnur für Schamanen und Stammesführer in ganz Europa« verwendet wurde.

Er reicht mir ein Buch, das er verfasst hat, eine Sammlung von »Runenweisheiten« mit einem Spruch auf jeder Seite, »ein Buch der Wandlungen wie das *I Ging*, aber mit stärkerer Betonung auf dem spirituellen Leben als auf politschem Erfolg und Macht«.

Er blättert in dem Buch und schlägt willkürlich eine Seite auf. »Nähre deinen Glauben, und du wirst reichlich genährt werden; nähre deine Zweifel, und sie werden dich darben lassen.« Er balanciert das Büchlein auf der Handfläche wie ein Mann, der einen Kartentrick vorführt, und fordert mich auf, selbst eine Seite auszuwählen. Ich wähle eine, und er liest laut vor, mit einem theatralischen und auf einmal irisch gefärbten Akzent. »Du stehst im Winter des sprirituellen Lebens. Möglicherweise findest du dich in eine Situation verwickelt, gegen deren Folgen du faktisch blind bist. Unter Umständen fühlst du dich zu machtlos, um irgendetwas zu tun, außer einem langgehegten Wunsch zu entsagen, ihn aufzugeben oder gar zu opfern.«

Mein neuer Feund macht eine Kunstpause, damit mir die Bedeutsamkeit des Orakels auch richtig bewusst wird, dann fragt er mich nach meinem Verkaufsrang bei Amazon.

Aufnahmekabine

Um eine Hörbuchfassung meines Buches aufzuzeichnen, das vom Sommer des Wahnsinns in meiner Familie handelt, habe ich letzte Woche zweieinhalb Tage in einer Aufnahmekabine von der Größe eines Wandschranks verbracht. Am Abend vor dem ersten Tag rief mich der Studioleiter an, um mich zu warnen, ich solle keine raschelnden Kleidungsstücke tragen und auf meinen Morgenkaffee verzichten. »Der könnte Magenknurren verursachen. Das Tonsystem fängt selbst das leiseste Fremdgeräusch ein.« Seine Stimme war kultiviert und angespannt höflich, seine Aussprache beeindruckend deutlich, als verfolge sein Anruf zumindest teilweise den Zweck, mir Anhaltspunkte für eine gute Diktion zu vermitteln.

Meine Hauptsorge war der Husten, den ich nicht loswerden konnte. Ohne Vorwarnung schüttelte er mich mit Krämpfen, die eine ganze Minute oder länger andauern konnten. Wenn schon das Rascheln von Stoff störend war, wie würde sich dann erst dieses trockene Bronchialgebell auswirken? Ich beschloss, für alle Fälle mit einer Flasche kodeinhaltigen Hustensafts bewaffnet zur Aufnahme zu kommen, so wie ein Säufer mit seinem Muskateller.

Im Studio begrüßte mich ein kleiner, kräftiger, breitschultriger Mann um die sechzig: David Rapkin, der Leiter, mit dem ich am Telefon gesprochen hatte. Er erklärte mir, Ziel sei es, »dem Zuhörer das Gefühl zu geben, bei der Bedeutung der Worte präsent zu sein, sodass er ein transparentes Verhältnis zum Text hat. Er vergisst, dass er zuhört, und erlebt die Geschichte einfach.« Mir fiel die angedeutete Theatralik seiner Vortragsweise auf, die musikalisch und überlaut zugleich war. Vielleicht sollte lieber *er* mein Buch aufnehmen, dachte ich.

Er hatte die Sitzung sorgfältig vorbereitet, zweimal mein Buch gelesen, ein Personenverzeichnis, einen Zeitplan und eine Gliederung der Hauptszenen erstellt. In Bezug auf meine Tochter sagte er: »Ich glaube, wenn Sally spricht, wäre es ein Fehler, sie mit anderen als mit ihren eigenen Augen zu sehen.«

Mir kam der Gedanke, dass er für den Augenblick besser mit dem Material vertraut war als ich. Mein Impuls war, das Material zu vergessen. Am Vorabend hatte ich versucht, das Buch noch einmal durchzuackern, war aber schon nach wenigen Seiten gescheitert. Indem ich gewissermaßen aus dem Stegreif sprach, hoffte ich, dem Text jene Spontaneität verleihen zu können, die unzählige Überarbeitungen und die Langeweile des Redigierens mir ausgetrieben hatten.

Ich nahm meinen Platz in der Kabine ein und sah hinaus zu David und dem jungen Toningenieur auf der anderen Seite der Glasscheibe. Ich bildete mir ein, ihr Widersacher zu sein, das Hindernis, das ihnen bei der problemlosen Durchführung einer von Hunderten von Aufgaben, die sie zu bewältigen hatten, im Weg stand. Als man mir das Zeichen zum Einsatz gab, begann ich zu lesen, mit der zögernden Stimme eines Mannes, der sich ein unerreichbares Ziel gesetzt hat. Von dieser Warte aus wirkte David geradezu explosiv, wie er über den Text gebeugt dasaß, jedes meiner Worte überwachte, darauf achtete, dass ich nicht »vom Text« abwich, und meinen Atem kontrollierte, meine herausplatzenden P's, meine Überzeugungskraft, meinen Redefluss.

Als er hörte, wie belegt meine Stimme war, gab er mir eine starke Halspastille namens VocalZones zu lutschen, die von Opernsängern geschätzt wird und die, wie er behauptete, nur von einer einzigen Apotheke in ganz Manhattan bezogen werden konnte. »Das ist, als würde man mit einem Eisberg auf den Kopf geschlagen«, sagte er.

Ein paar Seiten später fing mein Magen an zu knurren, was in der mit Schaumgummi verkleideten Kabine wie Donnerhall klang. Ich hatte Davids Warnung ignoriert und vor dem Verlassen der Wohnung zwei Tassen Kaffee getrunken. Er gab mir ein Zeichen, aus der Kabine zu kommen, und drückte mir eine Banane in die Hand. »Essen Sie sie langsam.«

Damit war zwar dem Magenknurren abgeholfen, doch bald danach unterbrach er mich schon wieder. Angeblich hörte ich mich »klebrig« an. Diesmal holte er einen grünen Apfel aus seiner Tasche hervor. »Nehmen Sie fünf oder sechs Bissen. Kauen Sie, solange Sie können. Das einzige Mittel, das hilft.«

Dann erlitt ich einen neuerlichen Hustenanfall und nahm verstohlen einen Schluck von meinem kodeinhaltigen Sirup.

Das war ein Fehler. Die Buchstaben auf der Seite begannen sich neu zusammenzusetzen wie die Informationen auf der Anzeigetafel eines Bahnhofs. Mein New Yorker Akzent wurde immer ausgeprägter. Es war, als tastete ich mich durch eine fremde Sprache, ich verstümmelte Wörter, geriet auf halbem Wege durch einen Satz ganz außer Atem, entnervt von der Kluft zwischen dem Klang der Sprache in meinem Kopf und der objektiven Tonqualität, wie sie auf der anderen Seite der Glasscheibe an Davids Ohren drang. Wie oft ich es auch versuchte, ich war nicht in der Lage, das Wort »*accompanying*« auszusprechen, und nach zehn nervös hingestammelten Anläufen änderte ich es einfach in »*escorting*« um.

»Kontrollieren Sie Ihren Atem«, riet David. »Sprechen Sie langsamer. Und machen Sie sich keine Sorgen – wenn es um Aussprache geht, bin ich wie ein Hund mit einem Knochen.«

Am späten Nachmittag war ich so weit, dass ich für jeden Satz automatisch eine zweite Version mit einer leicht variierten Intonation lieferte, um den Produzenten Alternativen an die Hand zu geben, unter denen sie später wählen konnten.

»Hören Sie auf, selbst Regie zu führen. Das behindert den Aufnahmeprozess«, sagte David ärgerlich. Und damit war unsere erste Sitzung zu Ende.

Es stellte sich heraus, dass wir in derselben Gegend wohnten, und wir kamen überein, uns ein Taxi stadtaufwärts zu teilen. Als Antwort auf meine ängstlichen Fragen versicherte mir David, die Arbeit dieses Tages sei »prima« gelaufen. Ich erkannte in ihm jene besondere Art von Weltläufigkeit, die Bewohner Manhattans, die in den vierziger und frühen fünfziger Jahren erwachsen wurden, an den Tag legen: ein widersprüchliches Gespür für das Hintergründige, das Absurde und das Anarchische, dazu die ererbte Exaktheit des Einwanderers. Er hatte in den achtziger Jahren zu produzieren begonnen, kurz nachdem der Kassettenrekorder von Norelco Hörbücher zu einem entwicklungsfähigen Geschäft hatte werden lassen. »Mein erstes Hörbuch war 1985 Elmore Leonards *Glitz*. Einer der besten Dialogschreiber seiner Zeit.« David war stolz auf sein feines Gehör für Dialekte und Akzente, auf seine Sensibilität für sprachliche Ticks und unbewusste Sprechmuster. Mehrere davon hatte er bei mir entdeckt und sie jedes Mal in demselben geduldigen und neutralen Tonfall korrigiert.

Der Taxifahrer setzte uns am Broadway ab, und David ging in einen Laden, um eine Schachtel Zigaretten zu kaufen. Hinter dem Tresen unterhielten sich zwei Männer in einer sonderbaren Sprache. Nachdem er aufmerksam zugehört hatte, äußerte David die Vermutung, dass sie Paschtu sprachen, was ihm erfreutes Händeschütteln und mehrere Streichholzbriefchen gratis einbrachte.

Am nächsten Tag leitete er mich an, jeder meiner Figuren einen ganz eigenen Sprechstil zu geben; in einem Fall soufflierte er mir Satz für Satz einen fehlerfreien deutschen Akzent. Als wir die Aufnahme beendet hatten, gestand er mir, er leide unter einem machtvollen Hang zu Wortspielen und habe Mühe, diesen zu zähmen, denn Wortspiele seien »unsozial«: »Sie spielen mit dem Verstand der Menschen und nötigen sie zu einem Wortbewusstsein, das jeden Gesprächsfluss unmöglich macht.« Dies war der Preis, den er für seine helle Freude am Klang des gesprochenen Wortes zu entrichten hatte.

Ich äußerte, dass diese Art von Sprechfähigkeit mit bestimmten Formen der Psychose verbunden sei. »Ich weiß«, erwiderte er. »Meine Schwester war schizophren. Das ist mit ein Grund, weshalb ich an Ihrem Buch arbeiten wollte.« Dann wiederholte er, was ich mir, als ich an meinen Erinnerungen schrieb, selbst schon oft gesagt hatte: »Ich wollte Sie nur aus dem Weg haben, damit die Geschichte sich selbst erzählen kann.«

Betteln, Borgen, Stehlen

In der Grundschule hatte ich einen ultraorthodoxen Lehrer, der unseren Kunstunterricht beanstandete, da dieser gegen das zweite Gebot Gottes verstoße: »Du sollst dir kein Bildnis machen, keinerlei Gleichnis, weder des, das oben im Himmel, noch des, das unten auf Erden, noch des, das im Wasser unter der Erde ist.« Das Gebot wandte sich gegen die alte ägyptische Sitte, Statuen anzubeten; es war ein politisches Edikt, das seine Bedeutung an dem Tag einbüßte, als die Römer vor siebzehnhundert Jahren die letzten ägyptischen Tempel schlossen. Der Lehrer erklärte uns, das Gebot sei ein spiritueller Schutz vor der Gefahr, das zu sehen, was uns vor Augen kommen könnte. Jedes Abbild eines Lebewesens sei eine Form von Seelendiebstahl.

In letzter Zeit habe ich gedacht, dass mein Lehrer auf gewisse Weise recht gehabt hat – nicht in dem Sinn, dass man sich ein Bildnis macht, sondern in dem Sinn, dass man über Menschen schreibt, die man kennt. Die meisten reagieren verstört, wenn eine Erfahrung, die sie selbst gemacht haben, von einem anderen erzählt wird – und je näher einem die Person steht, desto eher wird sie sich ins Unrecht gesetzt fühlen. Was ihre Aufmerksamkeit auf sich zieht, ist nicht das detailgetreue Porträt, das man von ihnen gezeichnet hat, sondern das unangenehme Gefühl, sich als manipuliertes Objekt im Drama des eigenen Lebens wahrzunehmen. »Du hast nicht die geringste Ahnung, wer ich bin«, war die Reaktion meines Bruders auf eine meiner Geschichten, in der er vorkam. Mit Bezug auf ein anderes Werk meinte ein weiteres Mitglied meiner Familie: »Es ist ein falsches Ich, das nur so handelt wie ich. Ich wünschte, du würdest aufhören, so zu schreiben.« Vor einigen Jahren behielt ich die Wohnung eines Verwandten im Auge, um den Postboten abzufangen und ihm eine Zeitschrift abzunehmen, in der ich eine Geschichte über meinen Verwandten veröffentlicht hatte. Wenn meine Frau in einem Text auftritt, setze ich alles daran, dass sie ihn nicht zu sehen bekommt.

Seit ich vergangenen September meine Erinnerungen an den Zusammenbruch meiner Tochter veröffentlicht habe, gehe ich Eric, meinem Freund von der Highschool und ehemaligem Vermieter, aus dem Weg. Eric ist in dem Buch eine Nebenfigur. Damals wohnten wir in einem Haus in der Bank Street in Greenwich Village, das ihm gehörte. In meinem Buch schreibt er, genau wie in seinem wirklichen Leben, an einem Roman, von dem ich glaube, dass Eric nicht die geringste Absicht hat, ihn je zu vollenden. Unter dem Vorwand, ihn zu überarbeiten, tippt er das Manuskript jedes Jahr neu ab und gibt es mir zu lesen. Die Miete, die ich zahle, ist niedrig, hängt jedoch von Erics Laune ab, und so mache ich das Spiel mit, teilweise um meine Stellung im Haus zu halten, und erörtere den Roman mit ihm auf eine Weise, die ihn publikationsfähig und lebendig erscheinen lässt.

Als ich letzte Woche im West Village war, unterließ ich es, die Bank Street wie üblich zu umgehen, und kam am Haus vorbei. »Hey, was machst du denn hier, Mann? Kommste Stunk machen? Willste die Leute ärgern?« Das war Marcus, der Klempner aus Jamaika, der im Parterre eine Werkstatt hatte und in einem kleinen Apartment im Souterrain wohnte. Wir waren immer gute Freunde gewesen. Was uns verband, waren unser Angewiesensein auf Erics Großzügigkeit und die kleinen Gefälligkeiten, die wir ihm dafür erwiesen. »Biste jetzt 'n großes Tier? Biste 'n reicher Mann?« Zur Begrüßung reichte er mir die Hand, an der der vierte Finger fehlte – ein Unfall mit einem Boiler. »Jeder muss 'n bisschen Blut lassen«, hatte er damals gesagt. Wir erinnerten uns an die Mieterin, der er am Tag ihres Einzugs ins Haus eine Rose geschenkt hatte. »Sie wohnt immer noch hier, und weißte was? Die hat sich für die Blume nie bei mir bedankt. Hat sich nie für was bedankt.« Ich wollte wissen, wer jetzt in meinem alten Apartment im obersten Stockwerk wohnte, einer hellen, aber heruntergekommenen Mietwohnung mit siebzehn Fenstern. Marcus machte deutlich, dass ich derlei Auskünfte nicht verdiente. »Wieso kommste nie vorbei?« Ich fragte ihn, ob Eric da sei. »Hab ihn nicht gesehen.«

Ich trat ins Haus und begann, die Treppe hinaufzusteigen. Es ist wunderbar unverändert, mit den marokkanisch blau gestrichenen Türen, dem Treppenhaus, das mit Bildern und Masken vollgehängt ist und in dem sich die Überreste verschiedener Verschönerungsvorhaben finden: ein Eimer Farbe, ein Eimer Mörtel – Vorhaben, die ebenso aufgegeben worden sind wie Erics Roman. Ich ging hinaus aufs Dach, zwanzig Meter über der Straße, wo ich in den heißesten Sommernächten geschlafen hatte, wenn wieder einmal die Sicherung der Klimaanlage durchgebrannt war. Manchmal schloss sich mir ein Alkoholiker namens Ritchie an, der für Eric das Gebäude putzte und ebenfalls gern hier oben pennte, auch er ein Nutznießer von Erics Freigebigkeit. Ich kann mich noch erinnern, wie beeindruckt ich war, als Eric Ritchie selbst dann noch weiterbeschäftigte, als dieser das Fahrrad eines Mieters gestohlen hatte und mit den Schuhen eines anderen abgehauen war. Wenn ich am Morgen wieder in die Wohnung zurückkehrte, traf ich manchmal Eric dort an, der auf der Klappcouch schnarchte oder sich sein Frühstück machte.

Etwa eine Stunde nachdem ich das Gebäude verlassen hatte, setzte sich Eric auf dem Bahnsteig der U-Bahn-Station in der 14th Street, wo ich auf die Linie 1 stadtaufwärts wartete, neben mich. Er trug ein ausgebeultes braunes Cordjackett und hielt in der Hand eine akustische Gitarre, an der zwei Saiten fehlten, als wäre sie etwas, das er gerade gefunden hatte. Mit seinem listig-verlegenen Lächeln wartete er darauf, dass ich als Erster hallo sagen würde. Ich überlegte, ob er mich womöglich verdreschen wollte. Stattdessen unterhielten wir uns wie zwei Menschen, die Freundschaft vortäuschen, und versuchten uns darauf zu besinnen, worüber wir früher einmal gesprochen hatten. Keiner von uns beiden erwähnte das Buch, obwohl ich wusste, dass er es gelesen hatte – ein gemeinsamer Freund hatte mir erzählt, es sei »wie ein Dolchstoß« für ihn gewesen. »Er hatte keine Ahnung, dass du ihn all die Jahre über nur bei Stimmung gehalten hast. Er war am Boden zerstört. Du hättest so nicht schreiben dürfen. Keiner will, dass die Leute solche Neuigkeiten über einen erfahren.« Ich hätte mich gern entschuldigt, aber das wäre nicht aufrichtig gewesen. »Ich habe an dich gedacht«, sagte ich. »Ich auch an dich.«

Als der Zug einfuhr, ließ er die Gitarre auf der Bank liegen, ging die Treppe hinauf und aus der U-Bahn-Station. Wahrscheinlich hatte er mich auf der Straße entdeckt und war mir einzig und allein in der Absicht gefolgt, diese Begegnung herbeizuführen. Bestimmt war sie für ihn nicht zufriedenstellend verlaufen. Mehrere Leser hatten mir versichert, ich hätte Eric sehr einfühlsam porträtiert – »voll echter Zuneigung«, hatte einer gesagt. Ich wusste, so ganz stimmte das nicht, aber dass es den Anschein hatte, machte die Sache in Erics Augen nur noch schlimmer. »Du hast kein Geheimnis verraten«, sagte der Leser. »Du hast nichts erfunden. Wo ist das Problem?« Eric hatte einmal eine Bemerkung darüber gemacht, wie konzentriert ich ihm zuhörte. Konzentriert genug, um ihm ein Stück seiner Seele zu stehlen.

Ein Mittel gegen Angst

Ich habe über den Zombie-Effekt nachgedacht, den das Fernsehen bewirkt, diese befriedigende Passivität, die sich schon nach fünfundvierzig Minuten oder einer Stunde kontinuierlichen Sehens einstellt, der schlaffe Körper, die glasigen Augen. Die Nebenwirkungen ähneln denen bestimmter Psychopharmaka, bei denen derjenige, der sie einnimmt, einer sonderbaren Teilnahmslosigkeit anheimfällt und die Welt so aussieht, als betrachtete man sie durch das falsche Ende eines Teleskops. Während man in einem Zustand halbwegs angenehmer Trägheit daliegt, findet genügend Aktivität statt, die aber nur in eine Richtung fließt – auf einen selbst zu. Man steht unter der Einwirkung eines »Mittels gegen existenzielle Angst«, wie Don DeLillo es genannt hat, gleichgültig, ob man sich nun die *Teletubbies* oder eine weitere Episode menschlicher Tragik ansieht.

Vor einigen Tagen wurde mir die Droge entzogen. Mein Fernsehempfang war unterbrochen. Ohne Vorwarnung verwandelten sich die besänftigenden Bilder, die der Bildschirm normalerweise ausstrahlt, in ein dichtes schwarz-weißes Schneegestöber mit einer Tonspur wie bei brausendem Straßenverkehr. Ich fühlte mich an den 11. September 2001 erinnert, als der Sendemast auf dem Nordturm des World Trade Center außer Gefecht gesetzt wurde. Ein einziger Kanal übermittelte noch eine Nachricht. Diese kam von der Kabelfernsehgesellschaft, die mich aufforderte, für »die Sendungen« zu bezahlen, die ich aufgrund eines bedauerlichen Versehens in den letzten acht Jahren »kostenfrei hatte genießen können«.

Meine Frau Pat, die nur selten fernsieht, war überglücklich: »Komm, wir ziehen den Stecker raus.« Ohne jedes Mitgefühl für meine Entzugserscheinungen zitierte sie eine von Psychologen ausgesprochene Empfehlung, man solle es vermeiden, Kinder unter zwei Jahren TV-Sendungen jedweder Art auszusetzen. Das erinnerte mich an die Warnung davor, Kindern Thunfisch zu essen zu geben, wegen der Gefahr einer Quecksilbervergiftung. Beides verursacht Entwicklungsstörungen. »Sieh doch ein, Michael, für einen Mann in den Fünfzigern ist das bestimmt auch nicht gut.« Unser zehnjähriger Sohn schien gar nicht zu bemerken, dass uns etwas entging. Er war damit beschäftigt, seine Daumen an einer handgehaltenen Spielkonsole mit einschiebbaren pfefferminzgroßen Discs zu trainieren, jede von ihnen mit einer eigenen Schaltplatte, die dazu gedacht war, ihn in ein neues Abenteuer zu entführen.

Technisch gesehen hatte ich meinen Fernseher noch: Der Apparat stand, wo er schon immer gestanden hatte, bereit, entliehene DVDs abzuspielen. Aber Filmen haftet eine Aura der Zweckhaftigkeit an, die sich von der trivialen Kontinuität unterscheidet, mit der die Sendezeit des Livefernsehens gefüllt wird. Ein Teil der Attraktivität des Fernsehens besteht ja darin, dass es ohne Unterbrechung existiert; es ist unsterblich und belanglos, liefert sein eigenes Maß der Ewigkeit frei Haus.

Aufs Fernsehen angewiesen bin ich in den frühen Morgenstunden. Gestern nach Mitternacht ertappte ich mich dabei, wie ich nach der Fernbedienung griff, bevor mir einfiel, dass es gar nichts zu sehen gab und ich dem Reiz der Schlaflosigkeit ohne Unterstützung würde entgegentreten müssen. Ein Buch ist unter diesen Umständen kaum eine Hilfe, denn wenn ich lese, bin ich gewöhnlich wacher als zuvor.

Ich beschrieb meine Entzugssymptome einem Freund, der meinetwegen sofort in Panik ausbrach. »Was wirst du tun? Du bist auf Fernsehen programmiert.« Er ist Schriftsteller, lebt allein und ist zu bestimmten Stunden ebenfalls auf die gütige Gesellschaft des Bildschirms angewiesen. Voller Zustimmung zitierte er Marshall McLuhan (der seinerseits den Romancier Max Frisch paraphrasierte): »Technik [...] als Kniff, die Welt so einzurichten, dass wir sie nicht erleben müssen.«

Die gesamte Technik ist dieser Auffassung nach eine Erweiterung des menschlichen Körpers. »Ein elektronischer Schaltkreis zum Beispiel ist ein nach außen gestülptes Nervensystem«, meinte mein Freund. Unser Bedürfnis, uns gegen das Erleben abzuschirmen, wertete er als logische Reaktion auf unsere Unsicherheiten, als natürlichen Ausdruck dessen, wer wir sind. Er zitierte einen anderen Ausspruch McLuhans: »Wir formen unsere Werkzeuge, und hinterher formen sie uns.« »Du siehst«, sagte er, »es ist, als würde der Strom ausfallen. Du bist nicht dazu gemacht, ohne Strom zu leben, und es hätte keinen Sinn, dir einreden zu wollen, dass es eine Tugend ist, ohne Strom zu leben. Also, ruf jetzt die Kabelgesellschaft an und lass dich anschließen, denn glaub mir, Mann, du brauchst diesen Schutz.«

Ein anderer, jüngerer Freund beglückwünschte mich dazu, dass ich ein »Mensch des 21. Jahrhunderts« geworden sei. Im Frühjahr 2003, als zur Hauptsendezeit zwanzig Prozent weniger Männer im Alter zwischen achtzehn und vierundzwanzig Jahren den Fernseher einschalteten als noch im Frühjahr des Vorjahres, versetzte die Abnahme der Zuschauerzahlen die Intendanten der Fernsehanstalten allem Anschein nach in Unruhe. »Wir haben zugelassen, dass sie ihre Fernsehgewohnheiten ablegen«, kommentierte David Poltrack, Forschungsleiter bei CBS. »Und jetzt weiß ich nicht, wie wir sie wieder vor die Geräte kriegen sollen.«

Anfangs glaubte man, am Rückgang der Einschaltquote seien Videospiele schuld, Geräte, die es den Zuschauern erlaubten, ihr eigenes Fernsehprogramm zusammenzustellen, sowie, was höchst unwahrscheinlich ist, der Einsatz von immer mehr jungen Männern in Afghanistan und im Irak. Als der Trend jedoch anhielt, stellte sich heraus, dass das Internet, wie gewöhnlich Vernichter florierender Unternehmen, dafür verantwortlich war. Die Leute sahen sich die Höhepunkte ihrer Lieblingsshows auf YouTube an. Das schien ihnen zu genügen. Es gab andere Dinge, die ihre Aufmerksamkeit online in Anspruch nahmen. »Willkommen im Zeitalter des Drei-Minuten-Sketches«, sagte mein junger Freund.

Die Minimaldosis Fernsehen für die erfolgreiche Behandlung von Schlaflosigkeit beträgt jedoch eine Stunde. McLuhan hatte die Vorstellung: »Jedes Zeitalter erschafft ein utopisches Bild von sich, ein nostalgisches Bild im Rückspiegel – wodurch es bedauerlicherweise die Nähe zur Gegenwart verpasst.« Mein nostalgisches Bild waren die »Sittlichkeitsregeln«, an denen sich die Programmleiter in den sechziger Jahren abgearbeitet hatten, die drei einsamen Programme, die Luftschutzraumübungen und Filme wie *Robin Hood* und *Der Glöckner von Notre-Dame*, die an Sonntagen in kontinuierlicher Wiederholung liefen. Um diese Stimmung wiedereinzufangen, war ich dazu übergegangen, das Gerät einzuschalten und zu akzeptieren, was immer auf dem Bildschirm erscheinen würde. Das mochte eine Werbeinformation für Hautcreme sein, ein evangelikaler Prediger oder ein Mitglied des US-Kongresses, der auf Capitol Hill vor leerem Saal eine Rede hielt, was um drei Uhr morgens recht häufig der Fall war.

Mir war's nur recht. Mir lag daran, dass ich fernsah; der Inhalt der Sendung war fast unerheblich. Wenn der Fernseher lief, konnte ich nirgendwo anders hinsehen; es war, als würde man in ein Feuer starren. »Was brauchst du denn noch für Argumente, um den Stecker draußen zu lassen?«, fragte Pat, als ich ihr sagte, ich hätte vor, die Kabelgesellschaft darum zu bitten, uns wieder anzuschließen.

Darauf hatte ich keine Antwort. Vielleicht fehlte mir nur die Leere, und ich wusste nicht, wo ich sie sonst finden würde.

Die Uhr meines Großvaters

Hinter einer mit alten Fotos und Briefen vollgestopften Schublade ist die Taschenuhr meines Großvaters mütterlicherseits wiederaufgetaucht. Als ich vor zehn Jahren die Wohnung wechselte, hatte ich ihren Verlust betrauert. Auf der Rückseite der Uhr ist der Name meines Großvaters eingraviert – Jacob Kurnick. Damit ist sie, soweit ich weiß, einer von nur drei Gegenständen, die einen materiellen Beweis für seine Existenz erbringen. Auf den Deckel ist ein Windhund geprägt, der einen diamantenbesetzten Spazierstock im Maul hat – etwas Geckenhaftes, das so gar nicht zum offiziellen Bild der Familie von dem selbstlosen Arzt passt, der eher gehungert hätte, als seinen bedürftigen Patienten eine Rechnung auszustellen.

»Er hätte dir sein letztes Hemd gegeben«, sagte meine Mutter. »Selbst wenn es maßgeschneidert war.«

Jacob starb 1935, als meine Mutter dreizehn war, und die Nennung seines Namens löst noch immer ehrerbietiges Schweigen aus. Nach wie vor stelle ich ihn mir so vor, wie er in den schmerzhaften Erinnerungen meiner Mutter war – als unseren Familienheiligen, den ein Nimbus aus mitteleuropäischem Scharfsinn und guten Taten umgibt.

Das zweite Beweisstück für Jacobs Existenz ist die Speisekarte aus einer Kabine der ersten Klasse auf einem deutschen Überseedampfer, der ihn – wie ich mir ausmalte – 1908, als er nach New York auswanderte, über den Atlantik gebracht hatte. Die Speisekarte war ein Beleg für Jacobs sozialen Status, und als Junge bat ich meine Mutter immer wieder, sie mir zu zeigen, einen hochgeschätzten Gegenstand mit silbernen Lettern, die ihn wie eine Hochzeitseinladung ausssehen ließen. Er war, wie ich später glaubte, das schwache Bindeglied zwischen mir und dem deutschsprachigen Europa Kafkas und Joseph Roths. Hätte er nur länger gelebt. Er war das Gegenteil meines anderen Großvaters Louie, der sich bis Mitte der sechziger Jahre mit seinem Schweißbrenner und seiner Unbildung abschuftete. Louie entstammte, mit den Worten Roths, einer »seltsamen, traurigen Ghettowelt«, wo es von »grotesken östlichen Gestalten« wimmelte: »Pogromangst schweißt sie zusammen zu einer Lawine aus Unglück und Schmutz, die, langsam wachsend, aus dem Osten über Deutschland rollt.«

In den frühen zwanziger Jahren machte Jacob ein Vermögen, indem er sein Einkommen als Arzt in die Mayonnaise-Fabrik eines Cousins investierte. Seine Taschenuhr und die maßgeschneiderte Kleidung dürfte er sich in dieser Zeit zugelegt haben. Meine Mutter erinnert sich noch daran, wie sie darauf bestand, dass der Chauffeur der Familie sie immer zwei Häuserblocks von der Schule entfernt aussteigen ließ. »Ich konnte es einfach nicht ertragen, dabei gesehen zu werden, wie ich aus dieser riesigen Limousine kletterte. Ich wusste, dass meine Klassenkameradinnen mich hassen würden.«

An diesem Punkt nahm die Geschichte die Färbung eines Volksmärchens an, in dem einem systematisch jedes bisschen Glück entzogen wird. Jacob steckte sich mit einer seltenen Blutkrankheit namens Pemphigus vulgaris an, die er selbst diagnostizierte und die er vor seiner Familie geheim hielt, bis er bettlägerig wurde und von seiner Tochter gepflegt werden musste. Nach seinem Tod brachte sie der Mayonnaise-Cousin um ihr Geld. Vom Standpunkt meiner Mutter aus gesehen, einem trauernden jungen Mädchen, müssen ihr die Einzelheiten dieses Geschehens merkwürdig unwirklich vorgekommen sein. Ohne einen Ernährer mitten in der Großen Depression wohnte sie mit meiner Großmutter auf einmal in einem winzigen Apartment in Brooklyn.

»Du weißt schon, was ich meine, wenn ich dir sage, dass ich, wenn Jacob nicht gestorben wäre, deinen Vater nie kennengelernt hätte. Wir verkehrten in unterschiedlichen Kreisen. Sehr viel wahrscheinlicher hätte ich einen Arzt geheiratet.«

Der Tod intensivierte die Bedeutung Jacobs, und für meinen Vater, der die Schule vorzeitig abgebrochen hatte, wurde er ein unüberwindlicher Rivale. Meiner Ansicht nach berief sich meine Mutter auf ihn, um einen Bereich für sich abzustecken, in dem sie meinem Vater, der ansonsten die Oberhand hatte, überlegen sein konnte. Es war, als sei ihr Leben mit ihm, mit uns, nur ein Ersatzleben. Der subtile Eindruck des Kompromisses, den sie vermittelte – sich mit weniger zufriedengegeben zu haben als dem, was ihr qua Geburt zustand –, machte ihn schweigsam und zornig.

Chanukka in der Wohnung meiner Mutter: eine leuchtende Menora in einer Ecke, in einer anderen ein Gesteck aus Tannenzweigen. »Für jeden von uns Heiden eine Kleinigkeit«, sagt sie. Nach einem kürzlichen Krankenhausaufenthalt sitzt sie, noch sehr geschwächt, auf der Couch und begrüßt ihre verschiedenen Söhne und Schwiegertöchter, während ihr zweiter Mann schützend ihre Hand streichelt. Sie trägt einen grünen Hosenanzug, der ein wenig wie ein Smoking aussieht, und macht ein strahlendes Gesicht. Wir staunen über sie. Ich fühle mich an die Modenschau erinnert, die sie vor zwölf Jahren inszenierte, als mein Vater sterbenskrank auf der Krebsstation lag. Jeden Tag war sie neu ausstaffiert, schöpfte ihre Garderobe bis zum Äußersten aus. Während des ganzen drückend heißen Juli saß nicht ein Haar am falschen Platz. Die Krankenschwestern waren begeistert von der Mühe, die sie sich gab, und mein Vater ebenso. »Du siehst aus, als wärst du gekommen, um eine Auszeichnung entgegenzunehmen«, sagte er zu ihr. Ihre glänzende, sorgfältige Aufmachung beruhigt ihn, dachte ich. Sie war zu ihrem eigenen makellosen Ideal geworden.

An seinem angestammten Platz an der Wand hängt ein Foto von Jacob, das dritte Beweisstück: ein mürrischer Mann mit rundem Gesicht und dichtem Schnurrbart in einem braunen Anzug. Seine Wangen sind vom Studiofotografen nachkoloriert worden. Statt jedoch die Wirklichkeit seiner Existenz schärfer werden zu lassen, scheint dieses Bild mit seinem himmelblau gemalten Hintergrund mehr denn je einer imaginären Vergangenheit anzugehören.

Auf meine Bitte hin kramt meine Mutter die Speisekarte des Überseedampfers hervor. Ich habe sie seit meinen Teenagerjahren nicht mehr gesehen, und jetzt bemerke ich, dass sie nicht etwa, wie ich angenommen hatte, von einem deutschen Schiff stammt, sondern von der *President Harding* der United States Line, die von Manhattan nach Hamburg fuhr.

Das Jahr auf der Speisekarte ist 1926, als Jacob vierunddreißig war. »Wir waren auf dem Weg nach Heidelberg, wo mein Vater ein Jahr an der Medizinischen Fakultät verbringen sollte, ein Aufbaustudium in seinem Spezialgebiet, der Hals-Nasen-Ohren-Heilkunde. Ich war vier Jahre alt.« Die Präzision, mit der meine Mutter aus dem Stegreif über die Reise spricht, überrascht mich. Ich frage mich, ob sie die Geschichte schon immer so erzählt hat und ob ich vielleicht derjenige war, der sie auf seine Weise verstehen wollte, um meine Verbindung mit der Vergangenheit auszuschmücken.

Ich frage sie, wann Jacob zuerst nach Amerika gekommen sei.

»Als er fünfzehn war, in demselben Alter, in dem auch Louie hierherkam. Beide stammten aus Russland, obwohl sie einander natürlich nicht kannten.«

Aber hatte sie bei ihm nicht etwas anderes angedeutet?

Sie lächelt stumm.

Warum dachte ich dann, dass er Deutscher sei?

»Da kann ich dir auch nicht helfen, Michael.«

Zitatnachweise

Aharon Appelfeld: *Geschichte eines Lebens*, aus dem Hebräischen von Anne Birkenhauer, Berlin 2005; Saul Bellow: *Das Geschäft des Lebens. Roman*, aus dem Amerikanischen von Walter Hasenclever, Köln und Berlin 1962; ders.: *Die Abenteuer des Augie March. Roman*, aus dem amerikanischen Englisch von Henning Ahrens, Köln 2008; Jorge Luis Borges: »Das unerbittliche Gedächtnis«, in: *Gesammelte Werke*, Bd. 3/I, Erzählungen 1935–1944, nach der Übersetzung von Karl August Horst bearbeitet von Gisbert Haefs, München 1981, S. 173–182; Bob Dylan: *Chronicles. Volume One*, Deutsch von Gerhard Henschel und Kathrin Passig, Hamburg 2004; Sigmund Freud: »Bemerkungen über einen Fall von Zwangsneurose«, in: *Studienausgabe*, Bd. VII, Frankfurt am Main 1982, S. 31–103; ders.: »Neue Folge der Vorlesungen zur Einführung in die Psychoanalyse«, in: *Studienausgabe*, Bd. I, Frankfurt am Main 1982, S. 447–608; Max Frisch: *Homo faber. Ein Bericht*, Frankfurt am Main 1957; Maxim Gorki: »Unter fremden Menschen«, in: *Autobiographische Romane*, aus dem Russischen übersetzt von Georg Schwarz, München 1972, S. 233–587; Ernest Hemingway: »In einem andern Land«, in: *Die Stories*, Deutsch von Annemarie Horschitz-Horst, Reinbek bei Hamburg 1966, ^{24}1999, S. 227–232; Ludwig Lewisohn: *Der Fall Herbert Crump. Roman*, mit einem Vorwort von Thomas Mann, aus dem Englischen von Anna Kellner, München und Berlin 1928; Ronald Lötzsch, *Jiddisches Wörterbuch. Mit Hinweisen zur Schreibung, Grammatik und Aussprache*, Mannheim u.a., 2., durchgesehene Auflage 1992; Marshall McLuhan: *Die magischen Kanäle. Understanding Media*, aus dem Englischen von Meinrad Amann, Düsseldorf und

Wien 1968; Joseph Roth: *Juden auf Wanderschaft*, Köln 1985; Philip Roth: *Gegenleben. Roman*, Deutsch von Jörg Trobitius, Reinbek bei Hamburg 2002; Leo Tolstoi: *Die Kreutzersonate. Herr und Knecht*, aus dem Russischen von August Scholz, Berlin 1890.

Die übrigen Zitate wurden vom Übersetzer ins Deutsche übertragen.